비뢰도

飛雷刀

비뢰도 6

검류혼 新무협 판타지 소설

2판 1쇄 찍은 날 § 2005년 12월 9일
2판 3쇄 펴낸 날 § 2014년 10월 24일

지은이 § 검류혼
펴낸이 § 서경석

편집장 § 문혜영

펴낸곳 § 도서출판 청어람
등록번호 § 제1081-1-89호
등록일자 § 1999. 5. 31
어람번호 § 제2-0767호

주소 § 경기도 부천시 원미구 심곡2동 163-2 서경B/D 3F (우) 420-822
전화 § 032-656-4452 팩스 § 032-656-4453
http://www.chungeoram.com
E-mail § eoram99@chollian.net

ⓒ 검류혼, 2005

ISBN 89-5831-861-9 04810
ISBN 89-5831-855-4 (세트)

飛雷刀

FANTASTIC ORIENTAL HEROES

검류혼 장편 신무협 판타지 소설

6

주작단의 무당산 합숙훈련

도서출판

청어람

소위 예절이라고 불리우는

고리타분한 관습과 전통들이

자신도 모르는 사이에 자신들의 한계를 설정하고

실천하고 있다. 그것은 어리석은 것이다.

그렇게 해 가지고는 천 년 만 년 가도 발전을 기대할 수 없다.

모든 틀을 부수어 줄 한 명의 천재가 나오기 전까지…….

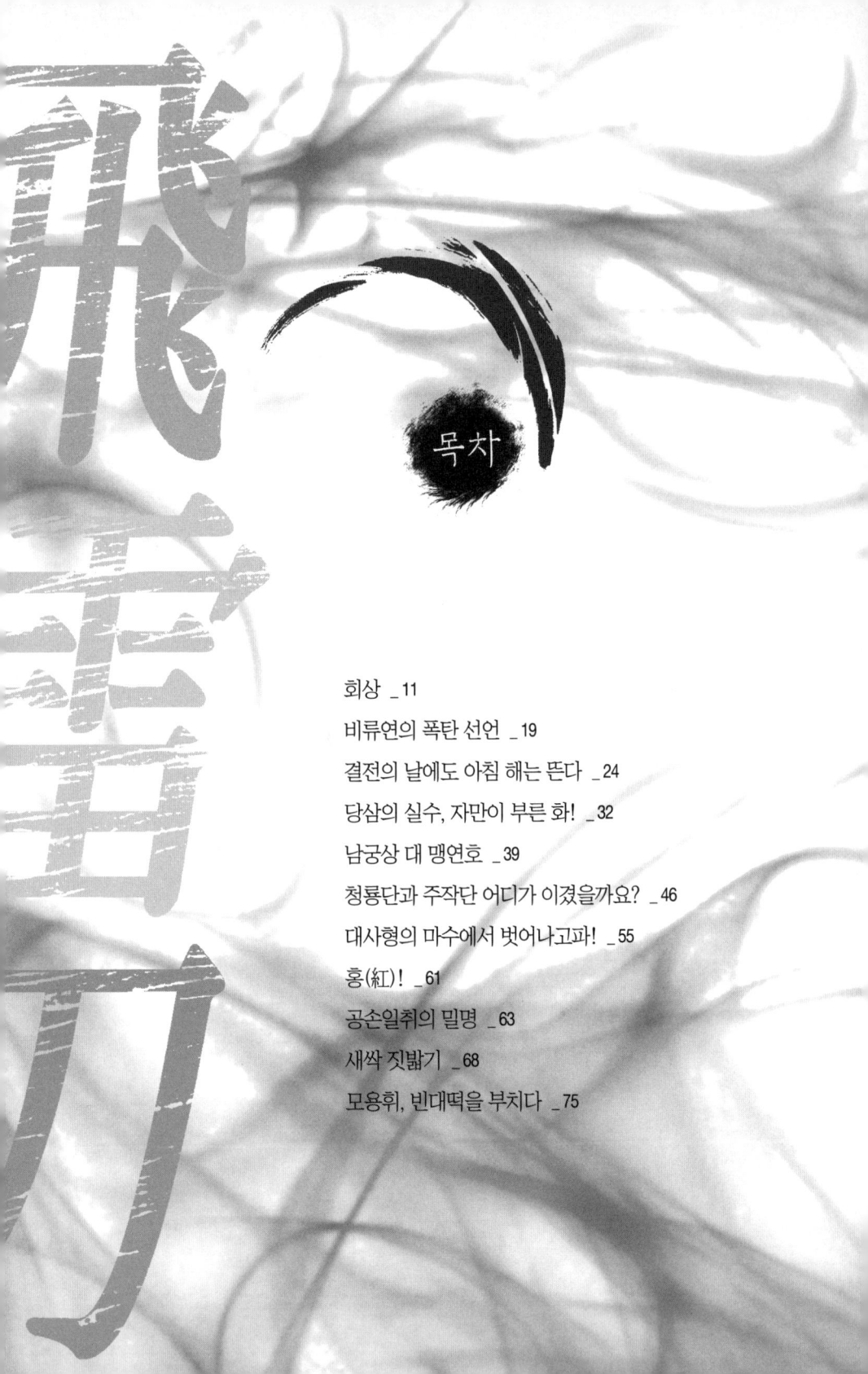

목차

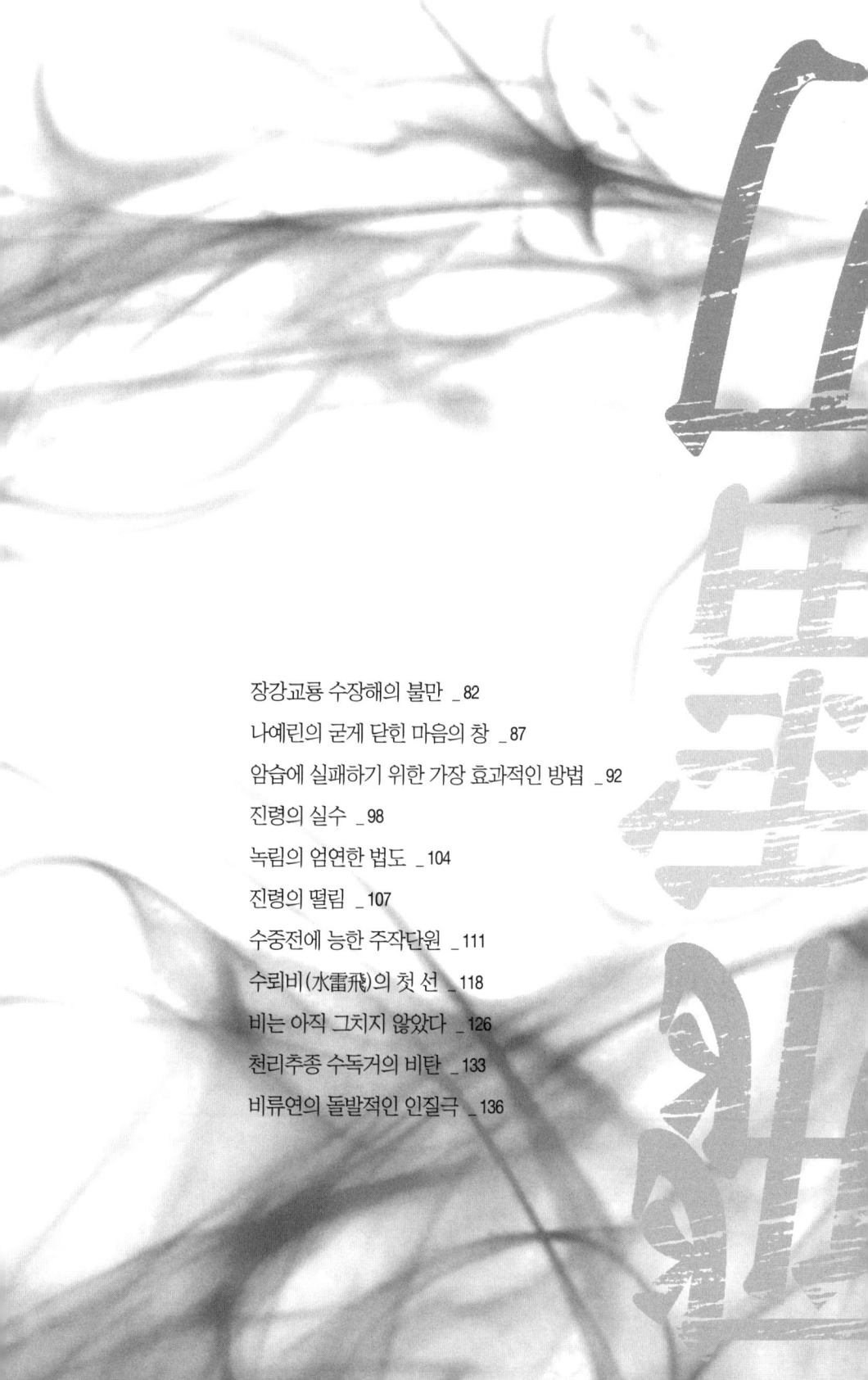

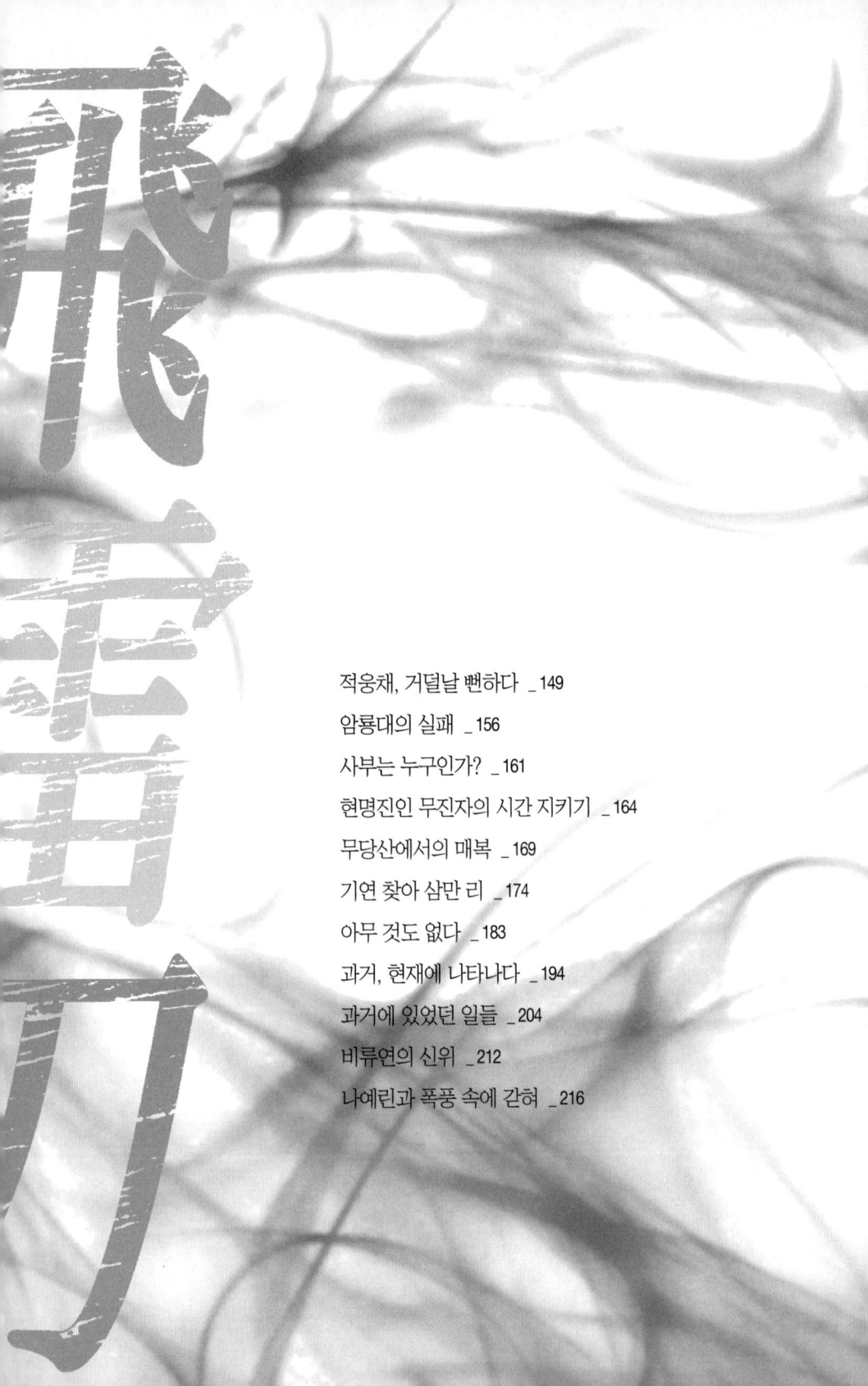

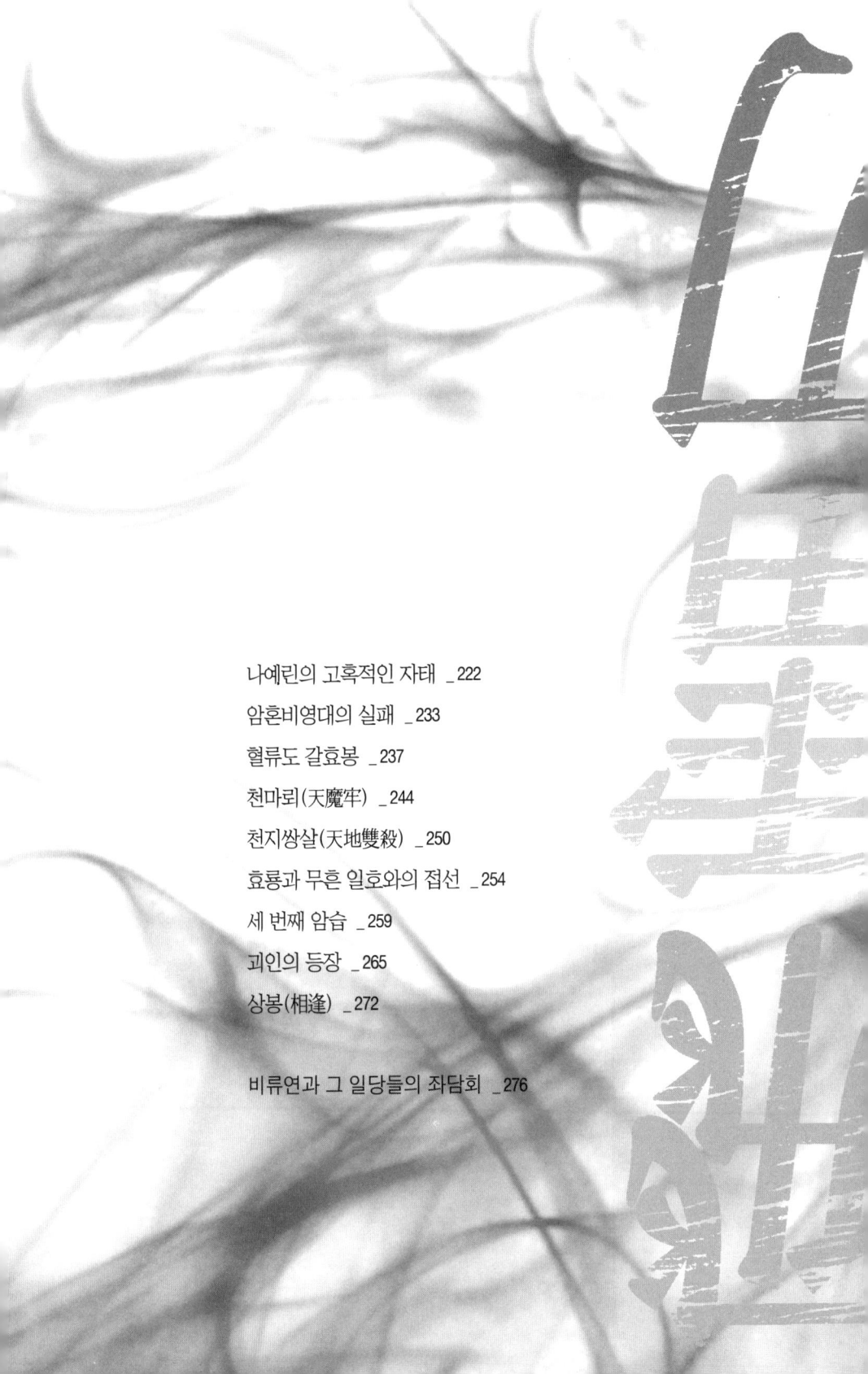

회상
-과거

강해지는 법에 대한 간단하고도 심도(深度) 깊은 사부님의 견해.
"정녕 강해지고 싶으냐?"
3년 전!
혹시 내가 거짓부렁이라도 하고 있다고 생각한 걸까?
사부가 확인 차원에서 되물었다.

　어느 쪽으로 바람이 잘못 불었는지는 모르겠지만, 비류연은 무게 뚝뚝 떨어지게 말하는 사부를 새삼스레 쳐다보았다.
　송충이는 솔잎을 먹고, 참새는 황새 따라잡기를 애당초에 포기해야 한다. 뭐든지 무리하면 몸에 안 좋은데…….
　오늘의 사부는 왠지 뭔가 '있어' 보였다.
"당연하죠!"
　물론 당연한 대답이었다. 이렇게 당연한 대답을 하려 하자 자동적으로 입이 아팠다. 그다지 경제적이지 못한 행동을 저지른 부작용이었다. 불행히도 자신의 몸은 현실과 타협하거나 세상과 야합하지 못하고 너무 정직한게 탈이었다.

"방법은 간단하다. 매우 매우 간단하지. "

여전히 자신을 등진 채, 떠오르는 새벽의 여명을 마주 바라보며 사부가 확신에 찬 어조로 말했다. 어떤 반론도 용납하지 않겠다는 단호한 기세였다.

'이젠 입에 침도 안 바르고 거짓말까지! '

이제야 겨우 사부다워 보이는군! 비류연은 순수한 마음으로 그렇게 생각했다.

"뭐냐? 그 눈빛은? 내 말을 믿지 못하겠다는 그런 눈빛이구나!"

헉! 역시 사부는 눈치가 빠르다. 뒷통수에 몰래 숨겨둔 눈이라도 있단 말인가. 이런 때만 쓸데없이 신경과 주의력이 발달되는 사부였다.

"그럴 리가요!"

생명을 유지 보존하기 위한 이런 말을 선의의 거짓말이라 한다. 혹자는 불가항력이라고 말하기도 한다. 그래서 비류연은 전혀 죄책감을 느끼지 않고 있었다.

어느 새 새벽 햇살을 피해 고개를 돌린 사부의 시선과 비류연의 시선이 정면으로 부딪쳤다. 이런 때 켕기는 게 있다고 무의식적으로 시선을 회피하는 것은 하수(下手)나 저지르는 실수! 그런 어처구니없는 실수를 저지를 만큼 비류연은 순진하지 않았다. (만일 그랬다면 그동안 단련되어 온 시간이 아깝다.)

저 의심스러운 눈초리! 사부는 아직 의혹에서 완전히 벗어나지는 않은 모양이다. 역시 늙은 생강은 지나칠 정도로 매운 게 탈이다. 늙은 생강이 말했다.

"강해지는 법은 매우 간단하다. 그것은 바로 한계를 두지 않는 것이다!"

제자의 머리 속에 각인이라도 시켜 놓으려는 듯 또박또박한 목소리였다.

"사부보다도요?"

확인 절차상 비류연이 물었다. 역시 이런 것은 확답을 들어야 나중에 실제에 적용할 수 있다. 아무래도 예측만으로는 부족한 것이다. (나중에 가서 증거가 될 수 없고, 또한 반박의 여지가 될 수도 없다.)

"물론이다. 그 어느 것에도 얽매이지 말아라. 자신의 한계를 두지 않을 때 넌 끝없이 강해질 수 있을 것이다. 다른 문파의 아해들은 무의식적으로 자신의 한계를 정한다. 아니, 사문에서 계획적으로 한계를 조장한다는 것이 더 옳을 것이다. '하늘보다 더 높고, 바다보다 더 넓은, 엄청나게 위대하기 짝이 없는 사조님들 이하 사부님들을 능가하려는, 불순하기 짝이 없는 시건방지고 얼토당토않은 망념(妄念)을 어찌 감히 언감생심 품을 수 있단 말인가.' 라고 말이다. 웃기지도 않은 농담이지."

냉소적인 어조로 난도질하듯 말하던 사부의 목소리가 갑자기 세 살배기 코흘리개나 내뱉을 듯한 소름끼치는 목소리로 돌변했다. 그야말로 꿈에 들을까 두렵고 가증스럽기 짝이 없는 엽기적인 목소리였다.

"응애, 응애! 난 사부님보다 강해질 수 없어. 그러니 당연히 사조님보다 강해질 수야 없지. '내가 어찌 감히 본문의 위대하고 존경스러운 개파 조사님보다 감히, 행여나, 혹시라도 강해지는 불미스런 일을 저지를 수 있겠어…….' 라고 말이다."

말을 잇는 사부의 얼굴에는 한심하다는 기색이 역력했다.

"다 개뿔인가요?"

비류연은 매우 논리적인 사고 끝에 도출된 결론의 확인 절차를 밟아 보았다. 이성적이고 논리적인 사고 끝에 나온 판단이었다.

"물론이다. 그래서야 퇴보밖에 더 있겠느냐. 소위 예절이라고 불리우는 고리타분한 관습과 전통들이 자신도 모르는 사이에 자신들의 한계를 설정하고 실천하고 있는 것이지. 그것은 어리석은 짓이다. 그렇게해 가지고 천 년 만 년 가도 발전을 기대할 수 없다. 모든 틀을 부서줄 한 명의 천재가 나오기 전까지는 말이다."

"흐흠!"

비류연은 납득이 간다는 듯 고개를 끄덕였다. 물론 자신은 사부에게 질 생각이 원래부터 없었지만 말이다. 자신이 사부보다 지금 이 순간엔 약한지 몰라도 계속해서 약한 채로 머무른다는 것은 자신의 사고 방식상 절대 있을 수 없는 일이었다.

사부의 열띤 일장 연설은 계속해서 비류연의 마음을 후벼 팠다.

"누가 하늘은 무한하여 찢지 못한다 하였느냐? 누가 땅은 넓어 뒤엎을 수 없다 했느냐? 네가 해 보았느냐? 도전이라도 한 번 해 보고 결론 내린 것이냐? 아니면, 그곳에 도달하기 위해 끊임없는 노력이라도 쏟아부어 보았느냐?"

당연히 그런 비상식적이고 비논리적이며, 최종적으로 땡전 한 푼 생기지 않는 일을 비류연이 할 리가 없었다.

"아뇨! 미쳤어요?"

"딱!"

"아야! 우쒸!"

당장에 사부의 손찌검이 날아왔다. 성질도 급하시긴…….

"내가 방금 전에 얘기한 금과옥조(金科玉條)는 모두 환전(換錢)해 먹었느냐? 한계를 두지 말라 분명히 일렀거늘! 인간에게는, 특히 인간의 마음에는 한계가 없다고 이 사부는 생각한다. 아니, 실제로 한계가 없고 인간의 내면에 존재하는 마음의 힘이란 것은 무한하다. 네가 그것을 자각하지 못하고 있을 뿐인 게다.

하늘은 분명히 찢을 수 있고 땅은 확실히 뒤엎을 수 있다. 빛보다 빠르게, 해일보다 거칠게 움직일 수 있다. 그렇게 생각해라. 부정부터 하는 것은 이미 한계를 결정짓는 일이다."

'우쒸! 말 한 번 딥따 어렵게 하네.'

하지만 매우 불만스럽게도 사부의 말 한 마디 한 마디가 비류연의 마음에 화살촉을 박고, 몸 전체에 짜르르 전율을 일으켰다.

"결과를 생각하지 마라, 과정을 중요시해라. 그것이 더욱 중요하다."

"흐흠!"

이제야 사부의 말이 좀 이해가 된다. 하늘을 찢기 위해 노력하면 노력할수록, 실제로 하늘을 찢지는 못한다 하더라도 그에 준하는 상식을 뛰어넘는 가공할 위력을 얻을 수 있다는 이야기가 아닌가. 물론 실제로 하늘을 찢을 수도 있겠지. 누가 해 보기라도 했더냐?

그때 돌연 비류연의 머리 속에 번뜩이는 생각 하나가 있었다.

'잠깐! 근데 왜 하늘만이야? 하늘보다 더 넓은 건 없나? 사부가 하늘이면 내가 하늘에 머무를 수야 없지! 사부가 번천지복(飜天地覆 : 하늘을 뒤흔들고 땅을 뒤집는다는 뜻)의 위력을 지녔다면 내가 나중에 못이 기잖아.

그렇다면 나는 좀더 배포 크게 우주, 아니 뇌신(雷神)의 힘을 얻어야겠군. 그래야 만일에 사부가 하늘을 찢는 힘을 가지고 있더라도 나중에 이길 수 있지 않겠는가!

현재 자신의 매서운 눈으로 보아하니 사부는 하늘마저도 찢어버릴 위력이 있었다. 비류연은 파천(破天)한다는 사부의 말이 속된 허언이 아님을 본능적으로 느낄 수 있었다. 그렇다면 결론은 하나! 하늘을 찢는 힘으로는 사부를 이길 수 없다.

생각이 여기까지 이르자 비로소 비류연은 안도의 한숨을 내쉴 수 있었다.

'휴우, 하마터면 큰일 날 뻔했군! 사부가 나의 한계를 이렇게 교묘하게 설정하려 하다니… 으음… 역시 방심할 수 없는 사람이야, 사부는!'

한계를 정하지 말라면서, 교묘한 언변으로 무의식중에 자신의 한계를 설정하려 하다니……. 과연 자신의 사부다운 면모였다. 그러기에 자신은 더욱 강한 힘을 손에 넣어야 한다고 생각하는 비류연이었다.

이렇게 생각이 줄줄이 곱창처럼 이어지는 와중에도 제자의 정신교육을 위한 사부의 말은 계속되고 있었다.

"그러므로 노부는 말한다. 이길 자신이 있으면 언제라도, 네가 이 사부를 꺾을 자신이 있다면 언제든지 너의 시도 때도 없는 도전을 받

아 주겠다. 너는 해 보겠느냐?'

사부의 묘한 눈빛, 세상에선 심술궂다라고 표현되는 눈빛으로 비류연을 쳐다보았다. 사부는 지금 이 순간을 즐기고 있는 것이다. 그래서 내가 사부의 꼬임대로 넘어가 '네! 그러지요!' 라고 대답했다간 결과는 명약관화(明若觀火)했다.

'이놈이 감히 건방지게 하늘과 높이가 동급이신 사부에게 대들 생각을 품어!' 라고 외치며 죽도록 팰 게 분명했다. 이럴 땐 절대 꼬투리를 잡히면 안 된다. 자신은 이제 어린애가 아니었다. 사부의 속임수나 사탕발림에 넘어갈 유아적이던 때는 이미 지나지 않았는가!

"나중에요!"

비류연으로서는 가장 신중한 대답이었다.

"허허허허! 짜아식! 그래야 본문의 제자라 할 수 있지! 한계를 정하지 않는 것도 중요하지만, 현재의 자신을 파악하고 상대의 실력을 가늠하는 안목을 기르는 것 또한 중요한 수업임을 잊지 않다니 기특하구나. 개죽음당하지 않으려면 말이다!'

한계를 모르는 능력 획득은 현재일 수도 있지만, 미래일 가능성이 더욱 크다. 그러니 현재와 현실을 파악하는 것 또한 무엇보다 중요한 공부인 것이다. 생명 보존 신공이라 불려도 손색이 없는 공부가 바로 나와 상대의 실력차를 파악하는 안목 공부인 것이다.

"별 말씀을요! 저에게 이 정도야 당연한 거 아니었던가요."

이런 나를 보며 사부는 딱 한 마디만 더했다.

"녀석, 자존 광대하기는! 많이 컸구나!"

그리고, 3년! 그동안 한 번도 그 가르침을 잊지 않았던 비류연이었다. 그리고 그 가르침의 일부는 그의 제자들 겸 현 사제들인 주작단으로 이어지고 있었다.

비류연의 폭탄 선언

속담이란?
교훈이나 풍자를 담은 짧은 어구로서
이 속에는 사소한 것도 재치있게 만들어
경고하는 선인들의 지혜가 담겨 있다.

쥐구멍에도 볕들 날이 있다는, 시간의 관대함(?)에 관련된 속담이 하나 있다. (그런가?)

시간은 금(金)이다. 물론 금 보기를 돌같이 하라는 얘기도 있지만, 이것은 일단 한 켠으로 제쳐두고, 시간의 귀중함과 드높은 가치를 나타내 주는 말이다.

그런데 우리 주위에는 시간의 귀중함을 무시하는 이가 많이 있다. 고무신 거꾸로 신은 연인처럼 한 번 가면 돌아오지 않는 시간의 금쪽 같은 가치와 불회귀성(?)을 인식하지 못하는 이가 너무도 많음에 우리들은 화들짝 놀라게 된다. 그런데…….

이와 전혀 관계없이(놀랍게도 정말로 눈곱 반 토막만큼도 관련이 없다.) 시간이 멈추지 않는다는 시간의 무한연속성을 증명이라도 하듯, 주작단(朱雀團)에게 언약된 날짜는 시시각각 다가오고 있었다.

그러나 결전의 날이 다가온다는 심한 압박감도, 매일 이어지는 뼈가 마모(摩耗)되고 살이 구워지는, 특훈(特訓)의 고통에 비하면 조족지혈(鳥足之血)에 불과했다.

주작단은 모두들 긴장된 얼굴로 서로를 마주보고 있었다. 열혈(熱血)에 불타는 염도의, 뼈와 살이 멍들고 날마다 온몸이 만신창이가 되는 특훈으로 인해 이제는 그 누구보다도 정신적으로 감정적으로 보이지 않는 끈에 의해 이어진 이들이었다. 이제는 말을 안 해도 몸짓만으로도 의사 소통이 가능한 경지에 이르러 있었다.

그럴 수밖에 없는 게, 무지막지한데다가 인정 사정까지 없는 염도의 애도(愛刀) 홍염(紅焰)이 내뿜는 사나운 열기 아래에서 온전히 목숨을 부지하기 위한 유일무이한 방법이 바로 협동과 상부상조의 미덕을 발휘하는 것이었다.

낙엽 지는 가을이 어느덧 가고, 차가운 북풍이 내려옴과 함께 세상을 하얗게 덮는 초설이 내린 지도 얼마 되지 않았다.

낙목한천(落木寒天), 나뭇잎이 떨어지고 날씨가 추워지는 초겨울에 들어섬과 동시에 결전의 날이 코 앞까지 다가온 것이다. 이에 반비례해서 염도의 특훈을 빙자한 왕 다구리는 그 강도를 점점 더해 가고 있었다. 하나 이미 모루 위에서 수천 번의 망치질로 제련된 검처럼 단련될 대로 단련된 처지인 주작단원들이라 이젠 나름대로 버틸 만했다. 그나마 죽는다는 소리 안 나오는 게 내심 자랑스러웠다.

염도 특유의 화령신공(火靈神功) 때문인지, 검염기(劍炎氣) 탓인지,

아니면 고된 훈련 속에서 흘린 세 양동이는 족히 될 땀 때문인지, 훈련이 끝난 연무장엔 언제나 후끈거리는 열기가 가득했다. 지금이 아무리 싸늘한 북풍이 부는 겨울이라 해도 마찬가지였다.

곳곳에 수북히 쌓인 초설이 채 녹지 않은 채 방치되어 있지만, 이들의 연무장 주위만은 그 어디에도 눈발의 흔적을 찾아 볼 수 없었다. 그만큼 수련에 정진했다는 반증이리라. 염도가 얼마나 이들을 닦달했는지 쉽게 알 수 있다.

고되고 엄한 특별 수련 후, 땀에 절은 몸과 욱신거리는 삭신을 부여잡고 있는 이들에게 비류연의 느닷없는 일방적 통고는 그들의 정신을 뒤흔들어 놓기에 충분했다.

"허걱!"
"예?"
"그…그게 정말입니까?"

주작단은 너나 할 것없이 모두들 사이좋게 도란도란 자신들의 청각 기능에 장애가 있는지에 대해 문의했다.

"가는귀가 먹었니? 내가 분명히 말했잖아!"

두 번 말하기 싫은지 비류연의 말투에는 다분히 짜증기가 배어 있었다.

"그런데 그 내용이라는 게 진위 여부가 무척 의심스러우니 게 문제잖습니까!"

남궁상이 주작단의 대표로서 그들의 마음을 대변했다.

"허허! 너의 믿음이 부족하구나. 내가 너를 그리 가르치지 않았거늘……."

비류연은 낡고닳은 산전수전(山戰水戰), 산악전(山嶽戰), 수중전(水中戰) 다 겪은 강호 노고수처럼 말했다.

주작단의 지금 심정도 이해해 줘야 한다.

단체전!

말이 좋아 단체전이지 조금만 관점을 달리하면 패싸움이나 다름없었다.

비류연의 일방적 통고는 다음과 같았다.

주작단과 청룡단은 양측 담당 노사의 합의에 따라 32명이 남녀를 불문하고 단체로 싸운다는 것이 그 통고의 주요 골자였다. 어렵게 말하면 단체전, 쉽게 말하고, 간단하게 요약하면 패싸움인 것이다.

"저…정말 염도 노사님께서 그런 사항에 합의하셨단 말입니까?"

믿고 싶지 않았다. 남궁상은 지금 자신이 꿈을 꾸고 있다는 사실을 확인받고 싶어 되물어 보았다. 하나, 그의 바람은 너무나 간단하게 비류연에게 버림받고 말았다.

"왜 간단하고 편리해서 좋잖아? 귀찮게시리 열여섯 번씩이나 싸우지 않고 한 번에 뚝딱 끝낸다는 데 얼마나 좋아."

16(十六) 대(對) 16(十六)!

단지 귀찮다는 이유 하나 때문에 단체전으로 몰고 갔다는 듯한 투의 말이었다. 그것도 자신의 편리함을 위해서.(뚜껑을 열어 뒷배경을 보면 그게 사실이긴 하지만…….)

"하지만 그러면 모양이 나지 않지 않습니까! 단체전이라니요……."

우물쭈물 말을 뒤로 빼는 남궁상에게로 비류연의 가차없는 호통이 떨어졌다.

"어리석은 것! 너 아직도 정신 못차리고 겉멋만 따질래? 중요한 건 겉멋이 아니라 실속이야 실속! 우리는 열여섯 번씩이나 싸우지 않는다. 간단하게 한 판으로 끝장낸다. 왜냐? 우린 구차함과 번거로움을 경멸하기 때문이다!'

사실 여기서 기호 취향상 번거로움을 싫어하는 이는 비류연 단 한 사람뿐이었다.

사실 단체와 단체가 비무를 벌인다 해도 한 사람씩 차례로 나와 일일이 붙어가며, 승패에 따라 숫자놀음을 하는 것이 관례이자 정석이자 '상식'이었다. 한데, 느닷없이 선례조차 없는 단체전이라니……

한 마디로 마른 하늘에 날벼락 같은 소리였다. 그런 날벼락 같은 소리를 저렇듯 아무 죄책감 없이 태연자약(泰然自若)하게 내뱉다니…….

언제나 그렇지만 비류연의 무신경에는 절로 감탄이 나올 뿐이다. 이러니 모두들 염도를 뒷배경으로 세운 비류연의 말에 경기 든 표정을 지을 수밖에는 다른 선택 사항이 없지 않겠는가.

물론 믿지 않는다고 해서, 혹은 믿고 싶지 않다 해서 현실이 바뀌는 것은 아니지만 말이다.

이때까지만 해도 자신들이 얼마나 유리한 고지를 점령했는지 알아채지 못하고 있는 주작단이었다.

결전의 날에도 아침 해는 뜬다
-결전 비무의 시작

결전 당일!
비류연은 의심할 여지없는 강압적인 협박조로
주작단 아그들을 둘러보며 말했다.
오늘 따라 유난히 심각한 비류연의 얼굴에는
한 줄기 비장감이 강을 이루어 흐르고 있었다.

"난 너희들을 믿는다."

"예! 맡겨 주십시오. 대사형!"

주작단원들이 가뭄에 콩나듯 오랜만에 보여 준 비류연의 신뢰에 감동해 기운찬 목소리로 대답했다. 비류연은 좀더 자신의 신뢰에 대해 표출(表出)하고 싶은 모양인지 계속해서 말을 이었다.

"난 그동안 너희들이 청룡단을 상대하기 위해 절치부심(切齒腐心), 노력하는 것을 항상 옆에서 따뜻한 시선으로 지켜봐 왔다."

그러고 보니, 청룡단과 주작단이 피할 수 없는 한 판 승부를 벌이게 된 계기가 뭐였더라? (아무래도, 그때 비 모군의 입김이 있었던 듯한 느낌이 강하게 드는데…….)

"그래서 난 너희들에 대한 나의 지극한 사랑과 태산 준봉보다 드높은 신뢰를 증명하기 위해 내가 말이다, 너희들 앞에다 전 재산을 걸었거든……."

당당하고 우렁찼던 앞부분과 달리 마지막은 지나가는 듯한 말투였다. 하나 주작단의 귀엔 그 목소리가 천둥보다 더 크게 들렸다. 마지막에 가장 최고로 하고 싶은 얘기를 하며 짓는 미소가 왜 그리도 가증스럽게 보이는지……. 일장 연설의 최후 부분이야말로 지금 그들이 듣고 있던 이야기 중 가장 핵심적인 내용임이 명약관화했다.

"그렇다면… 너희들이 지면 내가 돈을 잃겠지! 그렇지?"

이제는 주작단 전원의 몸에서 식은땀이 비 오듯이 줄줄줄 흐르고 있었다.

"그렇게 되면 난 그 누구도 거들떠 보지 않는 알거지가 되어 길거리로 쫓겨나는 신세가 되고 말 거야……. 그럼 나중에 개방 애들이랑 밥그릇을 놓고 싸워야 할지도 모르고……. 그럼 난 무척 슬퍼지겠지?"

빈곤으로 점철된 불행이 자신의 눈 앞에 현실로 들이닥친 양 벌써부터 애잔하면서도 비통한 표정을 지어 보이는 비류연이었다.

"그렇게 되면 아마 내 이성이 남아 있지 않을 거야. 그때 어떻게 될지는 나도 모르고 너희들도 모르지! 참 별 것 아닌 얘기지?"

비류연은 생긋 웃으며 말을 마무리했지만, 절대 대수롭게 받아들일 말이 아니었다.

비류연이라면 모르긴 몰라도, 만일 그런 사태가 벌어진다면 자신들이 어떻게 될지 확실히 알고 있었다.

만일 그런 사태가 벌어진다면 자신들이 어떻게 될지는 확실했다.

그렇다면 결론은 하나뿐! 이번 비무에서 결코 져서는 안 된다는, 반드시 이겨야만 한다는 절대적인 명제가 있을 뿐이다. 설령 살을 베이고 뼈가 끊어지는 한이 있더라도!

"그러니깐, 꼭 이겨야 돼요! 하지만 만일 지면 어떻게 될까 궁금하다면, 그 호기심에 경의(敬意)를 표하며 패배한 후에 그 의문을 가장 성대한 방식으로 풀어 줄 용의가 있어요. 기대해도 좋아요."

비류연 딴에는 독려라고 한 말인 듯한데, 그 말을 듣는 주작단원들의 기분은 매우 찝찝했다. 절대로 받아들이고 싶지 않은 독려였고, 마음 속에 천 근 만 근의 부담감만 더하는 한 마디 한 마디였다.

대사형 비류연의 돈에 대한 남다르고 과도한 집착을 뼈저리게 체감하고 있는 그들이었다. 즉 지면 절대로 가만 두지 않겠다는 경고나 다름없었다. 자신들의 승패에 대사형의 돈이 걸려 있다는 그 말 한 마디가 그 어느 경고나 협박보다도 그들을 두려움 속에 빠뜨렸다. 동시에 절대 질 수 없다는 오기와 신념이 그들의 마음 속에서 용솟음쳐 올랐다.

이걸 지금 비류연은 정신 교육이랍시고 하고 있는 것이다.

"풀어라!"

"예!"

"쩔그렁!"

"털썩!"

비류연의 말에 주작단원들은 너도 나도 자신들의 손과 발에 채워져 있던 묵환(墨環)을 끌러 내려놓았다.

"가볍군!"

"기분이 묘한데?"

"이야! 날아갈 것 같아!"

손오공을 5백 년 동안 찌그러뜨려 놓았던 삼천오백만 근짜리 족쇄, 오행산(五行山) 같던 묵환을 끌러 버리자 육신이 깃털처럼 가벼워지고, 힘이 단전으로부터 용솟음쳐 올랐다. 용기 백 배, 두려울 게 없는 무한한 자신감이 뭉클 솟아올랐다.

"가라! 그리고 전력으로 부딪쳐라!"

"예! 다녀오겠습니다, 대사형!"

주작단원들의 대답은 당당하고 우렁찼다. 드디어 그동안의 수련 성과를 시험해 볼 때인 것이다.

32명이 동시에 맞붙을 수 있게 특별히 주문 제작된 특설 비무대 주위로 사람들이 승(僧), 도(道), 속(俗)을 가리지 않고 바글바글 몰려들었다.

세상에서 제일 재미있는 구경거리는 불 구경과 싸움 구경이라고들 한다.

인간은 자신의 신체와 자신의 주변에 피해가 미치지 않는 이상, 남의 불행을 안전한 곳에서 즐겨줄 만한, 즉 타인의 불행은 곧 나의 기쁨이라는 공식을 성립시킬 수 있는 넓은 아량이 구비되어 있었다.

튀어도 자신의 피가 아니요, 잘려도 자신의 살이 아닌 것이다. 인간은 보편적으로 타인의 아픔에 대해 대부분이 무감각하기 때문에 강 건너 불 구경쯤으로 생각하는 것은 당연한 것이었다.

특히 자신의 능력을 개발, 발전 함양시키는 데 특별한 취미가 없는 이들에게 삼성무제 이후 오래간만에 찾아온 싸움 구경이란 무척이나 흥미 진진한 축제이자 유익한 여가 선용이 아닐 수 없었다.

천무학관 내에 얼마나 많은 사람들이 있는지를 보여 주기라도 하듯 새까맣게 몰려든 인파들로 장내는 발디딜 틈 없는 북새통이었다. 여기 모인 모든 이들은 저마다 흥미 진진한 눈빛으로 지대한 눈요기 거리를 지닌 채 잠시 후 벌어질 청룡단과 주작단의 비무에 모든 관심을 쏟고 있었다.

특히 긴급히 열린 안목 품평회(眼目品評會)에서 자신의 주머니를 턴 사람들의 눈빛은 남달리 더욱더 강렬했다.

이번 비무는 모두 공개전으로 만인이 보는 앞에서 이루어진다. 으슥한 곳에서 은밀히 치루어지는 대결 같은 건 공정성과 대외 신용도를 기대할 수 없기 때문에 만인이 보는 앞에서 공개적으로 행해지는 것이다.

"우와아아아아아!"

우레 같은 함성이 터져 나옴과 동시에 바글바글한 인파들 사이로 드디어 오늘의 주인공들이 등장했다. 청룡단주 천수룡 옥룡신검 맹연호를 위시한 15명의 청룡단원과 주작단주 뇌전검룡 남궁상을 위시한 15명의 주작단원들이었다.

염도와 빙검 관철수는 천관주 무적철권 마진가와 함께 특별 관람석에서 자신들의 가르침을 전수받은 학생들을 복잡한 감정이 담긴 눈으로 바라보았다.

드디어 절정 고수 두 사람의 자존심과 한 학생의 목돈이 달린 결전

(決戰)이 시작된 것이다.

　주작단원들은 비장한 각오를 다지며, 청룡단주 맹연호를 비롯한 이름을 기억할 필요 없는 몇몇과 함께 정면으로 격돌했다. 여기에 속 임수나 꼼수가 끼여들 여지(餘地)는 전무했다. 오직 진정한 힘과 기술, 그리고 무학에 대한 이해만이 실력의 고저를 가늠하는 잣대로서 의 유용성이 인정될 뿐이다.

　사력을 다한 힘과 힘, 기(技)와 기(技)가 한 곳에서 성대하게 격돌했 다.

　"우와아아아아!"

　떠나갈 듯한 환호성이 터져 나왔다.

　당사자들에게는 피를 말리는 결전인지 몰라도 지켜보는 이에게는 흥미진진한 한 판 승부일 뿐이었다.

　보통 비무대보다 열다섯 배나 큰 드넓은 특설 비무대 위에서 격돌 하는 무공의 정수들은 장관이 아닐 수 없었다. 검광이 난무하고 도광 이 충천했다.

　빙검 관철수로부터 검을 사사받은 청룡단들의 검은 놀라울 정도로 정확하고 정교했다. 그들의 초식(招式)은 마치 한 자루의 면도(面刀) 를 연상케 할 만큼 날카롭게 연마(硏磨)되어 있었고, 또 그만큼 정련 (精練)되어 있었다. 즉, 형(形)의 완벽(完璧)에 다가가고 있었다.

　반면 염도에게 사사받은 주작단들은 틀에 얽매이지 않고 자유롭 고, 또한 무지막지했다. 그리고 무엇보다 폭발적일 정도로 맹렬했다.

극과 극의 대립이었다. 그리고 어느 누구도 한 치의 물러섬이 없는 만장단애(萬丈斷崖)의 끄트머리에서 벌어지는, 자존심을 건 대결이었다.

그리고 비류연에게는 무엇보다 소중한 지상 최고의 가치인 '돈'이 걸려 있었다.

무인들뿐만 아니라 사람이라면 누구나 실전을 중요시한다.

실전이 그 무엇보다 중요하다는 것은 누구나 다 아는 사실일 것이다. 그러나 비류연의 생각은 달랐다.

그의 사전에 실전이란 말은 없었다. 실전을 할 바에는 차라리 죽는 게 낫다. 어찌 감히 돈을 잃어 벌받을 생각을 다 할 수 있단 말인가…….

비류연에게 있어 사망(死亡)이 있을지언정, 돈이라는 매우 귀중 무쌍한 가치를 잃어버리는 통탄할 만한 행위인 돈을 잃어 버리는 실전(失錢)이란 용납되지 않는 행위였다.

대립이 극명하게 나타나고 있었다.

초반에 보여 준 주작단원들의 실력은 눈부실 정도였다. 개개인의 실력 향상에 주력해 온 청룡단과는 달리 주작단은 항상 협심하여 싸우는 법을 터득해 왔다.

최근 무지막지한 염도의 칼날 아래서는 물론이고, 아미산에서부터 피의 귀환길까지 그들은 언제나 서로가 서로를 위하며 협심해 왔다. 그러니 개개인의 실력 향상에 주력해 온 청룡단이 밀릴 수밖에 없었다.

청룡단의 다른 이들은 문제가 되지 않았는데 역시 문제는 마지막 남은 다섯 명이 문제였다.

꽤나 대단한 사람들이긴 하지만 그것도 이젠 과거지사에 불과할 뿐이었다. 역사는 오늘부로 다시 쓰여지는 것이나 다름없었다.

역시 직접 맞붙어 본 청룡단의 실력은 상상 이상이었다. 천하오검수의 일인인 빙검 관철수 밑에서 놀고만 있지 않았음을, 오늘 선보이는 초식의 정교함을 통해 여실히 보여 주고 있었다. 그러나 그렇다고 해서 그들과 맞붙어 대결하는 주작단원 또한 전혀 꿀리고 싶은 마음은 없었다. 그들도 이미 천하 오대 도객의 한 명인 염도로부터 실전을 방불케 하는, 뼈와 살이 작살나는 단련을 해 왔던 터였던 것이다.

그리고 그들에겐 또 한 가지 절대로 져서는 안 되는 절체절명(絶體絶命)의 이유가 하나 더 있었다. 비류연 대사형이 안겨 준, 천 근 만 근보다 더 부담감이 가는 기억하고 싶지 않은 독려가 그것이다.

청룡단원들이 지닌 자만이 오만이 되었을 때, 그들이 받은 대가는 크나큰 것이었다.

당삼의 실수, 자만이 부른 화!
-노학의 몸으로 배운 기공(奇功 : 기이한 공부)

부족한 자신감은 사람의 마음을 소심하게 만들고,
용기를 잃게 해 동작을 굼뜨게 만든다.
하지만 반대로 자신감이 지나치면
자만심이란 괴물이 장애가 되어 눈을 흐리게 만들고
판단력을 상실하게 하는 무서운 위력을 발휘한다.

솔직히 당삼은 너무 방심했다. 자만이 호출(呼出)한 방심은 언제 어디든 가리지 않고 반드시 절친한 친구인 화(禍)를 부르는 법! 이 공식은 여지껏 한 번도 빗나간 적이 없는 불멸의 진리였다.

얼마 전 어릴 적부터 항상 자신을 괴롭히던 사촌형 독날수 당문천의 코를 철판에 찍어누른 빈대떡처럼 납작하게 만들어 준 것이 오히려 화가 된 꼴이었다.

그날 사촌형이자 웬수 덩어리이던 당문천에게 시원스레 한 방 먹여 준 당삼은 기분이 날아갈 듯 좋았다. 그때만 해도 당삼은 자신의 암기 수법에 자신감이 붙어 이제 누구랑 싸워도 지지 않을 것만 같은 자신감으로 충만해 있었다.

그날의 자신감이 오늘까지 면면히 이어져 오는 건 좋은데, 그 자신감을 믿고 너무 날뛴 게 끝내는 화를 부른 것이다.

너무 감정에 휩슬려 기분 내키는 대로 날뛰다 보니 주위에 주의를 기울이는 것을 잊은 것이 문제였다. 특히 암기류는 실패했을 때 돌아오는 위험이 매우 크기 때문에 여타의 무공에 비해 훨씬 더 신중을 기했어야 함이 옳았다.

자신 만만하게 던진 삼환비선(三環飛旋)과 최강 수법 중 하나인 칠성연환(七星連環) 비격선(飛擊旋)이 청룡단주 천수룡 맹연호의 검에 무위로 돌아갔을 때 그의 전신은 상대방의 검 아래 무방비로 노출될 수밖에 없었다.

기회를 잡은 맹연호의 검은 화산파의 기대주답게 당삼에게 회피할 틈을 줄 만큼 어설프지 않았다. 무수히 떨어지는 매화 꽃잎 속에 숨겨진 집요하고 매서운 검기가 당삼의 몸을 거세게 훑고 지나가자 당삼의 옷은 걸레 쪽이 더 양호해 보일 지경이었다.

목숨이 붙어 있는 걸 보니 손속에 사정을 둔 것은 틀림없지만, 그렇다고 완전히 봐 준 것도 아니었다.

"커억!"

맹연호의 매서운 검기에 당한 당삼이 끓어오르는 기혈을 억누르지 못하고, 비명을 지르며 뒤로 나자빠졌다. 아무래도 지독히 당한 모양이었다.

"당삼!"

주작단에서도 당삼과 가장 절친한 노학이 괴성을 지르며 당삼 쪽으로 달려왔다.

"어딜 가려 하시나? 어차피 가지 못할 길!"

"챙!"

"윽!"

하나 친구의 안위를 걱정하는 노학의 발걸음은 한 명의 청룡단원에게 막혀 더 이상의 행보가 불가능했다.

자신의 앞을 가로막고 있는 청룡단원의 이름이 중요한 게 아니었다. 중요한 사실은 그가 자신의 앞길을 막고 있다는 그것뿐! 성깔 있는 거지의 두 눈에 불똥이 튀었다.

"으아아아아! 삼재구타봉법(三才狗打棒法)!!!"

"파바바박!"

괴성과 동시에 노학의 손에 쥐어진 녹색 타구봉(打拘棒)이 무지막지한 변화를 뿜어내기 시작했다.

족쇄 같던 무거운 묵환(墨環)을 떼어 버린 노학의 손에서 펼쳐지는 타구봉의 변화 무쌍함은 타의 추종을 불허했다. 낭창낭창 휘어지는 봉 끝에서 뿜어져 나오는 변화는 영활하기 그지없었다.

"헉!"

청룡단 부단주 철검비룡 하세인의 눈이 경악으로 부릅떠졌다. 노학의 공격은 상식을 초월하는 괴이한 변화를 보이며 그의 전신 요혈을 향해 쇄도해 들어오고 있었다.

그도 그동안 개방의 타구봉법을 상대해 보지 않은 것은 아니었지만, 이제까지 그 누구도 노학 같은 괴상하고 무지막지한 변화를 보인 이는 없었다.

'삼재구타봉법(三才狗打棒法)!'

　노학에겐 여지껏 친구들인 주작단에게도 알려주지 않은 비장의 무공이 하나 있었는데, 그것은 바로 삼재구타봉법 (三才狗打棒法)이란 무공으로서 비류연에게 죽도록 얻어맞으면서 깨우친 비장의 무공이었다.

　원래부터 개방에는 여염집 아낙네의 속곳처럼 은밀히 전해져 내려오는 비전의 봉법이 하나 있다. 그 이름하여 거룩한 타구봉법(打拘棒法)!

　가장 효과적으로 개를 때려잡기 위해 창안되었다는 전설이 달라붙어 있는 이 오묘하기 짝이 없는 봉법은 개방의 수뇌부 사이에서도 내연의 관계에 있는 불륜의 연인 사이만큼이나 극비리에 은밀히 전해져 오고 있다.

　한두 초식 정도는 나누어 전해지는 항룡십팔장과 다르게 이 봉법을 전수받을 자격이 있는 자는 방주 직계로 한정되어 있다. 방주 직계 제자 중 한 명인 노학마저도 아직 전반부만 배웠을 뿐 몽땅 전수받지는 못하고 있는 처지였다. 그나마 노학은 천무학관에 입관하게 되었던 터라 조금 더, 개코딱지만큼이라도 더 얻어 배울 수 있었던 것이다.

　원래 개방은 전통에 따라 무공도 구걸(求乞)해서 배운다. 제대로 구걸 행위를 하지 못하면 무공도 못얻어 배우는 것이다. 무공이 다양한 만큼 얼마나 뛰어난 구걸 신공(求乞神功)을 보여 줄 수 있는가에 따라 거지의 일신에 쌓이는 무공 또한 늘어나는 것이다.

　개중에는 이를 가리켜 점점 더 잡다해진다고 표현하는 사람들도 있다. (사실 별로 틀린 말은 아니다.)

개방은 바닥이 바닥인 만큼 장로들이라 할지라도 각자 지닌 일신상의 무공이 다르고, 복잡 다양하여 그 계보가 헝클어진 실보다 복잡했다.

지금 노학이 펼친 것은 물론 개방 비전오의(秘傳奧義) 타구봉법이 아니었다. 똑같은 개 패는 몽둥이 찜질법이라 해도 타구봉법은 좀더 우아하고 정교한 맛이 있었다.

노학은 개방 조사님이 알면 피눈물을 흘리며 머리채를 쥐어 뜯을지 모를 만행, 즉 전수받은 반 쪽짜리 타구봉법을 자기 마음대로 왜곡 변형시키는 만행을 저질렀던 것이다.

비전 중의 비전 타구봉법을 개조 개량해 절치부심한 끝에 완성한 노학 자신만의 봉법, 그것이 바로 삼재구타봉법인 것이다.

삼재구타봉법은 삼복구타권법과 마찬가지로 전 삼부(三部)로 나뉘는데 그 의미가 조금은 틀리다.

각 삼부는 인봉(人棒), 지봉(地棒), 천봉(天棒)으로 되어 있다.

우선 제3부인 인봉(人棒)은 사람을 개패듯 패서 사람을 개로 만드는 무공이고, 제2부인 지봉(地棒)은 앞서처럼 사람을 개패듯 패긴 패되 사람을 땅에 파묻을 만큼 팬다. 그리고 마지막 최절초이자 삼재구타봉법의 정화격인 제1부 천봉(天棒)은 사람을 패는데, 그 패는 정도가 사람을 하늘로 승천시킬 만큼 패는, 매우 무시무시하기 짝이 없는 패악한 무공이었다. 마지막 천봉은 사람을 가루로 만들어 날려 버릴 정도로 패버리기 위한 용도인 것이다.

노학이 비류연에게 뼛속 깊숙한 곳, 곰탕 끓일 때 우러나오는 부분

같이 깊게 물들었다는 증거였다.

삼재구타봉법은 원래 개방 최고 비전인 타구봉법 안에 고스란히 담겨있던 현묘함과 현기는 온데간데 없이 찾아볼 수 없는 미아가 되었고, 오로지 무식함과 피맺힌 처절함만이 남아 있는 무지막지한 봉법이었다. 너무 무식해서 막을 수 없는 봉법, 그것이 바로 삼재구타봉법인 것이다.

"헉!"

철검비룡 하세인은 노학의 갑작스러운 공세에 부딪치자 순간 당황했다.

노학의 봉법은 무공의 상리(常理)에서 어긋나는 점이 많아 쉽게 대처할 수 없었던 것이다. 더군다나 옆에서 유운검 현운까지 가세하자 더 이상 노학의 봉에만 신경쓸 수가 없었다. 그것이 그에게는 가장 치명적인 실수였다. 잠깐의 방심은 노학의 삼재구타봉법에게 그의 방어를 뚫고 들어갈 빌미를 제공했던 것이다. 그의 몸으로 삼재구타봉법이 여지없이 작렬했다.

"빠바바바바박!"

"퍽퍽퍽!"

인정 사정 따윈 애초부터 양측의 고려 사항에 들어가 있지 않았다.

"크아아아악!"

하세인의 입에서 돼지 먹따는 듯한 괴성이 터져 나왔다. 이미 하세인의 어느 곳에도 천무구룡으로서의 위상은 찾아볼 수가 없는 상태였다. 저런 째지는 듯한 괴성을 듣고 누가 곤륜파의 대제자라 생각할 수 있겠는가.

　이리하여 비류연의 눈 밖에 나, 이번 비무의 원인 제공자가 되어
버린 철검비룡 하세인은 노학의 타구봉 아래에서 삼재구타봉법을
맞고 개박살이 났다.

　그러자 그 모습을 멀리서 지켜보던 비류연의 입가에 비로소 만족
스런 미소가 감돌았다.

　눈에 거슬리는 건 절대 그대로 놔두지 않는다.

　'티끌 같은 원한도 눈덩이처럼 불려 백 배로 돌려준다!'

　한 번도 사문의 금과옥조 같은 가르침을 잊어 본 적이 없는 비류연
이었다.

남궁상 대 맹연호

"휴우!"
남궁상은 거칠어진 호흡을
가다듬으며 정신을 집중했다.
자신을 바라보는
주위의 시선이 따가울 정도로
뜨겁게 느껴졌다.

옛날 같았으면 이 정도 시선에도 얼굴이 벌겋게 달아올랐겠지만, 지금은 상황이 돌변하여 이 정도의 순진 떨기엔 그동안 당한 게 너무 많았다.

주변은 어느 정도 정돈되어 있었다. 쌍방의 격렬한 격돌에 의해 정도 이상의 부상을 입은 사람들은 이미 실려 나가고 없었다. 특설 비무대 바닥도 검파(劍波)의 영향으로 인해 너덜너덜해져 있었다. 얼마나 격렬한 충돌이 있었는지 여실히 보여 주는 모습이었다.

이제 승부는 단주 대 단주의 승부로 점점 좁혀지고 있었다.

남궁상은 몇 번이나 자신에게 패배를 안겨 주었던 사내 천수룡 맹연호를 쳐다 보았다.

그동안의 승률 때문인지 아직 맹연호의 눈엔 여유가 남아 있었다. 하지만 지금 현재의 남궁상은 그동안의 남궁상과는 전혀 다른 사람이라 해도 과언이 아니라는 사실을 그는 모르고 있었다.

"아직은 체면 때문에라도 얌전히 승리를 내어 줄 수는 없네. 할 수 있다면 실력으로 가져가 보게."

반드시 자신만큼은 이겨 보이겠다는 이야기였다. 그리고 자신도 있었다.

"얼마든지!"

남궁상은 거절하지 않았다. 그는 전혀 위축되지 않은 채 당당한 기상으로 맹연호의 말을 받았다.

이제 이런 일은 만성이 되었기 때문인지 가슴 두근거림조차도 느껴지지 않는 담담한 상태였다.

남궁상의 말이 끝남과 동시에 맹연호가 달려 들었다. 매화 꽃잎처럼 붉은 검기가 그의 검 끝에서부터 남궁상을 향해 뻗어 나왔다.

"매화만천(梅花滿天)!"

청룡단 단주이자 화산파의 제일 기재답게 맹연호의 검기는 화려하면서도 날카로웠다. 예전에 있었던 비무에서 남궁상에게 패배를 안겨 주었던 매화검법의 절초이기도 했다. 빙검의 가르침 덕분인지 그의 초식이 더욱 정묘해졌음을 남궁상은 인정할 수밖에 없었다. 하지만 그도 예전의 궁상자 남궁상이 아니었다.

"백뢰비성시(百雷飛星矢)!"

남궁상의 애검 백공(白公)의 진짜 정체는 먹구름이라도 되는 양 그의 검으로부터 수십 줄기의 뇌격(雷擊)이 섬전처럼 뻗어 나왔다.

예전과는 비교가 불가능할 정도로 강력한 일격이었다.

막아 볼 테면 막아 봐! 라는 의미가 듬뿍 담긴 일검을 멋지게 날려주는 남궁상이었다. 예전보다 훨씬 적극적인 공세였다.

승리의 남신(男神 : 중국에선 전신 치우가 전쟁과 승리의 신이다. 물론 성별은 의심할 여지없는 남자다.)은 점점 더 남궁상 쪽에 호감을 보이고 있었다.

그 어떤 의외의 결과가 현실로부터 도출되었다 할지라도 그 결과에 대해 미련을 가져서는 안 된다.

비록 그 결과물이 절대로, 죽어도, 입을 반으로 째고 배를 열십자로 가른다 해도 또 결코 마음으로부터 승복할 수 없는 것이라 해도 과거를 바꿀 만한 능력이 없는 이상, 아무리 그 결과가 불만족스럽다 해도 인정하고 이에 대한 미련을 버려야 한다. 구차해지고 싶지 않다면 말이다.

만일 그러지 못한다면 평생 그 미련의 족쇄에 발이 묶여, 업장(業場)에서 헤어나지 못하고, 고해(苦海)의 늪에서 고난을 받게 될 것이다.

하지만 그게 어디 말처럼 그리 쉬운가! 벌써 여기서도 이미 도출된 눈에 빤히 보이는 결과에 대해 승복하지 못하는 이들이 있다.

그날의 몸 상태가 나빴다든지, 오늘 아침에 밥을 반 공기밖에 비우지 못해 굶어죽을 지경이라느니, 15일 동안 하루 삼세 번의 설사에 시달렸다느니, 어제 저녁에 배를 덮고 자지 않아 감기가 들었다느니, 하는 등의 다양한 변명들을 앞세우고 있지만 과거를 바꾸지 못하는 이상 이미 놓쳐버린 나룻배였다.

"난…난 인정할 수 없네."

맹연호는 망연 자실한 표정으로 말했다. 그의 목소리는 심하게 떨리고 있었다.

"자네가 인정하지 않는다 해도 이미 결정된 현실이 바뀌는 건 아닐세. 자네가 인정하든 죽어도 인정하지 않든 우리가 자네들을 이겼다는 사실에는 아무런 변함이 없지!"

남궁상의 단호한 말에 맹연호는 더 이상 할 말이 없었다. 그의 입이 아교로 붙인 것처럼 찰싹 달라붙었다.

그의 검은 방금 전까지의 부딪침으로 군데군데 이가 빠져 나가 과히 보기 좋지 않았다. 반면 남궁상의 검은 이 빠진 곳 없이 멀쩡했다. 흠집 하나 없었다.

이미 주위를 둘러봐도 제대로 서 있는 사람은 자신밖에 없었다. 나머지는 장외패를 당하거나, 아니면 부상으로 실려 나가고 없었다.

반면 주작단은 아직 남궁상을 위시하여 현운, 진령, 당문혜, 남궁산산 이렇게 네 명이나 더 남아 있었다.

이들 네 명은 남궁상의 뒤에서 조용히 서 있을 뿐이었다. 그리고 지금 맹연호와 정면으로 마주하고 있는 이는 남궁상이었다. 그의 모습이 나름대로 자신을 배려해 주고 있는 것임을 맹연호는 잘 알 수 있었다.

"크으으으윽! 난 믿을 수 없네. 어…어떻게 우릴 이길 수 있었나?"

예정되어 있지 않던 의외의 패자로서 가질 수 있는 당연한 질문이었다. 맹연호의 인생 계획에 있어 오늘의 일은 매우 치명적인 오점이 아닐 수 없었던 것이다.

"큭큭!"

남궁상은 쓴웃음을 지으며 청룡단주 천수룡 맹연호의 질문에 대답해 주었다.

"혹시 강풍이 몰아닥치는 만장단애의 끄트머리에 서 본 적이 있나? 자네도 무저갱(無底坑)이 입을 벌리며 환영 인사를 하고 있는 만장단애(萬丈斷崖) 끝에 서 보게! 기분이 삼삼할 걸. 그럼 자네도 나처럼 할 수 있을 걸세. 내가 보장하지. 하지만 그런 경험은 되도록 피하는 게 정신 건강에 좋다고 충고하고 싶군.

알겠나? 자네들이 진 이유는 바로 싸움에 임하는 자세가 애초부터 틀렸기 때문일세. 그 각오의 차이가 오늘의 이 결과를 만들어낸 것일세. 즉 절대 우연이 아니니 억울한 하늘에다 원망 보내는 그런 수고를 할 필요는 없네! 이제 이해했나?"

"가…각오라고?"

아직 이해하지 못하겠다는 얼굴로 맹연호가 반문했다.

"아직 이해하지 못하겠나? 우린 이번 대전에 임함에 있어 죽음을 각오했다네. 필사의 각오였지. 반면 자네들은 어떠했나? 겨우 그동안 유지하던 명성이나 지키자는 정도의 안이한 마음가짐이 아니었나?"

"……."

맹연호의 입이 조개처럼 다물어졌다. 갈아놓은 비수 같은 남궁상의 말은 그의 가슴을 사정없이 후벼 팠다. 그의 얼굴이 부끄러움으로 인해 벌겋게 변했다. 남궁상의 말은 한 마디도 틀린 곳이 없었다.

필사의 각오? 그런 건 애초에 고려의 대상이 아니었다.

주작단과 청룡단은 대전에 임하는 자세부터가 달랐다. 그저 자존심만 지키면 된다는 안이한 생각을 품고 있는 청룡단과, 목숨을 걸고 배수진을 친, 무슨 수를 써서라도 이기겠다는 장수의 심정으로 대전에 임하는 주작단의 각오가 같을 리가 만무했다.

주작단원들은 이빨을 사려물고 혼신의 힘을 다해 검을 휘둘렀다. 그리고 그 대가로 손아귀에 승리를 거머쥔 것이다.

"우리가 졌네."

마침내 맹연호가 진심으로 자신들의 패배를 시인했다.

승부는 이미 시작할 때부터 정해져 있었던 것인지도 모른다. 그런 생각이 언뜻 그의 머리 속을 스쳐 지나갔다. 다시 맹연호의 입이 조용히 열렸다.

"하지만 이대로는 끝낼 수 없군."

남궁상은 그의 말에서 굳은 결의를 느낄 수 있었다.

"이해하네! 그리고 우리의 승패 또한 정해야지."

남궁상은 이해한다는 듯 고개를 끄덕였다.

맹연호에게 있어 청룡단의 패배는 기정 사실이나 다름없었다.

하나 그렇다 해서 이대로 얌전히 물러설 수는 없는 법이었다.

누구도 자신들 둘의 싸움에 끼여들지 않을 것이다. 이것은 청룡단과 주작단을 떠나 남궁상과 맹연호, 개인 대 개인의 쌍무였다.

이제 그들을 말려 줄 손은 그 어디에도 없었다. 이미 검은 뽑혔다. 승부는 스스로 가릴 수밖에 없다.

"확실히 임전 태도에 있어서는 우리의 패배인 것 같군. 게다가 결과

마저도 이러니 나마저 자네에게 져서야 친구들의 체면을 세워 줄 수 없다네."

반드시 자신만큼은 이겨 보이겠다는 이야기였다.

남궁상은 거절하지 않았다. 가슴 두근거림조차 없이 평온했다.

"얼마든지!"

남궁상의 말이 끝남과 동시에 맹연호가 달려들었다. 그의 검 끝으로부터 매화 꽃잎처럼 붉은 검기가 뻗어져 나왔다. 과연 화산파의 이름난 기재다운 훌륭한 검기였다.

그리고 이번 비무의 마지막을 장식하는 화우(花雨 : 꽃비)이기도 했다.

단체전에서 유감없이 발휘된 주작단의 협동심과 상호 연계성은 그들에게 검진의 짜임새와 운용을 방불케 하는 움직임을 만들어 주고 있었다. 이미 생사를 함께 드나들며 고통을 함께 한 동료들이었다.

"드디어 이긴 건가! 생각보다 오래 걸렸군. 허약하기는…… 아직 멀었군, 멀었어!"

남궁상을 향해 달려드는 맹연호를 지켜보던 비류연이 독백하듯 말했다. 더 이상 싸움의 결과는 볼 필요도 없다는 태도였다.

"그렇다면 배당금이 얼마나 될까?"

비류연은 제자들의 안위보다는 조금 있으면 돌아올 자신의 안목에 대한 배당금에 대해 더 궁금해하고 있는 자신을 속일 마음이 전혀 없었다.

청룡단과 주작단 어디가 이겼을까요?
-무지무지 화를 내는 비류연!

승리자에겐 당연히
영광이 돌아가야 정상이 아닌가?
허나 땅바닥에 대가리를
박고 있는 주작단원들의 모습 어디에서도
영광이란 단어는 찾아볼 수가 없었다.

　당삼을 비롯하여 크게 부상당한 몇 명을 제외한 나머지 주작단의
사지가 멀쩡한 남자들은 땅에 머리를 처박고, 여자 단원들은 의자를
사이좋게 하나씩 머리 위로 번쩍 들어올리고 있었다. 마치 서림(書
林)에서 공부 시간에 졸다 꾸중 듣는 어린아이들 같은 모습이었다.
　비류연의 노기 등등한 시선이 차례대로 그들의 몸에 꽂힐 때마다
불쌍한 주작단원들은 찔끔할 수밖에 없었다.
　"야! 겨우 그 정도 놈들에게 네 놈이나 당해? 너희들 죽고 싶냐?"
　조금 전의 치열했던 격전으로 온몸에 성한 데가 별로 없는 주작단
이었다.
　하지만 이겼다. 비록 처음엔 고전했지만 나중에 가서는 승리를 거

머쉬었다. 그런데도 뭐가 불만인지 지금 비류연은 주작단원들의 눈 앞에서 방방 날뛰고 있는 것이다.

염도는 그저 굳은 표정으로 비류연의 뒤에 과시용 병풍처럼 서 있을 뿐이었다. 하나 그의 볼이 연신 실룩대고 있는 것을 보니 웃음을 참기 힘든 모양이었다.

깨어진 냉면(冷面 : 차가운 얼굴)을 한 빙검 관철수의 입에서 졌다는 말을 들었을 때, 염도는 오늘만큼 기쁘고 통쾌한 날이 없었다. 길 가는 아무나 붙잡고 얼싸안고 춤이라도 추고 싶은 기분이었다. 하지만 비류연의 마음은 그렇지 않은 모양이었다.

물론 비류연은 이겼기 때문에 크게 마음 상하지는 않았다. 자신의 돈도 무사했을 뿐만 아니라 수십 배가 되어 돌아왔다. 물론 이건 매우 기쁘고 흡족한 일이었다. 문제는 다른 곳에 있었다.

이기긴 이겼으되 간신히 이겼다는 게 문제였다. 비류연은 좀더 확연한 실력차를 보이며 이기기를 바랐다.

남들이 들으면 너무 무리한 요구라고 생각할지 모르지만 비류연의 생각은 달랐다. 한 순간이나마 고전했던 게 마음에 들지 않았던 것이다.

주작단원들은 이제나 저제나 기상시켜 주기만을 바라고 있었지만, 비류연의 입에서는 '기상' 소리가 나올 생각을 하지 않고 있었다.

비록 남자들은 땅에 대가리를 박고, 여자들은 의자 하나씩 손에 쥐고 머리 위로 든 채, 식은땀을 줄줄 흘리고 있다 해도, 이제 천무학관 사신단 중 최고 실력자는 이들 주작단이란 사실에는 변함이 없었다.

초겨울에 실시된 청룡단과 주작단의 단체 비무는 의외의 결과를 낳으며 모든 이의 예상을 깨고 주작단의 완벽한 승리로 돌아갔다.

사실 이번 결과는 이미 예정된 것이나 다름없었다. 비무는 그저 형식적인 확인 절차에 불과할지도 모른다.

두 곳은 싸움에 임하는 자세부터가 달랐다. 주작단은 등 뒤에 배수의 진을 치고 있는 것이나 마찬가지였다. 궁지에 몰린 쥐, 추적병을 앞에 두고 등 뒤에 만장단애를 둔 검객! 바로 주작단의 적나라한 심리 상태였다.

만약 졌다가는 그들 16명을 찜쪄 먹기 위해 대기하고 있는 사람이 무려 둘이나 있었다.

둘이 별거냐고 반문하는 사람도 있을 수 있겠지만, 그 둘이 담당 스승 염도와 대사형 비류연이라면 이야기는 틀려진다.

그들이 죽기 살기로 달려드는 것은 당연한 일이었다. 반면 청룡단은 그러찮아도 자만하고 있던 터에 빙검 관철수의 지도를 받았다고 기고만장해져 있었다. 완벽이 초완벽해 졌는데 적수가 어디 있겠느냐는 게 그들의 생각이었다. 그러니 승패는 이미 시작부터 결정된 거나 다름없었다. 주작단은 몸을 돌보지 않고 달려들었고, 청룡단은 제 몸 지키기에 급급했다. 생사 대전은 아니었지만, 주작단에겐 생사가 달린 일이었다. 따라서 상처는 주작단이 더 많지만, 승리는 주작단에게로 돌아갔다.

어쩌면 새로운 바람이 불어오고 있는 것인지도 모른다.

한 해가 가고 새로운 해가 밝았다. 말도 많고 탈도 많고 일도 많고 사건도 많고 구설수도 많은, 다채롭고 화려한 일 년을 보내며 주위의 여러 사람들에게 성대하게 폐를 끼친 비류연도 무사히 진급하여 이 학년이 되었다.

물론 주위 사람에겐 전혀 납득이 가지 않는, 믿을 수 없는 사실이었지만 놀랍게도 비류연은 낙제하지 않았다. 그의 선배로서의 자격이나 역량은 둘째로 치고, 비류연도 이제 어엿한 선배가 된 것이다.

물론 올해도 어김없이 파릇파릇하고 싱싱한 후배들이 들어왔다. 하나 비류연은 그런 일에 신경쓸 겨를이 없었다.

마침 그는 자신의 귀를 의심할 만한 이야기를 들었던 터였기 때문이다.

"어디?"

묘한 표정으로 비류연이 반문했다. 평온을 가장하고는 있지만 지금 그의 마음은 절대 평온하지 않았다.

날이 시퍼런 도끼 같은 눈으로 자신을 쳐다보자 남궁상은 찔끔할 수밖에 없었다. 산 채로 회를 뜨겠다는 그런 의지가 무럭무럭 피어오르고 있었다. 이럴 땐 몸조심해야 했다.

"어디라고?"

다시 한 번 확인하듯 비류연이 되물었다.

"……아…아미산(峨嵋山)이요!"

"너 죽을래? 죽고 싶냐? 사망 신고서에 대신 서명해 줄까?"

"켁켁! 대…대사형!… 살…살려주세요! 켁켁!"

비류연의 신형이 전광처럼 움직이더니 순식간에 남궁상의 멱살을 움켜잡고는 옷깃조르기를 시도하고 있었다.

숨통을 조여 오는 옷깃에 남궁상은 숨도 제대로 내쉴 수 없었다.

"어디라고? 그거 거짓말이지? 농담이지? 이번에 아니라고 하면 용서해 줄 용의가 있어. 거짓말이지? 그렇지?"

남궁상은 아니라고 말하고 싶었지만, 어디 그게 마음대로 되는 일인가. 현실은 만년빙설보다 냉정해서 자신의 뜻대로 주문맞춤 할 수 없는 단점이 있다.

"켁… 죄…죄송합니다. 사실입니다."

"정녕 사실이냐?"

겨우 부여잡았던 멱살을 놓고 비류연이 다시 한 번 물었다. 이번에도 같은 대답이면 가만두지 않겠다는 의도를 지닌 살기가 온몸에 가득했다. 남궁상은 죽을 상을 하며 고개를 푹 숙였다. 그래서 이 역할을 맡기 싫었던 것이다. 그런데 자신이 단주라며, 이런 험난 무쌍한 일을 아무렇지도 않게 떠넘기다니……. 그동안 쌓아 놓았던 우정은 온데간데 없고 대신 이가 바드득 갈릴 정도의 증오만이 그 자리를 메꾸었다. 떠나가는 자신을 안쓰러운 얼굴로 쳐다보던 진령의 얼굴이 뇌리에서 지워지지 않았다.

'진 소저, 내가 여기서 살아돌아가지 못하더라도 내가 당신을 사랑했다는 사실 하나만은 기억해 주오!'

남궁상은 눈을 질끈 감고 대답했다.

"사실입니다. 이번 대사형의 합숙 훈련 장소는 아미산으로 결정되었습니다."

"……."

그리고 영원처럼 이어지는 긴 침묵. 언제 주먹이 날아와 자신을 저 세상으로 보낼지 내심 두려운 남궁상이었다. 그런데 너무 조용했다. 너무 큰 충격을 맞은 것인가?

"궁상아."

"예…옙! 대사형!"

화들짝 놀란 남궁상이 얼른 대답했다. 그가 지금 얼마나 긴장하고 있는지 여실히 태가 드러나는 모습이었다.

"너라면 거기 가고 싶겠냐?"

조용조용한 어조로 비류연이 물었다. 방금 전까지만 해도 불같이 화내던 모습은 온데간데 찾아볼 데가 없었다.

남궁상은 고개를 세차게 저었다. 미치지 않은 이상 그런 끔찍한 곳은 두 번 다시 가고 싶지 않았다.

"아…아닙니다. 그럴 리가 있겠습니까! 절대, 절대로 두 번 다시 가고 싶지 않습니다."

"호오… 그래? 가기 싫단 말이지……!"

"예!"

남궁상이 힘주어 대답했다. 그의 단호한 태도로 보건대 진심인지 아닌지는 확인해 보고 자시고 할 것도 없었다.

비류연은 여기서 그치지 않고 계속해서 물었다.

"그런 악독한 사부를 다시 만나기는 죽기보다 싫고 말이야, 그렇지?"

"예!"

"사부를 다시 만날 바에는 여기서 죽는 게 낫다고 생각하고 있지?"

"예! 그렇습니다."

"그런 악몽은 두 번 다시 떠올리기도 싫지?"

"예에! 사형도 그러셨군요. 그때 저희들이 얼마나 모진 고생을 다하고, 갖은 학대를 골고루 다 받았던지 떠올리는 것만으로도 등골이 섬뜩하고 오금이 저릴 정도로 끔찍한 악몽이었습니다."

남궁상의 가슴 속에 그동안 남 모르게 쌓여 있던 불평 불만들이 봇물 터지듯 쏟아져 나왔다. 자신의 복받치는 감정을 제대로 추스르지 못하는 남궁상은 자신의 눈 앞에 서 있는 비류연의 미소가 점점 더 깊고, 그리고 차갑게 변해 가고 있다는 사실을 눈치채지 못했다. 덤으로 친근해 보이는 핏대도 이마빡에 떠올랐지만, 그것 역시 긴 앞머리에 가려 눈치채지 못했다.

지금 자신이 누구 앞에서 스스로 자진하여 자기 무덤에 삽질하고 있다는 사실을 깨닫지 못하고 있는 것이다. 결정적으로 남궁상은 비류연이 가리키는 사부와 자신이 알고 있는 사부가 전혀 다른 인물이란 사실을 몰랐던 게 최대의 실수였다.

"흐흐흐! 그래? 그렇단 말이지!'

감히 그런 생각을 품고 있었단 말이지! 비류연의 말꼬리가 살짝 올라갔다. 매우 괴씸했지만 지금은 그걸 따질 계제가 아니었다.

"너도 무척이나 가기 싫겠지만…… 솔직히 나도 가기 싫다."

묘한 어감을 띤 목소리로 비류연이 말했다.

남궁상은 자신의 눈 앞에 있는 사람이 누군지도 모르고 입을 함부로 놀린 것이다.

그런 사소한 것은 절대 잊지 않거나 가슴 속에 새겨두는 비류연이었다. 그러나 지금은 그게 문제가 아니었다.

남궁상하고는 다르지만, 어찌 보면 비슷하기도 한 이유로 비류연은 아미산에 죽어도 가기 싫었다. 아니 그에게 있어 죽어도, 절대로 가서는 안 되는 곳이 바로 아미산이었다.

얼떨결에 갔다가 만에 하나 잡히기라도 하는 날엔!

생각만 해도 끔찍한 비류연이었다.

'아직 괴물 영감탱이 사부를 이기지 못하는 이상, 절대 아미산 반경 5백 리 안으로 접근할 수는 없어. 뇌신(雷神)의 힘, 마지막 비의(秘意)를 손에 넣기 전까지는……'

그렇다면 방법은 단 하나.

수단과 방법을 가리지않고 장소를 바꾸는 수밖에 없었다. 그렇다면 그런 일을 해 줄 사람은 한 사람밖에 없었다.

'그래! 염도라면!'

비류연은 얼른 염도와 상의해 보기로 마음먹었다. 아직도 사부에 대한 공경심과 경외심이 부족한 궁상 녀석의 처우에 대해서는 나중으로 미루기로 하고 비류연은 다급히 신형을 옮겼다.

그날 밤 염도의 처소에서는 기괴한 신음 소리 및 괴성이 터져 나왔지만 헛소문으로 치부되고 말았다.

상대의 멱살을 움켜잡고 골수가 뒤흔들릴 정도로 흔드는 것을 상의라고 할 수 있을지는 의문스럽지만, 비류연과의 역동적인 상의를 마친 염도는 다음 날 날이 밝음과 동시에 초췌한 얼굴에 떫은 감 씹는 얼굴로 천무학관주 마진가의 처소를 방문해야만 했다.

비류연은 절대 아미산은 고사하고 아미산이 자리하고 있는 사천성

(四川省) 근처에도 가고 싶은 생각은 추호도 없었다. 스스로 지옥문 안으로 걸어갈 만큼 어리석지는 않았다.

대사형의 마수에서 벗어나고파!

"드디어 대사형의 마수에서
벗어날 수 있겠군.
이제 우리에게도 희망이
다시 찾아오는가 봐.
이렇게 기쁠 수가……."

"우리에게도 이제 암운이 걷히고 광명이 찾아오고 있는 것일 거야."

"참 다행이에요."

진령도 그녀의 가녀린 가슴을 살짝 쓸어내렸다.

"……."

"드디어 대사형과 떨어져 있을 수 있게 됐어! 이렇게 기쁠 수가!!!"

"정말 기쁜 소식일세. 이제 두 달 가까이 대사형하고 얼굴 마주칠 일이 없다니 당분간 다리 뻗고 잘 수 있겠어."

"그럼, 그럼! 편안한 잠자리뿐인가! 이유 없는 지출 또한 줄어들 거야. 대사형만 곁에 있으면 왠지 손가락 사이로 돈이 모래처럼 빠져

나가는 듯한 착각이 가끔 든다네. 그 감각이 얼마나 섬뜩한지 자네들
은 아마 모를 거야."

마지막은 금영호가 고개를 절레절레 저으며 한 말이었다.

이렇게 주작단원들이 삼삼오오 모여 기쁨을 나누며 들떠 있는 시
각, 관주 마진가의 처소에 찾아든, 붉은색이라는 특이한 머리칼을 지
닌 사내가 한 명 있었다.

그의 방문 목적은…….

오직 두 사람만이 알고 있을 뿐이지만, 그 목적에 연루된 사람은
수십 명이 넘었다.

천관주 마진가를 극비리(?)에 방문한 염도는 마진가 앞에서 피끓는
열변을 토한다.

"관주! 아직 주작단 아이들은 미완성입니다. 이대로는 부족합니다.
저는 아이들의 앞날이 걱정입니다. 그 아이들에게는 지금 특별 강화
훈련이 필요합니다. 저에게 맡겨 주십시오. 제가 이번에 절치부심하
여 그 아이들의 무공을 완성시켜 보이겠습니다. 지금이 가장 중요한
때입니다."

제자들의 발전을 바라는 염도의 뜨겁게 불타오르는 마음은, 이 얼
마나 열정적이고 감동적인가. 물론 그의 이 감동적인 열변에 진심이
라고는 티끌만큼도 어려 있지 않았지만, 그의 목소리엔 비장함(?)이
가득차 있었다.

"허허허! 제가 어찌 염도 노사의 뜨거운 열정을 외면할 수 있겠습니
까. 부탁드립니다."

염도의 열성적인 교육열에 감동한 관주 마진가는 염도의 의견을

흔쾌히 수락했고, 염도의 주장에 의해 천검조의 합숙 훈련지는 주작 단과 같은 무당산으로 급선회(急旋回). 지검조가 아미산으로 가게 되었다.

"휴우! 살았다. 과연 통하는구나!"

관주의 처소를 나온 염도의 한 마디였다.

아직도 밤새도록 그를 붙들고 그의 귀에 악마의 지혜를 속삭이던 비류연의 얼굴이 떠올라 몸서리쳐지는 염도였다.

"팔자에도 없는 무당산행이라니…… 뭐! 여기 한 곳에 묶여 있는 것보다 나을지 모르지……."

그러나 며칠 가지 않아 염도는 자신의 생각이 12할 정도 틀렸음을 확신할 수 있었다.

비류연이 있는 곳에는 어딜 가나 왜 사건 사고가 끊이질 않는지, 올려다 보는 하늘이 원망스러운 염도였다.

제발 이 관계가 하루 빨리 끝났으면 좋으련만…….

불가능을 가능으로 만들려는 것은 세상과 세상의 묵시된 규칙에 대한 예의가 아니었다.

'염도가 마진가를 방문한 후 아침 조례 시간.'

"그런 관계로 이 학년 천검조의 아이들 합숙 훈련 장소를 아미산에서 무당산으로 변경하는 바이오. 또한 염도 노사의 간청에 따라 사학년 주작단원들을 특별 수련의 명목으로 이번 무당 합숙 훈련에 합류시킬 것을 허가했소. 인솔은 염도 노사가 맡을 것이오."

조례 회의 석상에서 있은 마진가의 폭탄 선언에 무사부들 이하 원로들은 모두들 믿기 힘들다는 표정을 지어 보였다.

　여기저기서 쑥덕거리는 소리가 들려 왔다.

　"아니… 그 성질 급하고 혼자이길 좋아하는 염도 노사가 그런 일을 자청하고 나섰단 말인가?"

　"으음……. 내 귀로 듣고도 믿기 힘든 일이로군. 확실히 저번에 있었던 청룡단과의 비무 결과는 놀라운 것이었지!"

　"맞네. 설마 주작단이 최고의 기재들로 구성되어 있다는 청룡단을 이길 줄 그 누가 짐작했겠는가! 염도 노사의 교육이 빛을 발했다는 것이겠지. 그래서 관주께서 이번에 주작단을 다시 한 번 염도 노사에게 맡긴 것일 테고……."

　반대는커녕 오히려 모두들 이번 결과를 수긍한다는 태도였다. 쑥덕거림 탓인지 약간 어수선해진 장내를 정돈시키며 관주 마진가가 한 번 더 폭탄 선언을 했다.

　"그리고 삼절검 청혼도 칠절신검 모용휘랑 같이 무당산으로 보내기로 합시다."

　"허허! 이번에는 청혼까지! 관주께서 아주 작정을 하시고 아이 단련에 신경을 쓰시는구려."

　"글쎄 말입니다. 이번에도 기대가 클 것 같습니다."

　알아서 북 치고 장구 치고 결론까지 깔끔하게 해주는 무사부와 원로들이었다. 비록 그들의 결론이 진실 하고는 약간의 거리가 있었지만 지금 중요한 것은 그것이 아니었다.

　회의 석상에서의 반론은 없었다. 모두들 이번 결정으로 도출될 성과물에 대해 내심 인정하고 있다는 이야기였다. 누가 뭐라 해도 상대는 천무학관 최고의 기재들과 검성의 후계자가 아닌가. 주작단의 실력은 저번 청룡단과의 비무로 공식적으로 검증되어 있었다.

그리고 청혼과 모용휘 건은 천무학관에서도 보기 드문 특혜였다. 최대의 호적수로서 서로 경쟁하여 더욱 실력을 쌓으라는 의미가 내포된 것이기도 했다.

그만큼 모용휘와 청혼에게 거는 기대가 크다는 증거이기도 했다.

"이제 그날까지는 얼마 남지 않았소! 모두들 분발하도록 합시다. 수고해 주시오!"

이렇게 해서 천무학 관주 마진가가 내린 특단의 조치에 의해, 주작단 16명과 삼절검 비천룡 청혼은 이번 합숙 훈련조 천검조와 동행할 것을 명받았다. 그리고 그 인솔 책임은 염도에게로 돌아갔다는 공문이 나붙었다.

공고

주작단 남궁상 이하 15명은 금년 6월 부로 2학년 천검조와 함께 염도 곽 노사의 담당 아래 무당산에서의 특수 보강 훈련을 명함.

모월 모일

천무학관주 무적철권 마진가.

이 공고에는 괴이한 능력이 담겨 있는지 이를 보고 눈이 까뒤집어지는 사람이 16명 있었다고 한다. 입에 거품을 물고서……. 주위에서 지켜보기에 얼이 몽땅 빠져나간 듯한 그 모습이 무척이나 안쓰러웠다고 한다.

홍(紅)!
-휘장 뒤에서

달이 별빛 속에 요요로이 떠 있는 깊고
으슥한 밤이었다.
요요롭지만 미약한 달빛은
어둠을 물리치기엔 역부족이었고
사위는 적막으로 가득차 있었다.

　천무학관 사람이라면 모든 이가 잠들어 있어야 할 시간. 취침 시간
은 이미 지난 지 오래인데, 숙직실을 제외하고도 아직 채 불이 꺼지
지 않은 곳이 있었다. 그러나 그곳은 밤이 깊었으니 빨랑 불 끄고 잠
이나 자라고 하기에는 너무 높으신 분이 계신 곳이라 어느 누구도 감
히 범접할 수 없는 장소였다.

"그 아이들을 따라가기를 원한다고?"

"예!"

　목소리가 들려 온 곳은 장막 뒤였다. 누가 있어 감히 천무학 관주
무적철권 마진가의 등 뒤에 모습을 드러내지 않고 서 있을 수 있단
말인가.

"꼭 자네가 그 아이들을 따라갈 필요가 있을까? 굳이 자네가 그런 수고까지 해야 하나 해서 하는 말일세."

"전 반드시 필요한 일이라고 판단했습니다."

장막 뒤 어둠 속에 존재하는 그의 말은 단호하기 그지없었다.

"그렇다면 할 수 없겠군. 아니, 말려도 소용이 없겠지. 자네가 간다는데 누가 말리겠는가. 나조차도 감히 말리지 못하겠군. 이번에도 역시 자네의 판단을 믿도록 하겠네, 홍(紅)!"

홍(紅)이라 불리우는 사내에 대해 천무학 관주 마진가가 보내는 신뢰는 대단한 것이었다. 정도 무림의 거봉(巨峰) 중 하나인 마진가에게 이만큼의 전폭적인 신뢰를 받는다는 것은 결코 쉬운 일이 아니었다. 조직의 정점에 선 인물들은 자신이 신뢰를 보낼 인물을 고를 때 항상 신중에 신중을 기하기 때문이 다.

"예! 맡겨만 주십시오."

"출발은 언제인가?"

"앞으로 일 주일 후입니다."

"알았네. 조치하도록 하지."

"감사합니다!"

"수고하게!"

대답은 없었다. 침묵만이 대답을 대신할 뿐이었다. 이미 그의 존재는 사라지고 없었던 것이다. 하지만 인사도 없이 사라진 무례에 대해 탓하지는 않았다. 이렇게 해서 무당산을 향하는 일행에 한 명이 더 추가되었다.

공손일취의 밀명
-마천각에 싹트는 모략

천무삼성무제(天武三聖武祭)의
삼성대전 결승전에서
치러진 비류연과
위지천의 대결을 본 이후, 불안한 마음에
검존(劍尊) 공손일취는 가만히 있을 수가 없었다.

　과거의 악몽이 바로 자신의 눈 앞에서 되살아나려고 하는 이때, 어떻게 마음 편하게 두 발 뻗고 누워 있을 수가 있단 말인가. 그의 높디 높은 수련 경지에도 마음 한 구석에 차곡차곡 쌓여 가는 불안을 해소시키기엔 역부족인 모양이었다. 그 공부란 게 아무 짝에도 쓸모가 없었던 것이다.

　백 년 공부 도로아미타불되는 그런 느낌이었다.

　이대로는, 앞으로의 꿈자리가 사나울 것 같았다. 그날 이후 계속해서 정체 모를 불안감에 시달리던 공손일취는 마침내 이대로 손놓고 가만히 있을 수 없다는 결정을 내렸다.

　정체를 알아봐야 하는 까닭이다.

그러기 위해서는 아주 은밀하게 비류연의 뒤를 따라다니며 수단과 방법을 가리지 않고 내력을 알아낼 필요성이 있었다. 그 일을 해 줄 곳은 천관 내에서 오직 한 곳뿐이었다.

그래서 검존은 사람 한 명을 은밀히 불렀다.

원로원 원주실!

천무삼성과 어깨를 나란히 하는 유일무이한 무인 검존 공손일취의 거처로 한 명의 흑의인이 부름을 받고 들어왔다.

"원주님! 천리추종 수독거, 명을 받고 여기 대령했습니다."

검존 공손일취의 앞에 선 비영각 추혼대의 대주 천리추종(千里追從) 수독거는 최대한의 경의를 담아 예의를 표했다. 그는 정보와 추적, 첩보를 담당하는 자답게 전신에 밤처럼 어두운 흑의를 두르고 있습니다.

수독거에게 있어 검존은 태산과 같은 존재였다. 그는 언제나 이 거인 앞에만 서면 초라해지는 자신을 주체할 수 없었다.

"자네에게 한 가지 부탁할 일이 있네."

부탁! 검존 공손일취와는 별로 어울릴 법하지 않은 말이었다. 수독거의 고개가 더욱 더 아래로 숙여졌다.

"하명만 하십시오. 속하 그 어떤 일이든 봉행(奉行)하겠습니다."

마천각(魔天閣)!

백도에 천무학관(天武學館)이 있으면, 흑도에는 마천각(魔天閣)이 있다는 말이 있다. 흑도의 모든 기재들이 모인, 엄한 규율과 엄정한

가르침으로 이름 높은 곳이기도 했다

방금 이 마천각의 은밀한 심처(深處)로 추상 같은 기상이 가득한 노인이 들어섰다.

"이 늙은이를 부른 이유가 뭔가?"

퉁명스런 어조로 무웅(武雄) 뇌종명이 물었다. 그는 최고 원로 중 한 명으로 천겁혈세 때 마천각주를 보필하던 사람이었다. 별호는 언외도(言外刀)! 말보다는 칼이 빠르다는 평이 자자한 도객으로 마천각 원로 중에서도 서열 5위 안에 드는 5대 원로의 한 사람이었다.

아무리 마천각의 군사 사영뇌(邪影腦) 치사한이 마천각의 제반 업무를 총괄하는 위치에 있다고는 하나, 감히 소홀히 대할 수 없는 사람이었다.

사영뇌(邪影腦) 치사한! 그는 마천각에서 군사 제반 업무를 담당하는 자로서, 귀계묘산에 남다른 재능이 있는 자였다. 하나 그 행사가 평소 너무 음침하고 사이하다 하여 마천각 내에서도 극히 기피되어지는 인물이었다. 그러다 보니, 그의 성격은 더욱 더 음침해지고, 점차로 냉혹, 비정해질 수밖에 없었다. 악순환의 무한 연속인 것이다.

먼저 운을 뗀 사람은 치사한 쪽이었다.

"뇌 원로께 상의 드릴 일이 있어 이렇게 실례를 무릅쓰고 자리를 마련했습니다."

치사한은 역시 맡은 직위에 어울리게 돌아가는 혀가 매끄럽기 그지없었다. 간사하다는 생각마저 들어 되려 뇌종명은 마음에 들지 않았다.

마음에 들지 않는 상대에게 속다르고 겉다른 모습을 보여주고 싶은 마음이 결단코 없는 굳센 성격의 소유자 뇌종명의 말투는 자연 퉁명스러울 수밖에 없었다.

"용건이나 들어 보지."

"예! 다음 그것에 출전할 확률이 가장 높은 인물들이 단체로 무당산으로 이동한다는 보고를 받았습니다. 그 중에는 검성 모용정천 대협의 손자까지 끼여있다고 하더군요. 뇌 원로께서도 이름은 들어 보셨을 겁니다. 모용휘라는 아이지요."

"몇 년 전 비무행한다고 흑도를 떠들썩하게 만들었던 그 칠절신검 모용휘 말인가? 노부도 소문은 들어 보았네. 그런데 그게 노부하고 무슨 상관인가?"

"네, 이번에 그 새싹들이 자라 열매를 맺기 전에 쳐야 될 일이 생겨 원로의 힘을 빌리고 싶습니다."

"쾅!"

뇌종명의 주먹이 거칠게 탁자를 내리쳤다. 분노 때문인지 그의 얼굴은 벌겋게 물들어져 있었다.

"할(喝)! 겨우 새싹 치는 일 따위로 이 늙은이의 고달픈 몸을 움직이게 만들었단 말인가? 언제부터 우리 마천각이 그런 추잡하고 조잡한 뒷수를 쓰게 되었단 말인가? 대답하게!"

뇌종명의 호통은 매섭기 그지없었다. 아무리 흑도에 속한 몸이지만 여지껏 비겁한 짓을 해 본 적이 없는 그였다. 그런데 새싹 짓밟기라니……. 그의 자존심이 용납하지 않는 일이었다.

뇌종명의 불 같은 분노 앞에서도 군사 치사한은 태연하기 그지없었다. 그는 믿는 게 있었다.

"하지만 대공자께서 원하십니다. 부탁한다 하시더군요."

그 말 한 마디로 충분했다. 뇌종명은 온몸에서 힘이 빠져 나가는 듯한 느낌이었다.

"정말인가?"

"물론입니다. 제가 어찌 감히 이런 일로 거짓을 고하겠습니까."

어려서부터 자신의 손으로 기저귀를 갈아 온 분신 같은 사람의 명령 아닌 부탁이었다. 뇌종명은 그 부탁을 차마 거절할 수가 없었다. 뇌종명은 침묵한 채 조용히 자리에 앉았다. 자리를 박차고 나가지 않은 것은 이야기를 듣겠다는 무언의 허락이었다.

"그럼 지금부터 현 상황을 알려 드리겠습니다."

이렇게 될 줄 알았다는 듯한 태연자약(泰然自若)한 표정으로 말하는 군사 사영뇌 치사한이 그렇게 얄미워 보일 수가 없었다. 부글부글 끓는 속을 가까스로 진정시키며 뇌종명은 속으로 다짐했다.

'사갈 같은 녀석! 감히 대공자의 귀에 무슨 독을 불어 넣은 거지? 내 언젠가는 네놈에게 본때를 보여 주리라!'

새싹 짓밟기
-치사한의 음흉한 흉계

생각보다 치사한의
상황 보고는 길었다.
뇌종명은 상당히 오랜 시간 동안
잠자코 듣기만 해야 했다.

"여지껏 말씀드렸다시피 그 비류연이란 아이에 대한 건 뭐 그리 걱
정할 필요가 없다고 보여집니다. 어차피 모인 정보로 판단해 볼 때,
그 실력이야 미미한 정도에 불과한 것 같더군요. 문제는 이번 합숙
훈련에 동행하게 될 청혼과 모용휘입니다.

그들의 실력은 웬만한 최절정 고수에 비할 만하니 충분한 주의를
기울여야 합니다.

목적은 필살. 아니더라도 팔 하나나 다리 하나쯤 끊어 놓는 것도
괜찮겠지요. 하지만 후환이 없으려면 뭐니뭐니해도 필살(必殺)하여
입막음을 하는 것이 좋겠지요. 가장 안전한 방법이고, 추천하는 방법
입니다."

"우리가 아무리 흑도라고는 하나 그건 좀 너무한 처사가 아닌가!"

아직도 어린 아해들을 재능이 있다는 이유 하나만으로 사자의 세계로 보내다니…….

만일 주군을 위한 일이 아니었다면, 절대 이런 일에 가담하지 않았을 것이다. 하나 자신은 무인이기 이전에 주군에게 매인 몸이었다. 그것은 맹세로든 정으로든 결코 풀리지 않는 인연의 굴레였다.

"……찝찝하군."

"다 우리 각을 위해서 하는 일입니다. 인정이 앞설 수는 없겠지요."

"자네 저번엔 이러지 않았지 않은가?"

"이번엔 틀립니다. 저번은 실력으로 동수를 이루었지만, 이번엔 위험할지도 모릅니다. "

"그 일만 없었어도 이러지는 않았을 것을……. 알겠네! 모든 것은 각을 위해서."

마침내 뇌종명의 마음 속에 결심이 섰음을 눈치빠른 치사한은 알아챌 수 있었다.

"부탁드립니다!"

간단히 고개를 숙여 감사를 표하는 그의 입가에 사이한 미소가 걸렸다. 뇌종명은 미처 놓쳐버리고 보지 못한 사이한 미소였다.

"필요한 것을 말하게!"

"네, 이번 행선지가 무당산이라고 하니 암혼전(暗魂殿)의 전력을 빌렸으면 합니다. "

"암혼전 전체를 말인가?"

뇌종명의 눈이 동그랗게 떠졌다. 해도 해도 너무한 처사였다.

"네! 우선 암혼전 휘하에 있는 암룡대(暗龍隊)를 투입했으면 합니다."

"암룡대까지 투입할 필요성이 있다는 건가?"

솔직히 믿기 힘든 일이었다.

"전 오히려 부족한 느낌이 들지만 할 수 없지요. 남창에서 호북성으로 가는 길이니 암룡대의 존재는 필수입니다."

"맘대로 하게! 모든 권한을 주겠네! 더 이상 이 일을 가지고 왈가왈부하고 싶지 않군! 심정적으로는 납득이 가지 않는 말이지만, 대공자의 명인 이상 따르겠네. 하지만 한 가지만은 죽더라도 잊지 말게. 난 자네의 명령을 받는 사람이 아니라는 사실을 말일세!"

더 이상 상대하기 귀찮다는 투로 뇌종명이 손을 휘휘 저으며 말했다. 못마땅하지만 대공자의 부탁인 이상 어쩔 수 없었다.

"감사합니다. 그럼 힘을 빌리도록 하겠습니다. 모든 것은 대공자를 위해서."

고개를 숙이는 치사한의 입가에 사이한 미소가 가득히 번졌다. 뇌종명은 영 못마땅하기만 했다. 불쾌지수가 시키지도 않았는데 혼자서 점점 더 올라가고 있었다.

일은 원하던 대로 순조롭게 진행되었다. 꼿꼿한 강철 대나무 같은 뇌종명을 구슬리는 일은 애초부터 포기하고 있었다. 때문에 그가 적극적으로 나서 주는 것은 기대도 하지 않고 있었다. 뇌종명은 그저 보고도 못본 척 묵과해 주기만 하면 족했다.

필요한 것은 그의 침묵과 그의 휘하에 존재하는 강력한 무력 집단 암혼전(暗魂殿)이었다.

"어서 오십시오, 군사. 원로님으로부터 이야기를 들었습니다. 제가 할 일은 무엇입니까?"

"우선 앉으시지요."

"그러지요."

암혼비영대(暗魂飛影隊) 대주 흑살도 구창이 자리에 앉자, 치사한 이 마주보고 앉으며 진중한 어조로 말했다.

"구 대주가 할 일은 단 한 가지입니다. 그것은……."

치사한의 설명이 계속됨에 따라 잠자코 듣고 있던 구창의 눈은 점점 더 확대되어져 갔다.

"정말 그 일을 뇌 공께서 허락하셨단 말입니까?"

부여된 임무라면 최선을 다해 수행할 터이지만, 그가 아는 뇌종명의 성격상 절대 있을 수 없는 성격의 일이었다.

"물론이오. 설마 내가 거짓된 명령을 내리겠소? 뇌 원로의 허락은 이미 구해 놓았소. 모든 것은 대공자를 위한 일이오."

암혼비영대는 뇌종명의 수족이나 다름없는 곳이기에 뇌종명의 뜻은 곧 암혼비영대 전체의 의지나 다름이 없었다.

"하지만…… 그렇다면, 설마 각주께서도 허가를 내리셨단 말입니까?"

"그럴 턱이 있겠습니까! 그분의 자존심이 있으신데 그런 일을 번거롭게 몸소 명령하셨을 턱이 없지요! 하나 아랫사람이라면 마땅히 윗사람의 심기를 헤아리고, 알아서 굴러야 하지 않겠습니까? 이미 대공자를 통해 무언의 허락을 받아 두었습니다."

"아하! 그렇게 깊은 뜻이! 군사의 고견에 감복했소이다."

뇌종명이 구창의 이 헛소릴 들었다면 냅다 뒤통수를 성대하게 후려갈겼을 것이나, 애석하게도 이곳에는 뇌종명의 눈과 귀가 없었다.

"허허허! 과찬의 말씀을! 그럼 구체적인 사안을 논의해 봅시다. 될 성부른 떡잎은 새싹일 때 밟아야 하지 않겠습니까."

"그러지요!"

전적으로 동의한다는 뜻으로 고개를 끄덕이는 구창이었다. 구창은 치사한의 꾀임에 완전히 넘어가 버린 것이다.

"이제 그것이 얼마 안 남았소. 그것이 치루어지기 전에 조속한 시일 내에 사안을 처리하도록 합시다."

"무슨 기막힌 생각이라도 있습니까? 무슨 복안이라도 있는 것처럼 보입니다만?"

"먼저 대주 휘하에 있는 암룡대를 투입했으면 합니다."

기다렸다는 듯 치시한이 말했다.

"암룡대! 그 정도 전력까지 투입할 필요가 있을 거라고 생각하십니까?"

뇌종명과 마찬가지로 구창의 입에서도 경악스런 외침이 토해져 나왔다. 그만큼 그 역시 지금 놀라고 있다는 반증이었다.

"제정신입니까? 암룡대는 마천각 최고의 특수 기습 전문 집단입니다. 그들을 모두 투입하잔 말입니까?"

지금 나랑 농담 따먹기하자는 겁니까라는 의사 표현이 강하게 담긴 시선을 받고도 치사한은 고개를 끄덕였다.

"물론입니다. 증거를 남기지 않고 가장 깨끗하게 해결하기 위해서는 반드시 필요한 조치입니다."

오싹할 정도로 사이한 미소가 그의 입가에 번졌다. 내심 이를 즐기고 있는 듯한 모습이었다.

"알겠습니다. 그리하지요. 흐흐흐……. 누군지 모르지만 그들이 안 됐군요. 절대로 암룡대의 손길에서 벗어날 수 없을 테니깐 말입니다"

이미 뇌종명으로부터 명령이 내려온 터였다. 이제 실행하는 일만 남았을 뿐이다.

"목표물이 한꺼번에 몰린 이 때를 놓치기엔 하늘이 준 기회가 너무 아깝지요. 장소가 무당산이라고 하니 가는 길에 수렵(狩獵)을 하도록 하지요."

"수렵이 아니라 어로(漁勞)라 해야 하는 거 아닙니까?"

치사한과 마주보고 웃으며 혹살도 구창이 말했다. 꽤나 날카로운 지적임을 치사한도 인정할 수밖에 없었다.

"하하! 그렇군요. 그들은 유능한 어부들이죠. 물이라면 가장 믿을 만한 인물이라 여겨집니다. "

"하하하! 과연 빈틈이 없으시군요! 군사는 무서운 사람입니다. 알겠습니다. 원하시는 모든 무력을 빌려 드리지요. 모든 것은 각주를 위해!'

"부탁하오, 대주"

치사한은 고개를 숙여 사의를 표했다. 어차피 닳는 것도 아닌지라 고개짓 한 번쯤은 아무 것도 아니었다. 그에겐 티끌만한 가치도 의미도 없는 행위였다.

이렇게 해서 음모의 밤은 깊어 갔다. 역시 음모와 계략, 그리고 만리장성 건축은 야밤에 이루어지는 것이 고래(古來)로부터의 진리인 모양이다.

모용휘, 빈대떡을 부치다

'왜 이렇게 된 거지?
모용휘는 지금 자신이
처한 상황을 이해할 수가 없었다.
어쩌다 자신이
이 모양 이 꼴이 된 것인가?
이런 것은 절대 청결하지 않다.

'나한테 다 맡겨!'
당시 귓가를 쟁쟁이 울리던 목소리!
"휴우……."
맡기라고 했을 때 덜컥 맡기는 게 아니었다. 무슨 신용이 있다고 합숙 훈련에 필요한 제반 경비 일체와 여정 계획 일체를 비류연에게 맡겼던가!
일렁이는 물결따라 흘러가는 배 위에서 난간 부여잡고 후회해 봐도 이미 소용이 없었다. 때는 이미 늦었다. 물결을 타고 흘러가는 배는 이미 되돌릴 수 없었다.
이런 일이 기다리고 있을 거라는 사실에 대해 비류연은 일언반구

(一言半句)도 없었다.

원래 합숙 훈련을 떠날 때는 고급스럽지는 못하지만 불편함은 없을 정도의 여행 경비가 천무학관으로부터 몽땅 지급되고 있었다.

그런데 지금 자신들의 모습은 짐짝처럼 곁다리 끼여 들어간 것이나 다름없는 것이었다. 물론 대우가 나쁜 것은 아니었지만, 그렇다고 이해해 줄 수 있는 일도 아니었다. 그저 짐짝처럼 실려 가다니 말이 되지 않았다. 단지 한 가지 편리한 점이라면 이들이 여행길에 매우 능숙하다는 사실 하나 뿐이었다.

모용휘는 가끔 그들이 선망어린 눈초리로 자신을 바라보는 집요하기까지 한 시선이 부담스러웠다. 우리 속의 관상용 동물도 아닌데, 왜 이들의 구경거리가 되어야 하는지 이해할 수가 없었다.

인생은 고해(苦海)요, 불가해(不可解)의 연속(連續)이라더니…….
자신이 처한 현재 상황이 문득문득 납득이 안 가는 모용휘였다.

모용휘는 있는 힘을 다해 자신의 가슴 속 깊은 곳에서 솟아오르는 뜨거운 모종의 것을 진심을 다해 토해냈다.

"우웩!"

처음 하는 수로 여행은 나름대로 흥미로웠다. 항상 산에서만 살다가 배 여행은 처음 해 보는 비류연이었다.

게다가 비위 약한 사람들이 으레이 겪곤 하는 배멀미도 하지 않으니 만사태평일 수밖에 없었다. 때문에 비류연은 누구처럼 배 난간에 고개를 처박고 사색이 되어 있는 것과는 정반대로 천하태평이었다. 사실 무림 고수씩이나 돼서 배멀미를 한다는 게 오히려 비정상이었다.

지금도 모용휘는 여전히 울렁이는 속과 맹렬히 비무 중이었다.

"이보게, 휘! 괜찮나?"

경쟁자이자 선배인 청흔이 그의 등을 두들겨 주며 말했다.

"괘…괜찮습니다."

별로 설득력이 없는 모습이었다.

이번 일행 중에서 청흔은 약간 껄끄러운 존재였다. 다들 왜 청흔과 동행해야 되는지 내심 불만이었다.

일 학년 천검조에겐 존경하지만 다가가기는 힘든 하늘 같은 선배요, 주작단에 있어서는 얼굴 마주 대하기 껄끄러운 동기였다.

하지만 어찌 이들의 감정이 모용휘의 복잡 무쌍한 감정과, 심정과 비교될 수 있겠는가! 그것은 청흔도 마찬가지였을 것이다.

그런데, 막상 일이 닥치는 상황은 의외의 방향으로 전개되었다. 무당산까지 동행하게 된 이 둘은 의외로 사이좋은 모습을 보여주어 주위를 놀라게 했던 것이다.

모용휘와 청흔!

둘은 사이좋게 한 달 동안 의약전(醫藥殿) 침상에서 나란히 누워 지낸 사이였다. 그만큼 삼성무제 검성전 결승전에서 서로가 입은 상처는 큰 것이었다.

그렇다고 해서 자리를 털고 일어난 지금, 둘 모두의 마음에 원한이나 증오는 자리하고 있지 않았다. 오히려 서로의 무공 성취에 탄복하는 마음이 더욱 컸다. 아직은 복잡한 여러 가지 상념이 드는 것은 어쩔 수가 없었지만.

하지만 서로의 실력을 인정했기 때문인가? 삼성무제 검성전 결승 이후 의외로 가까워진 모습을 보여주는 두 사람이었다. 내심 서로를 자신의 호적수로 인정한 것이다.

그래서인지 일행 중에서 모용휘의 상태에 신경 써주고 있는 이는 청혼이 유일했다.

청혼이 딱하다는 투로 말했다.

"하하! 천하의 칠절신검이 고작 배멀미에 패하여 백기를 들다니 강호 천하가 들썩거릴 기문(奇聞)일세. 직접 보고 있는 나도 믿지 못하니 그 누가 자네의 이런 모습을 상상이나 할 수 있겠는가."

맞는 말이었다. 지금 모용휘의 모습 어디에도 완벽하고 청결하기로 이름 높은 칠절신검의 위상(位相)은 존재하지 않았다.

"면목이 없습니다."

"이런 이런, 자네를 추궁하자는 게 아닐세! 몸이나 잘 추스르게. 곧 적응하겠지."

"그거야말로 바라던 바이지요. 그때가 되면 드디어 전 유일무이한 소원 성취를 이룬 것이니 천지 신명께 감사드려야겠군요. 우읍……."

말은 잘 하나 아직도 얼굴이 창백한 걸 보니 억지로 참고 있는 모습이 역력했다. 천하의 다시 없는 기재가 고작 배멀미로 고생하다니 괴리감 느껴지는 일이 아닐 수 없었다.

"우리가 지금 왜 여기 있는 겁니까?"

수면 위에서 열심히 빈대떡을 부치는 와중에도 모용휘는 정말 이해할 수 없었다. 신동 기재로 불리우는 공인 천재인 그에게도 이 상황은 불가해한 일이었다. 그러자 옆에서 만만치 않은 천재로 공인받고 있는 청흔 또한 고개를 끄덕임으로써 모용휘의 의견에 전적으로 동조했다.

그들은 지금 배 위에 있었다. 물론 배를 타고 가는 게 잘못되었다는 것은 아니었다. 문제는 그들이 타고 있는 배가 일반 배가 아니라는데 있었다. 왜 그들이 지금 이 배를 타고 있는 것인가?

그들은 표사가 아니었다. 그렇다고 표물도 아니었다.

직업적, 소속적 동일성을 나타내기 위한 동일한 모양의 무복을 입은 무리들.

줄줄이 쌓여 있는 짐! 짐 주위로 정확한 간격을 두고 꽂혀 있는 깃발들! 깃발의 문양은 무사들의 무복 가슴께에 새겨진 문양과 똑같은 형태를 지니고 있었다.

연꽃과 검이 수놓아진 깃발, 연화검기!

여기는 중양표국의 표선 위였다. 그들은 지금 중양표국의 표행에 덤으로 딸려가고 있는 처지였다.

애초에 비류연에게 돈을 맡긴 것부터가 대실수였다. 여행 경비를 자신이 책임진다는 명목 하에 비류연은 합숙 훈련 일행의 경비 일체를 독식했다. 애당초 고양이한테 생선 맡기고, 애소저회에게 미녀 속곳을 맡기는 격이라 할 수 있었다.

물론 비류연의 수중에 들어간 돈이 도로 내뱉어져 나오는 일이란 애시당초 있을 수 없는 일이었다. 그것은 비류연이 가진 삶의 법칙과 의지에 크게 위배되는 일이기 때문이다.

그뿐인가!

비류연은 여기서 끝낼 위인이 아니었다. 남창지국으로부터 보호금 명목으로 표두급 급여를, 그것도 17명 분씩이나 몽땅 받아내 가로챈 것이다. 날강도나 다름없었다.

물론 돈을 받았다는 사실을 일행에게 알리지는 않았다. 그럴 필요가 없다는 지극히 개인적이고 합리적인(?) 판단 때문이었다.

남선북마(南船北馬)!

장강(長江) 이남선 배, 장강 이북에선 말이라는 말이 있다.

중원을 가로지르는 젖줄 장강의 이남은 그물망처럼 수로가 발달해 있는 관계로 이동시 배가 편리하고, 장강 이북은 광활한 평야가 이어져 있어 이동시 말이 편리하단 말이다.

특히, 파양호 변을 끼고 있는 천무학관 터인 남창(南昌)은 특히 수로(水路)가 극도로 발달되어 있는 관계로 이동 수단의 편리함에 있어 배를 따라올 만한 것이 없었다.

때문에 그물망 같은 수로 교통의 중심에 위치한 중양표국 남창지국도 독자적인 수로 교통 운송 수단을 가지고 있었다. 그것이 바로 표선이었다.

그렇다면 표선(鏢船)이란 무엇인가?

표선이란 표국이 수로에서의 표물을 운송할 때 사용하는 표국 소유의 배를 가리키는 말이다. 설마 표행이 육로에서만 이루어진다고 단순하게 생각하는 사람은 없을 것이다.

빠른 시일 안에 신속한 이동이 요구되는 표행이기 때문에 당연히 가장 신속하고 편리한 교통 운송 수단이 사용될 수밖에 없다. 장강을 따라 움직이는 데는 당연히 배만한 것이 없었다.

'그런데 왜 우리가 이 표선에 타고 있는 것인가?

모용휘는 그 점을 이해할 수가 없었다.

파양호를 끼고 있는 남창으로부터 무당산이 있는 호북성(湖北省)까지는 장강을 통한 수로를 이용하는 것이 지극히 당연한 일이었다. 하지만 표국에서 표물 운송을 위해서만 사용하는 표선에 얹혀 탈 이유는 없었다. 그 외의 뱃길도 얼마든지 있지 않은가.

'표선이 움직이는 것은 표물을 운송할 때뿐, 다른 사사로운 일에는 움직이지 않는다! 그런데 왜지?

그런데 지금 모용휘의 눈 앞에서 예외가 벌어지고 있었다 . 그들은 지금 중앙표국 남창지국의 표행에 덤으로 얹혀 가고 있는 중이었던 것이다.

장강교룡 수장해의 불만

남창(南昌)에
지국(支局)을 두지 않는 표국은 없다.
강호 무림의 물류가 모이는
2대 집결지 중 하나이기 때문이다.
모두 남창에 위치한 천무학관 덕분이었다.
그러니 이곳에 어찌 지국을 두지 않을 수 있겠는가.

　이곳의 표사들은 소속을 불문하고 모두 수공(水功)에 능한 자들뿐
이었다. 수로에 능한 전문 표사들을 쓰지 않으면 수로, 뱃길에서 무
슨 일이나도 제대로 대응할 수 없는 탓이다.

　때문에 중원 팔대 표국에 드는 거대 표국들은 모두 휘하에 수로 전
문의 지국을 거느리고 있었다.

　그렇다면 수로와 육로에서 표행의 차이는 무엇일까?

　수로에서의 표행도 육로 못지않게 난관이 많다. 이때 가장 신경써
야 할 문제가 두 가지 있다.

　첫 번째는 바로 습기(濕氣)이다. 우선 습기에 대비한 표물의 관리
가 소홀하면 안 된다. 자칫 잘못하면 습기를 머금은 강바람에 운송

중인 표물이 상하는 사태가 발생할지도 모르기 때문이다. 표물이 상한다 함은 표국의 신용이 땅바닥에 곤두박질친다는 의미와 동일한 것이니 결코 가벼이 여길 수 없는 일이었다.

두 번째는 수적(水賊)이다.

표행을 하다 보면 육로에선 산적(山賊)을 만나고, 수로에선 수적(水賊)을 만나게 마련이다. 그렇다면 이에 따른 대비가 이루어지는 것이 당연했다. 가끔씩 나타나는 수적 떼들로부터 표물을 보호하기 위해서는 수공을 필히 익히고 있어야 한다.

육지에서의 싸움과 물 위에서 하는 싸움에는 하늘과 땅만큼 차이가 있기 때문이다.

그래서 중양표국 표사들은 흔들리는 판자 위에서 몸에 균형을 잡고 초식을 펼치는 훈련을 필히 받는다. 선상에서의 전투를 대비하기 위함이다.

또한 남창지국 출신의 표사들은 복식 또한 다른 곳과는 틀리다.

수로(水路)에서 일하는 표사들의 복장은 육상에서 일하는 표사들과는 또 다른 독특한 복장을 하고 있다.

그들은 옷에 펄럭이는 자락이 없다. 그리고 몸에 찰싹 달라붙어 있다. 게다가 옷감 또한 특별 주문 맞춤된 것으로 물을 먹어도 옷이 무거워지지 않는 특수한 재질로 되어 있었다.

수공은 얼마나 몸의 자유로움을 확보할 수 있는가 하는 데서 승패가 갈리기 때문이다.

이들 중양표국의 표사들 중에서도 매우 눈에 띄는 피수의를 입고 있는 사람이 있었다. 그는 매우 고급스러워 보이는 특별 맞춤된 피수의를 입고 허리에는 사려진 긴 밧줄을 달고 있었다.

그가 바로 이번 표행을 총괄하는 감독 겸 남창지국을 맡고 있는 남창지국주이기도 했다. 이번 표행은 특이하게도 지국주가 직접 인솔하고 있었다. 좀처럼 드문 일이었다.

물길이 발달된 남창인 관계로 남창을 담당하는 지국주 또한 당연히 수공에 능란할 수밖에 없었다. 장강교룡(長江蛟龍)이라 불리는 수장해 또한 그런 사람 중 한 명이었다. 하지만 지금은 기분이 별로 안 좋은 모양이었다.

"아드드득! 빠드드득!!!"

남창지국의 남창지국주 장강교룡 수장해는 이를 아드득 갈며 표행길을 나서고 있었다. 하나 자신의 불평 불만에 대해 입도 뻥긋하지 못하고 있는 입 뚫린 벙어리 신세였다.

요즘 점점 더 세를 불리고 있는 표국업계의 떠오르는 강자 중양표국의 남창지국 지국주인 그가 삶에 특별한 불만을 품을 일은 여지껏 없었다. 현재에 만족하며 큰 욕심을 부리지 않았었다. 그러나 그것은 며칠 전까지의 일이었다.

웬 치렁치렁한 앞머리로 눈을 가린 청년 한 명이 찾아와 자신 앞에 서찰 한 장을 내밀 때까지는 말이다.

봉행(奉行)!

모든 편의를 성심 성의를 다해 최고 최상의 상태로 제공하라는 중양표국주 실팔검 장우양의 직인(職印)이 찍힌 한 장의 서찰, 그 서찰이 가진 힘은 남창지국을 발칵 뒤집고도 남을 만큼 충분한 힘을 가지고 있었다.

요즘 들어 남창지국주(南昌支局主) 장강교룡(長江蛟龍) 수장해는 천지 신명(天地神明) 및 천계(天界) 판관(判官)의 불성실하고, 방만한 근무 태도에 대한 불만이 하늘을 찌르고 있었다. 하늘과 귀신은 뭐 한다고 그리도 바빠, 저런 인간들을 안 잡아가고 지상에 내버려둔단 말인가!

"형님! 저희가 이번 표행을 무사히 끝낼 수 있을까요?"

남창지국의 표두 및 표사를 통괄하는 책임을 맡고있는 총표두 수풍도(水風刀) 수상해가 자못 굳은 얼굴로 친형인 수장해에게 물었다.

"어찌 내가 함부로 일의 성사에 대해 논할 수 있겠나. 다 하늘의 뜻을 기다리는 수밖에!"

"요즘 하늘을 믿지 못해서 그럽니다. 제발 무사했으면 좋겠소."

총표두 수상해의 얼굴엔 새겨진 듯한 불만이 가득했다.

"그런 마음이 어디 자네뿐이겠는가. 마음을 굳게 먹고 인내해 보세!"

그것은 스스로에게 하는 말이라는 것을 누구보다도 잘 알고 있는 수장해였다.

무당산으로 가는 표물은 항상 있어 왔다. 그때마다는 아니지만 표두 때부터 수백 번은 족히 다녀온 길임에도 불구하고 금번 표행따라 무당산 가는 길이 유난히 멀고도 험해 보이는 수장해였다.

"휴우!"

한숨이 시키지도 않았는데 절로 푹푹 나왔다.

"이러다 흑룡채의 녀석들과 마주치기라도 하면……."

장강 수로 대영웅 연합 연맹 장강수로십팔채(長江水路十八寨)의 하나이자 호북 수로의 지배자, 흑룡채(黑龍寨)!

언제나 마주치는 녀석들이긴 하지만 여지껏 별다른 충돌 없이 공존해 오고 있었다.

물론 여기엔 꽤나 거액의 보화가 들어갔다. 원래 녹림이나 수채 쪽 녀석들과 원활한 관계를 유지하는 방법은 금전 거래가 유일무이했다.

아마 백도 제일의 후기지수(後起之秀)라 불리는 이들에게는 이해하기 힘든 관행일 것이다. 자존심 빼면 그들은 시체나 다름없기 때문이다.

수장해는 걱정이 태산 같았다. 이번만은 조용히 지나갔으면 하는 바람이었다.

지금 자신들과 동행하는 이들은 자신의 통제가 씨알도 먹히지 않는 인물들이었기에 무슨 사단이라도 벌어지면, 물먹고 뒤집어쓰는 건 중앙표국과 자신들이었다. 그것만은 절대 사양이었다.

그러나 수장해는 얼마 못가 자신의 소박한 바램이 얼마나 부질없는 것이었는지를 뼈저리게 통감해야만 했다.

나예린의 굳게 닫힌 마음의 창

"이…이봐, 나 죽을 것 같네!"
번(경계)을 서고 있던 표사 한 명이
동료 표사에게 말을 걸었다.
"나도 마찬가지라고!
이러다간 미쳐버리겠어."
"시선을 다른 데로 돌릴 수가 없으니……."

"자네 눈이 벌겋군?"

"사돈 남 말하나? 자네 눈은 어떻구? 눈 밑에 시꺼멓게 기미까지 끼었군!"

"밤마다 끙끙거리는 신음 소리가 그치지 않으니 말일세! 잠을 잘 수가 있어야지!"

"이러다가 우리 모두 쓰러지는 게 아닌가 모르겠어, 어휴!"

"아아!"

누가 먼저라고 할 것 없이 두 사람은 처량한 한숨을 내쉬었다. 오늘 밤은 제대로 잘 수 있을지 의문이었다.

또다시 선녀의 얼굴이 눈 앞에 어른거렸다.

그들은 다시 한 번 선녀의 얼굴을 보기 위해 눈알을 굴렸다.

사팔뜨기처럼 몰래 돌아간 두 사람의 시선이 또다시 몽롱하게 변했다.

수면 위로 부서지는 빛의 편린을 받으며, 햇살 속에 앉아 있는 나예린의 모습은 가히 천상의 선녀라 해도 믿을 만큼 빼어난 려태(麗態)였다.

선녀의 아름다움을 방불케 하는 그녀의 눈부신 자태는 보는 이들을 숨막히게 하고 있었다. 표선 주위에서 경계를 서는 표사들과 쟁자수, 그리고 선원들도 힐끔힐끔 단 한 번이라도 그녀의 아름다움을 곁눈질하기에 여념이 없었다. 얼마 못가 모두들 사팔뜨기로 변해 버릴지도 모를 정도였다.

항상 일상적인 생활만을 해 오던 그들에게 있어서 나예린을 비롯한 이진설, 남궁산산, 진령의 아름다움은 가히 천상미(天上美)라 해도 과언이 아니었다. 벌써 나예린과 나머지 세 명 때문에 밤잠을 설치는 표사들만해도 부지기수였다.

늙다리 아저씨인 남창지국주 장강교룡 수장해와 수풍도 수상해 마저도 넋을 빼앗길 만큼 그녀들의 용모는 미려(美麗)했다.

햇살을 한껏 머금은 칠흑(漆黑) 흑단(黑檀)같은 머릿결이 눈부시게 새하얀 목덜미 위에서 사르르 퍼져나간다. 월광을 붙잡아 백옥에 담고 조각한 조각상도 무색하리만치 그녀의 려태(麗態)는 빼어났다.

그녀의 주위만이 마치 이 세상에서 격리된 듯한, 이계(異界)의 풍경을 연상케 하는 아름다움과 신비함이 있었다.

비류연은 그런 그녀의 여태에 한편으론 즐거우면서도, 마음 다른 한 켠으로 슬펐다.

 그는 그녀의 모습에서 세상과 어울리기를 거부하는, 세상과 단절된 듯한 느낌을 강하게 받았기 때문이다. 그녀는 자신의 의지로 스스로의 마음에 자물쇠를 걸어놓고 있었다. 그 점이 비류연의 마음을 아프게 했다. 그렇다고 스스로 세상과 어울리기 거부하는 그녀의 마음을 강제로 돌려놓을 수도 없는 일이다.

 비류연이 햇살 속에 녹아 세상과 동떨어진 세계에 머무르고 있는 나예린에게 다가가 미소지으며 말을 걸었다.

 "비가 올 것 같지 않아요?"

 "무슨 소리죠?"

 나예린은 무의식중에 하늘을 쳐다본 자신의 행동을 후회해야만 했다.

 현재 천기는 절대로 비가 올 수 없는 상태였다. 햇빛은 시위라도 하듯 화사하게 지상 세계를 내리쬐고 있었다.

 "실없는 소리죠."

 비류연이 싱겁게 웃었다. 나예린은 순간이나마 그의 화술에 말려든 자신이 싫었다.

 "그럼 용무가 끝난 건가요? 그럼 이만 돌아가 주셨으면 좋겠어요."

 여전히 그녀의 반응은 북풍 한설이 무색할 정도로 싸늘했다.

 "이런, 이런! 저한테 열쇠를 맡길 수는 없나요?"

 "무슨 열쇠 말입니까? 전 열쇠가 필요한 자물쇠를 채워 놓은 기억이 없습니다."

 나예린은 이해하지 못하겠다는 표정을 지었다. 비류연이 놀란 목소리로 말했다.

"없다니요? 무슨 그런 섭한 말씀을! 물론 나 소저의 굳게 잠긴 마음의 문을 열 열쇠죠."

비류연의 미소가 햇살 속에 환하게 빛났다. 그의 말에 나예린은 묘한 표정을 지어 보였다. 여지껏 아무도 그녀에게 이런 말을 해 준 사람은 없었다.

"지금 고양이에게 생선 가게를 맡기라는 건가요?"

당연히 의심해 봐야 할 일이다.

"이런! 제가 사실은 사람이 아니라 고양이었나 보죠? 처음 알게 된 사실이네요. 야옹!!"

차가운 나예린의 대답에도 불구하고 비류연은 여전히 싱글벙글이었다. 이런 말 한 마디 가지고 상처받을 만큼 그의 마음은 말랑말랑하지 않았다.

거기에다 덤으로 오른쪽 손을 들어올려 오무려쥐고는 손등으로 눈가를 부빗거리며 고양이 흉내까지 내보였다. 제 딴에는 귀여워 보이라고 한 행동이었으리라.

"쿡!"

순간 나예린으로부터 약간의 반응이 있었다. 이것만으로도 놀라운 발전이었다. 비류연의 입가에 걸린 미소가 더욱더 환해졌다. 이런 우호적인 반응은 처음이었던 것이다.

"우웨에에엑!"

그러나 간신히 내보인 작은 웃음도 잠시 잠깐뿐이었다. 반대편 난간에서 들려온 결코 아름답지 않은 소리가 다시 그녀를 현실로 불러

들였다. 나예린은 다시 정색하며 표정을 굳혔다.

비류연의 시선이 미확인 괴음(怪音)의 출처를 찾기 위해 돌려졌다. 혹시나 했는데 역시나!

범인은 이번에도 역시 모용휘였다. 그의 장대한 배멀미는 아직도 그칠 생각을 하지 않고 있었다. 그는 아무래도 전생에 배하고 뼛속깊이 원한 관계를 맺은 모양이다. 갑자기 모용휘를 한 대 쥐어박아 주고 싶다는 생각이 불끈 드는 비류연이었다.

암습에 실패하기 위한 가장 효과적인 방법

연어는
열심히 헤엄치며 강을 거슬러 올라가는 중이었다.
알을 낳고 새끼를 번성시켜야 하기 때문이다.
하지만 때마침
산란기를 대비하여 이곳을 지나던 연어 한 마리는
기가 막힌 일을 목도해야만 했다.

자신이 산란기를 대비해 열심히 지느러미를 움직이며 강을 오르고 있는데, 웬 건방진 인간들이 무더기로 자신을 앞질러 가는 게 아닌가. 이 인간이라는 놈들이 하늘 무서운 줄 모르고 자연의 섭리를 거스르며, 물 속에서 자신의 헤엄 속도를 앞지른 것이다.

자존심 센 연어로서는 부아가 치밀어 오를 수밖에 없었다.

이 인간들은 자신들이 물고기보다 더 뛰어난 움직임을 보일 수 있다는 것을 자랑이라도 하듯이 현란한 움직임을 보이며 물 속을 헤엄쳐 갔다. 그 인간들은 모두들 입에 길다란 갈대 하나씩을 물고, 몸에 착 달라붙는 시꺼먼 가죽옷을 입고, 손에는 거무튀튀한 갈고리 모양의 무기를 하나씩 꼬나쥐고 있었다.

연어는 잠시 종족 번식에 대한 욕구를 억제하고, 자신들의 세계 안에서 벌어진 다른 세계의 사건에 흥미 진진한 눈길을 보내며, 눈을 뒤룩뒤룩거렸다.

비류연의 왼쪽 어깨 위에는 푸른 깃털을 뽐내며 우아한 자태로 앉아 있는 우뢰매가 있었다. 언제나 고고함을 잃지 않는 녀석이었다.

이 녀석 때문에 배의 상공으로는 다른 이의 전서응이 함부로 범접하지 못하고 있었다. 알고 보면 이 녀석도 상당한 욕심쟁이인 모양이었다.

자신의 왼쪽 어깨 위에 앉아 있는 우뢰매의 머리를 쓰다듬으며 비류연이 말했다.

"낚시 좋아하세요?"

"네?"

나예린은 비류연의 생각을 읽지 못해 선뜻 질문에 대답하지 못했다. 여전히 속을 알 수 없는 남자였다.

"낚시하기 참 좋은 날씨죠! 그렇지 않은가요?"

"글쎄요? 방금 전엔 비가 올 것 같다고 하지 않았나요?"

돌아온 반응은 냉담했지만, 그런 것에 일일이 기죽다간 나예린을 상대할 생각을 버려야 한다.

"별로 쓸데없는 걸 기억하고 계시는군요. 하긴 비가 내릴지도 모르죠. 붉은 비〔赤雨〕가……."

흠칫!

"무슨?"

순간 심상치 않은 기운을 느낀 나예린이 반문했다. 뭔가 기분이 좋지 않았다. 언제나 이런 때면 일이 생기곤 하였다.

"물고기가 많이 몰려들고 있네요. 미끼를 뭘 쓴 탓일까요? 참 궁금하네요. 빈대떡만으로는 부족했을 텐데 말이죠."

"그게 무슨 소리……, 앗!"

이제야 나예린도 뭔가 이질감을 느낀 듯 안색을 굳혔다.

적의(敵意)!

크나큰 적의가 그들 곁으로 은밀하게 다가오고 있었다. 용안(龍眼)이 찌르르 아파 왔다. 분명한 경고였다.

"파악!"

"푸확!!"

표선 주위로 스무 개의 새하얀 물기둥이 솟아올랐다. 이 의외의 사태를 대하는 비류연의 태도는 여유만만하기만 했다.

"푸드득!"

열여덟 줄기의 물줄기가 솟아오르자 어깨 위에 앉아 있던 우뢰매가 놀라 날개를 펼치며 창공으로 치솟아올랐다. 푸른 빛이 감도는 깃털 몇 개만이 하늘하늘 떨어져 내릴 뿐이었다.

수면으로부터 솟아올라 멋지게 정오의 햇살을 뒷배경으로 깔며 습격해 오는 일단의 무리들을 보며 비류연은 자신도 모르게 나지막한 감탄성을 터뜨렸다.

"얼간이들!"

재고의 여지가 필요없는 판단이었다. 이처럼 환한 대낮에 무슨 배짱으로 자신들이 멀쩡히 두 눈 부릅뜨고 앉아 있는 표선을 습격할 마음을 품었을까?

　아무리 강물을 엄폐물로 삼았다고는 하나 이미 수면 밖으로 신형을 드러낸 이상 더 이상의 엄폐 효과는 기대할 수 없었다. 그런데 아무런 엄폐물도 없이 저렇게 보란 듯이 '나 여기 있으니 어서 빨리 목을 따주세요!' 라고 애걸 복걸이라도 하는 듯한 모습으로 허공 중에 아직까지도 체류 중이니 놀라지 않을 수 없었다.

　"쯧쯧쯧! 저렇게 체공 시간이 길어서야 말 그대로 표적이 되기에 딱 알맞겠군."

　비류연의 관점에서 보면 그들이, 자신들의 공격이 제 위력을 발휘할 수 있는 공격 유효권 안으로 들어오려면 아직 영원처럼 긴 시간이 남아 있었다.

　그 정도 시간이면, 저치들이 자신들의 공격 유효권으로 들어오기도 전에, 자신과 자신이 엄격하게 가르친 제자들은 자기가 하고 싶은 일을 수십 가지는 족히 널널하게 할 수 있는 시간적 여유였다. 비류연은 자신의 교육적 성과를 충분히 믿고 있었다.

　저렇게 자진해서 간절하게 제 목을 쳐 주십쇼 하는데, 거절하는 것은 무인의 도리가 아니었다. 습격하는 무리들의 허점이 보이면 그곳을 향해 검을 찔러 주는 것이 무인의 당연한 도리였다. 게다가 저렇게 훤히 드러나 보이는 허점이라니…….

　자신이 군이 힘을 들여 수고하지 않아도, 하늘은 알아서 어리석은 얼간이들을 처단하게 마련이다. 세상의 이치란 이렇듯 비정한 것이다. 얼간이 바보 천치들의 만용을 용서할 만큼 하늘이 너그럽다고 생각했다면 그것은 큰 오산이다.

비류연은 혹여라도 살수회를 운영하고 있는 인물을 만난다면 절대 저런 식의 암습은 불가하다고 충고해 줘야 한다고 생각했다. 저런 식의 목숨을 쓰레기처럼 내버리는 암습은 말이다! 물론 충고 상담료는 충분히 받아낼 예정이다.

그가 이렇듯 긴 생각에, 상념에 빠져있는 동안에도 저치들은 아직 목표 지점까지 도달도 못하고 있었다. 그리고 그의 예상이 맞아 떨어지는 데는 오랜 시간이 걸리지 않았다.

"츄앙!"

주작단원들의 검에서 열여섯 줄기의 검기가 뿜어져 나오고, 덤으로 모용휘, 청혼, 나예린이 펼쳐낸 청백의 검기가 더하여 복면 암습인에게로 날아갔다. 모용휘는 부침질을 하는 와중에도 검기를 펼칠 경황이 있었던 모양이다. 과연 칠절신검이라 불릴 만했다.

참절(斬切)!

검기는 빛살처럼 날아가 어리석은 판단을 내린 그들이 아니라 그들의 명령권자 및 수뇌부의 명령을 거부 하나 없이 곧이곧대로 수행한 검은 피수의를 입은 습격자들을 도륙했다.

도륙은 너무 처참한, 과장된 표현이고, 타오르는 장작더미 위에 올려진 고기 산적처럼 꿰뚫었다는 표현이 적당하겠다.

"풍덩 풍덩!"

과중한 업무로 바쁜 하늘을 대신한 일행들의 처단(손속에 의해)에 의해 검은 피수의의 습격자들은 미처 암습의 꿈을 펼쳐보지도 못한 채, 우수수 가을녘의 낙엽처럼 장강의 푸른 수면 위로 떨어졌다.

그들의 인위적이고 타의적인 투신에 튀어오른 물보라가 하얗게 허공 중으로 튀어올라 햇살 사이에서 반짝였다.

진령의 실수

'그것 봐!
저러니 실패는 따놓은 당상이지! ⋯⋯어⋯어라? 이런!
그런데 실패는
저쪽에서만 한 게 아닌 모양이었다.
실수는 우리 측에도 있었다.
이건 계산 밖의 일이었다.

수면을 뚫고 솟아오른 습격자들은 모두 가을철의 낙엽처럼 후두둑 떨어졌지만, 한 명만은 경미한 상처를 입은 채 배 위로 덮쳐 오고 있었다. 아마 이 암습조의 조장인 모양인지 움직임부터가 다른 자들과는 월등한 실력차가 있었다. 그의 착지 지점엔 진령이 검을 쥔 채 멍하니 서 있었다.

"악!"

"위험해!"

남궁상이 다급하게 소리쳤다. 하나 움직이기엔 이미 늦었다. 그들 사이의 두터운 신뢰가 이번엔 오히려 방해물로 작용했다. 진령 또한 그들과 마찬가지로 무난하게 암습자를 처리할 줄 믿었던 것이다. 그런데 예상이 빗나가다니…….

'이런! 그렇게 단호하게 손을 쓰라고 일렀건만!'

비류연이 혀를 찼다. 진령이 살인에 대한, 고민에 의한 주춤거림만 없었다면, 그 암습자가 이 배에 닿는 일은 결코 없었을 것이다.

자신의 실수는 자신이 만회하지 않으면…….

"푸악!"

진령의 시야가 붉게 변했다.

자신의 검이 상대의 늑골을 베고 심장에 다다라 있었다. 피가 분수처럼 뿜어져 나왔다.

혈편(血片)! 혈막(血幕)!

아무리 무인이라고는 하나 감수성 약한 여인인 진령에게는 크나큰 충격이었다. 상대의 심장이 싸늘하게 죽어 가는 느낌이 검을 타고 선명하게 전해졌다. 그러나 그게 끝이 아니었다.

순간 암습자의 눈에 한광이 번뜩임과 동시에 어느 새 뽑힌 시퍼렇게 날이 선 비수가 그녀의 목을 노리고 날아들었다. 심장이 반으로 쪼깨진, 이미 주검이라고 단정지었던 존재로부터의 불의의 습격이었다.

아무리 일신에 뛰어난 무공을 지닌 그녀였지만 이번만큼은 방비할 도리가 없었다.

'늦었다!'

순간(瞬間)보다 짧은 이 절체절명의 순간에, 나예린은 자신의 옆에서 질풍이 스쳐 지나가는 듯한 느낌을 받았다. 세찬 바람에 흑단 같은 머릿결이 흩날리는 가운데, 그녀는 똑똑히 보았다. 한 명의 사내가 흑의 복면인의 비수를 막으며 머리통을 박살내고 있었다.

'질풍(疾風)? 뇌광(雷光)? 아니면 찰나(刹那)를 가로지르는 섬광(閃
光)?'

비류연이 찰나지간에 보여 준 놀라운 일격(一擊), 그것은 마치 신기
루처럼 경이롭고 환상적인 움직임이었다.

"통증끊기로군요!"

두개골이 박살난 채 갑판에 꼴사납게 널브러져 있는 흑의인의 시
체를 보며 장홍이 중얼거렸다. 새하얀 뇌수가 섞인 피가 사방으로 튄
모습은 절로 눈살이 찌푸려지게 만드는 광경이었다.

"서…설마 통증끊기라면?"

장홍의 말에 놀란 효룡이, 경악한 얼굴로 되물었다. 이 물음에 긍
정을 나타내는 듯 고개를 끄덕이는 장홍의 얼굴은 심각하게 경직되
어 있었다.

"무슨 일입니까? 헉! 이…이 시체는……. 이게 웬 괴변이란 말입니
까?"

그제야 수하의 기별을 듣고 헐레벌떡 달려나온 지국주 수장해가
두 눈을 휘둥그렇게 뜨면서 말했다. 장홍이 지금까지의 자초지종(自
初至終)을 소상히 알려주었다. 그의 설명이 계속될수록 수장해의 얼
굴은 더욱 굳어져 갔다.

"그…그렇다면 이들은!"

수장해는 기겁하며 경악성을 토해냈다. 장홍이 확인시켜 주기 위
해 고개를 끄덕였다.

"한 마디로 잘라 말해서 이들이 단순한 수적이 아니라는 소리지요!"

장홍이 단언했다.

"그게 무슨 말인가?"

어리둥절한 얼굴로 청혼이 물었다. 무당산과 천무학관에서만 수련에 전념하였기에, 강호 경험이 일천한 그로서는 장홍의 말을 선뜻 이해할 수 없었다.

"통증끊기, 혹은 절통법(切痛法)이라고도 불리는 이 수법은 매우 전문적인 살인 수업을 받은 살수들만이 익히는 독특한 수법입니다. 즉, 최후의 일격을 날리기 위한 비장의 수, 동귀어진(同歸於盡 : 서로 함께 죽음.)의 수법이지요."

장홍의 말 그대로였다.

검에 찔렸을 때 반격하지 못하는 것은 충격 때문에 몸이 순간적인 충격 마비 상태에 빠지기 때문이다. 너무나 큰 충격을 몸에 받으면, 신경에 과부하가 걸려 다른 쪽 신경을 움직일 수 없게 되는 것이다. 이 마비 증상 때문에 반격이 불가능한 것이다.

그래서 개발된 수법이 바로 절통법이다! 극심한 통증과 충격으로 인한 순간적 마비 상태에 빠지지 않고 반격을 가능하게 해 주는 수법으로 살을 내주고 뼈를 깎는 비법, 그것이 바로 통증끊기이다. 동귀어진의 수법으로 자주 쓰인다.

이것은 신경을 일 순간에 마비시켜 상대의 검이 나의 몸 속을 헤집으며 파고들어올 때, 바로 그 순간 최후의 반격을 가하기 위한 기술인 것이다. 운이 좋아 급소를 비껴가면 살 것이요, 급소에 틀어박히면 죽는다.

물론 곧 엄청난 통증이 몸을 엄습해 오지만, 상대가 이미 죽은 터라 마음놓고 아파할 수 있다. 아니면, 최소한 함께 죽을 수 있다. 그래서 동귀어진의 수법으로 분류되기도 한다.

특수한 임무를 수행하는 살수들이나 첩보 요원들이 자주 익히는 수법이었다. 일개 수적이 익힐 만한 수법이 아니었다.

"그렇다면 수적은 아니라는 얘기로군!"

모용휘의 옆에 있던 청흔이 말했다.

"그렇습니다. 그들에게도 어엿한 상도의(常道義)가 존재하는 이상 이런 무모한 일을 벌일 리가 없지요."

장홍이 납득한다는 듯 고개를 끄덕였다.

"누가 무슨 원한이 있어 우리들을 노린단 말인가?"

"자라나는 새싹이, 꽤나 쓸 만한 재목으로 크기 전에 미리미리 장작으로 만들어 불쏘시개로 쓰고 싶어하는 이가 어디에나 있는 법이죠. 될성부른 떡잎이 못마땅한 이들은 어디에나 항상 있게 마련 아닙니까. 특히나 10년에 한 번 있는 화산 규약 지회 신무 대전이 다가오는 이 시기엔 특히나 말입니다."

"자네의 말은 설마……."

청흔이 경악한 얼굴로 장홍을 쳐다보았다.

"이만한 조직을 암중에 동원할 수 있는 능력을 지닌 단체는 매우 한정되어 있지요. 의심을 피해 갈 순 없을 겁니다. 하지만 더 이상 말하지 마십시오. 아직 확정할 단계가 아니니 말입니다. 이런 애매한 긴장 상태에서 그런 문제 발언을 함부로 할 수는 없는 노릇이죠!"

'과연 이런 통찰력이 이제 갓 이 학년에 올라간 자의 것이란 말인가?

　장흥의 사려 깊은 말에 청흔은 자신도 모르게 고개를 끄덕였다. 있는 듯 없는 듯하여 별 신경쓰지 않았던 장흥의 놀라운 안목과 통찰력을 대하자, 새삼스럽게 그가 새롭게 보이는 청흔이었다.

녹림의 엄연한 법도(녹림 법전 제1장)
-밑바닥엔 밑바닥의 법이 존재한다

"장강수로십팔채인가? 우읍!"
모용휘가 의아한 듯 고개를 갸우뚱하다
다시 한 번 배멀미를 했다.
핏기 하나 없는 창백한 안색을 보니
좋지 않은 몸 상태로 무리하게 움직인 게 실수인 듯했다.

"그럴 리가 없습니다. "

단호하게 모용휘의 견해를 부정한 사람은 지국주 수장해였다. 단칼에 모용휘의 의견을 부정한 그가 계속해서 말을 이었다.

"녹림 수채에도 엄연히 법도라는 것이 존재합니다. 이렇게 말 한 마디 없이 막무가내로 덤벼드는 인간은 없습니다."

수장해의 말대로였다.

흔히 강호를 무법 천지라 부르는 이들이 많지만, 강호에도 엄연히 법도가 존재한다. 특히 가장 법 질서와 어긋나 있을 것 같은 녹림 수채들 사이의 규칙은 오히려 그 어느 법보다도 훨씬 강력하다.

이 바닥에서 계속 살아남기 위해서는 천장이 아닌 바닥의 법을 따라야 하는 것이다. 규칙을 어긴 자에겐 언제나 강력한 처벌이 따른다. 밑바닥의 법은 용서를 모르기 때문이다.

때문에 녹림 수채의 규율을 어긴 이는 묵시적인 적으로 간주되어 자동적으로 이 바닥에서 매장된다. 물론 매장되기 전에 죽는 게 보통이다.

그런 것인데……. 이번 암습자들은 유구한 역사를 자랑하는 녹림 수채의 영업 관례들을 한 순간에 코 푼 휴지 조각으로 만들어 버린 채, 예고도 없이 협상도 없이 무조건 칼부림부터 시작한 것이다.

지금까지의 관례로 볼 때 있을 수 없는 일이었다.

아무도 예상치 못했던 불의의 습격이었다. 게다가 암습인들의 실력 또한 만만치 않았다. 하는 행동은 멍청했지만. 만일 그들이 없었다면 중앙표국은 아마 꽤나 많은 수의 예산을 제사 치르는 데 소모해야 했을 것이다.

"도대체 노리는 게 뭐란 말인가?"

수장해는 자신이 지금 꿈을 꾸고 있었으면 좋겠다고 생각했다. 하지만 곧 그는 아주 통렬한 방법으로 현실 인식을 강요당했다.

"한 번으로 끝나지 않을걸! 제2파가 올 거야!"

태연자약한 비류연의 말에 화들짝 정신을 차린 수장해는 신음성을 흘릴 새도 없이 분연히 검을 뽑아들며 외쳤다.

"전원 방어 태세! 각 표사들은 표물을 최우선적으로 보호하라!"

"옛!"

수장해의 명령 하나에 표사들이 일사 불란하게 움직이며 표물 주위에 방어진을 형성했다. 매우 능숙한 솜씨였다.

모두들 습격한 복면 괴인들의 목표가 표물이라고 판단을 내렸던 것이다. 그래도 이미 천무학관도의 날랜 신위를 한 번 눈 앞에서 똑똑히 목격한 터라 그들의 표정에는 평소 때보다 다소의 여유가 남아 있었다.

이들 중 그 누구도 사실 암습자들의 목적이 천무학관 일행을 노린 것이라고 실오라기만큼의 가능성이나마 생각한 사람은 장홍뿐이었다.

여기는 표선이고, 지금은 표행 중이었다. 그리고 표행 중의 습격은 드문 일이 아니었다.

이런 심한 경우는 물론 드물지만!

진령의 떨림

"어찌 이런 일이……."
암습자의 피를
머리부터 뒤집어쓴 진령은
아직도 정신을 못차리고 있었다.
그녀의 몸은 자신의 이성을 거부한 채
계속해서 떨리고 있었다.

"소령! 괜찮소? 다친 데는 없소?"

사색이 된 채 잠시 넋을 놓고 있던 남궁상이 당황한 채 서 있는 진령에게 다가가 떨리는 목소리로 물었다. 남궁상이 마주잡은 그녀의 손은 피에 홍건히 젖어 있었다.

"저…전 괜찮아요."

파르르 떨리는 입술로 진령이 말했다. 아직 방금 전의 충격이 가시지 않은 듯했다. 방금 그녀는 저승 문턱을 구경하고 돌아온 터였다.

그녀의 가냘픈 어깨를 걱정스런 얼굴로 잡고 있는 남궁상의 손끝으로 그녀의 가녀린 떨림이 전해져 왔다. 남궁상의 가슴이 미어지듯 아파 왔다.

검을 휘두를 땐 마음을 얼음처럼!

검을 쥔 자가 배우는 첫 번째 요결 중 하나이며, 생사를 가르는 순간에 가장 요긴한 금과옥조(金科玉條)와 같은 금언(金言)이기도 했다.

진령은 한 순간 가장 기초적이며 절대적인 이 가르침을 망각했기에 방금과 같은 실수를 범하고, 스스로를 궁지 속으로 몰아넣었던 것이다.

그때 아직도 여전히 떨림이 멈추지 않고 있는 진령을 향해 비류연이 성큼성큼 걸어갔다.

"짝!"

모두들 휘둥그레진 눈으로 사내의 거친 손바닥과 여인의 야들야들한 볼살이 격렬히 부딪치는 놀라운 광경을 바라보았다. 입을 붕어처럼 뻐끔거리며.

특히나 일 학년 합숙 훈련조 천검조의 놀라움은 타의 추종을 불허하는 것이었다. 겉보기에 그것은 하극상(下剋上)이나 다름없었기 때문이다. 그런 주위의 시선에도 아랑곳하지 않고 비류연이 단호한 목소리로 말했다.

"이런 실수를 범하다니! 죽고 싶었던 거냐? 만일 죽기라도 하면 어찌하려고! 순간의 방심이 죽음을 부른다는 가장 기본적인 상식마저 잊어버렸단 말이냐?"

비류연의 호통은 추상같았다. 감히 반박하지 못하는 진령은 고개를 푹 숙였다.

아직도 얼얼한 볼을 부여잡고 있지만, 어느 새 그녀의 가녀린 어깨에 일던 파문은 산들 바람에 날리는 어깨 위의 먼지처럼 사라져 버린 후였다.

정체 모를 괴한들로부터의 갑작스런 암습에 부산을 떨고 있는 중앙표국 사람들을 잠시 바라보던 비류연의 시선이 다시 진령을 향했다. 진령의 몸이 순간 움찔거렸다. 아직도 그녀의 볼은 발갛게 부어 있었다.

그녀의 부어오른 뺨을 쓰다듬으며 비류연이 자상한 목소리로 말했다.

"피가 많이 묻었다. 씻고 오너라."

"예?"

지금 이런 상황에서 어떻게 몸을 가리고……. 게다가 이곳은 배 위였다. 목욕 따윌 할 수 있는 여건은 갖추어져 있지 않았다.

의문은 금방 풀렸다.

"덜컹! 텅 텅 텅!"

비류연의 손이 한 번 스르륵 움직이자 진령의 손목과 발목에 차여 있던 묵환이 금세 끌러졌다. 묵직한 묵환이 나무 갑판에 떨어지는 소리가 꽤나 컸다.

"???"

이때까지만 해도 진령은 무슨 영문인지를 몰랐다.

비류연의 손가락이 푸른 강물을 가리키자 비로소 그녀는 비류연의 의도를 이해할 수 있었다.

"아직 적은 남아 있다!"

비류연의 한 마디에 진령의 눈에 각오가 섰다. 비류연의 오른손이 그녀의 왼쪽 어깨를 가볍게 밀었다.

"휘익!"

"퐁!"

비류연의 손에 어깨를 떠밀린 그녀의 신형이 공중에서 한 번 제비돌기를 하더니 이내 강물 속으로 사라졌다.

파문은 일었지만, 물보라는 크게 튀기지 않았다.

"소령(小靈)!"

맨 처음 경악성을 터뜨린 이는 궁상이었다. 마치 악몽이라도 꾸고 일어난 사람 같은 모습이었다.

수중전에 능한 주작단원

"어라? 너희들은 지금 뭐 하니?"
진령이 물 속으로 뛰어들자
비류연은 고개를 들어
남아 있는 주작단원들을 훑어보았다.

그 말과 눈빛은 '너희들 장난치니? 지금 친구가 홀로 전장(戰場)으로 걸어 들어갔는데 너희들은 지금 뭐하는 거냐?' 라는 의미가 분명했다.

"번쩍!"

비류연의 눈에서 기광이 번뜩이자 주작단원들은 오싹한 공포를 느껴야 했다.

더 이상 생각하고 말고 할 것도 없었다.

"풍덩! 풍덩! 풍덩! 풍덩! 풍덩!"

열다섯 개의 풍덩 소리와 함께 물보라가 튀어오르며 뱃전을 적셨다.

바람에 살랑이는 머리카락 사이로 순간적으로 보인 비류연의 눈빛 한 번에 주작단 전원이 묵환을 끌러 둔 채 진령을 따라 강물 속으로 뛰어들었다. 한 치의 주저함도 없었다.

이들 중 가장 먼저 뛰어든 이는 마음 다급한 궁상이었다. 지금 강물 속은 전장(戰場)이었다. 사랑하는 님을 혼자 보낼 수는 없었다.

염도가 눈을 동그랗게 떴다.

물 속은 누가 보더라도, 습격당하는 일행들에게 불리한 최악의 장소였다.

원래 수적들이 강호 고수들을 만나면 궁리하는 것은 대부분, 어떻게 그들을 물 속으로 유인하여 자신들이 유리한 고지를 점할 수 있을까 하는 내용이었다.

그런데 가장 불리한 최악의 장소로, 자칫 잘못하면 죽음과 같은 위험이 항시 상존하고 있는 곳으로 서슴없이, 아무런 거리낌없이 주작단원들을 밀어넣은 것이다.

"이게 무슨 짓입니까? 미쳤습니까?"

염도가 이런 말을 큰 소리로 추궁하듯 외치는 것도 무리가 아니었다. 비류연은 고막이 얼얼했다.

"미치다니요? 정신 말짱한 사람한테 말이 너무 심하네요. 나는 현재 매우 지극히 정상이니 걱정하지 말아요."

"지금 누가 누구를 걱정한단 말입니까? 내가 걱정하는 건 당신께서 사지로 밀어넣은 아이들입니다."

염도의 얼굴이 흥분으로 인해 불그락푸르락 변화 무쌍한 색조 변화를 보이고 있었다. 그렇게 혹독하게 단련시켜 놓고도, 이 정도로 당황하는 모습을 보이는 것을 보니 그동안 정(情)이 들기는 든 모양이었다.

"날씨가 참 좋죠. 낚시하기에 좋은 날씨네요."

아이들 생사 걱정으로 눈에 핏발이 벌겋게 선 염도를 앞에 두고 이게 웬 엉뚱한 소리인가?

"지금 낚시 얘기 따위나 할 때입니까? 왜 자꾸 아까부터 낚시 얘기만 찾는 겁니까?"

"왜요? 낚시하기 좋은 날씨를 낸 하늘에게 무슨 잘못이 있다고 천기에 그런 불만을 품으시나요?"

염도는 눈을 까뒤집고 싶은 심정을 가까스로 참았다. 지금은 이러고 있을 때가 아니었다. 그가 이렇게 비류연이랑 입씨름하는 동안에도 그의 제자나 다름없는 애들은(배분으로 따지면 사제라는 이상하고도 애매한 관계지만.) 생사의 기로에서 발버둥치고 있을 게 눈에 훤히 보이는 탓이었다.

염도는 비류연으로부터 몸을 돌리며 남아 있는 이들에게 외쳤다.

"남아 있는 아이들은 혹 있을지 모를 암습에 대비하라. 아직 끝난 게 아니다. 긴장을 늦추지 마라!!"

염도의 지시에 따라 남아 있던 천검조가 부산히 움직이기 시작했다.

"휴우! 난 염도 노사가 비류연을 때려잡는 줄 알았네!"

효룡이 안도의 한숨을 내쉬며 말했다. 그의 말을 듣고 있는 장홍의 표정은 얄궂었다.

'이게 어찌 된 일이지? 저 성질 급하다는 염도 노사가 이런 일에 얼굴만 붉히고는 아무 말 없이 돌아서다니? 내 눈으로 직접 보고도 못 믿겠군!

방금 전 염도와 비류연의 대화는 전음(傳音)으로 나누어진 관계로 주변 사람들이 보기에는 마치, 분노로 인해 얼굴이 시뻘게진 염도가 비류연을 때려잡으려는 듯한 상황으로 보였던 것이다.

누가 감히 미치지 않고서야 비류연과 염도의 관계를 짐작할 수 있겠는가. 지금 속이 시꺼멓게 타고 있는 이는 비류연이 아니라 오히려 염도였다.

"너도 갔다 와!"

비류연의 이 말과 함께 등 떠밀린 윤준호의 몸이 공중에 붕 떴다가 이내 강물로 떨어졌다.

"풍덩!"

"헉!"

갑작스럽게 타의에 의해 전혀 생소하고 이질적인 세계로 내동댕이쳐진 윤준호는 기겁할 수밖에 없었다.

미지의 환경은 그에게 상당한 공포를 가져다 주었다.

수면 밑바닥, 차갑고 어두운 공기 없는 세계에서의 실전을 처음 접한 윤준호는 두려울 수밖에 없었다. 이런 때 냉철한 이성을 유지할 수 있을 만큼 그의 심지는 굳지 않았다.

여기는 화산파나 천무학관에 있던 연무장이 아니었다. 실력이 모자란다고 봐 주거나 힘들다고 쉽게 해 주지는 않는다. 실력 부족이 곧 죽음과 직결되는 곳이었다. 수공에 대한 적응 수업을 통해 습득한 약간의 경험은, 이 험난한 수라의 세계에서 살아남기에는 아직 턱없이 부족한 양이었다.

물 속에는 비류연의 말대로 표선을 노리고 접근해 온 암습자들이 더 남아 있었다. 그들의 수는 족히 스물은 넘을 듯했다.

"둥둥둥둥!"

공포와 긴장으로 인해 윤준호의 심장이 파열될 듯 거칠게 뛰기 시작했다. 마치 북치는 소리 같았다.

"스윽!"

여러 명의 암습자 중 하나가 손에 들고 있는 호수구(護手鉤 : 갈고리처럼 생긴 수상전 무기.)로 자신의 목을 노리고 달려들고 있었다. 과연 수중 암습을 전문으로 하는 자답게 그의 움직임은 물고기를 방불케 할 정도였다. 인간이 물 속에서 저 정도의 움직임을 보일 수 있다는 사실이 믿어지지 않았다.

믿어지지 않아도 일단 살고 봐야 했다. 윤준호는 얼른 검을 움직여 간신히 상대의 공세를 방어했다. 몸이 천 근 만 근 무겁게 느껴졌다. 검 또한 천 근은 족히 나가는 듯 느리게 움직였다. 하마터면 제대로 방어조차 하지 못하고 죽을 뻔했다.

"챙!"

"헉! 이런!"

그의 몸이 반탄력을 이기지 못하고 물 속에서 뒤집어졌다. 윤준호는 또 한 가지 잊은 게 있었던 것이다. 그것은 바로 수중에서는 몸을 지탱할 것이 아무 것도 없다는 사실이다. 그렇기 때문에 남의 공세에 휘말려 들어갈 수 있는 위험이 항상 도사리고 있었다.

수공에 능란한 사람은 항상 이 점을 염두에 두고 동작에 세심한 관심을 기울인다. 수중전에선 균형을 어떻게 유지하는가 하는 것이 가장 큰 화두였다.

물살을 가르며 다시 한 번 암습자의 호수구가 날아왔다. 이미 균형을 잃어버려 팔을 허우적거리는 상황에서는 도저히 방어할 재간이 없었다. 윤준호는 눈을 질끈 감았다.

'죽는 건가……'

갑자기 태사부님과 화산의 사형제들이 그리워졌다. 심지어는 화산에 핀 매화마저도 그리웠다.

"챙!"

"어랏?"

검격(劍擊)의 여파는 물 속에서도 확실히 느낄 수 있었다.

아직 목이 붙어 있었다. 상처도 없었다. 눈을 빼꼼 뜬 윤준호는 이내 속으로 안도의 한숨을 쉴 수 있었다. 암습자의 호수구는 남궁상의 검에 가로막혀 더 이상의 전진을 허락받지 못하고 있었던 것이다.

"슈각!"

손쉽게 상대의 공격을 털어버린 남궁상의 검이 암습자의 목을 꿰뚫었다. 붉은 피가 윤준호의 망막을 붉게 물들었다.

윤준호가 일견하기에도 주작단원들의 움직임엔 왠지 모를 여유가 흐르고 있었다. 그들이 보여 주는 수중에서의 움직임은 항상 그래 왔다는 듯이 자연스럽고 매끄러웠다. 능숙하다는 표현이 더 옳을지도 모른다.

남궁상은 현재 세 번째 암습자의 목을 베고 있었다. 일행을 암습한 암룡대들도 주작단원들의 민첩한 수중 운신과 능수 능란한 대응에 무척이나 놀란 모양이었다. 그 놀람이 커다란 틈을 만들어 냄으로써, 그들에겐 치명적인 패인 중 하나가 되었다.

'그때 배운 게 이렇게 도움이 될 줄이야……'

십전추뢰격(十電追雷擊)!

남궁상의 검이 열 개의 변화를 보이며 합공해 오던 두 명의 암습자를 동시에 절단냈다.

이 불편하기 짝이 없는 물 속에서도 남궁상의 검은 상관없다는 듯 오묘한 변화를 보였다. 누구에게나 가능한 일은 절대로 아니었다.

남궁상은 재작년 아미산에서 있었던 뼈를 깎는 수련을 생각했다.

수면 아래 깊은 곳에서 줄기차게 검을 휘두르던 수련!

물 속에서도 지상만큼의 위력과 움직임을 보일 수 있도록 끊임없이 단련받았던 그들이었다. 그때의 수련을 생각하면 주작단원들에게 이 정도 움직임은 아무 것도 아니었다. 그들은 자신들의 할 일을 모두 하면서도 윤준호를 보호해 줄 여유마저 가진 실력의 소유자들이었던 것이다.

윤준호의 주위에 조금 여유가 생기자 윤준호의 신병은 다른 이에게 맡기고 남궁상은 진령의 행방을 찾았다.

"소령!"

진령은 세 명의 암습자에게 둘러싸여 약간 고전하고 있는 중이었다. 남궁상의 눈에 불꽃이 튀겼다. 단번에 진령이 있는 방향을 짚어낸 그는 그곳을 향해 물고기보다 빠르게 신형을 움직였다. 그에게 있어 진령은 목숨을 걸고서라도 반드시 지켜야만 하는 존재였다.

수뢰비(水雷飛)의 첫선

원래 수공이란
물 속에서 인간들로 하여금
어류보다 빨리 헤엄치고,
움직일 수 있게 만들기 위해
개발된 무공이다.

　한 마디로 말해 물고기측에서 보면 자연의 섭리를 거스르는 인간들의 시건방지고 하늘 두려운 줄 모르는 가당치도 않은 도전이었고, 인간측에서 보면 인간 특유의 노력과 연구 개발에 의해 자신들의 한계를 뛰어넘은 쾌거였다.

　물고기처럼 장시간 호흡을 참으며, 물의 저항을 최소화하는 공부! 수공이란 무척 배우기 난해한 무공이기도 했다.

　원래 수상전의 기본 전법은 그것이 약탈 내지는 보급이 아닐 경우에는, 적의 배 밑창이나 옆구리에 구멍을 뚫어 침몰시키는 게 이쪽의 피해를 최소한으로 줄일 수 있는 가장 최선의 방법이다. 일단 배가 가라앉기만 하면, 그 다음은 물이 알아서 처리해 주기 때문이다.

특히나 대부분의 무림인들은 수공에 약하기 때문에 처리하기가 더욱 더 용이하기 때문이다. 그 수월함이 남경충 박멸에 비할 바가 아닌 것이다.

그렇기 때문에 더욱 비류연이 암습자들을 얼간이 취급한 것이기도 했다.

완전히 다른 세계로 떨어진 이질감은 생소한 감정이었다. 벌써 생명의 위협도 한 번 느꼈다. 그러나 마냥 그런 감정에 사로잡혀 있을 수만은 없었다. 그랬다간 어느 새 자신의 목에 타인의 칼이 장식품 대용으로 장식될지 알 수 없기 때문이다.

윤준호는 급히 정신을 추스르며 수공 수업 시간에 배웠던 가르침을 상기했다.

'우선 물의 흐름을 거스르지 않고, 물을 두려워하지 않는다. 물을 친구라고 생각해라.'

천무학관에는 특수 교양으로 수공 공부도 있었는데, 모두들 반드시 들어야만 하는 수업이었다.

수업 시간에 열변을 토하던 무사부의 목소리가 귓속에 쟁쟁거렸다.

'급격한 환경 변화에서의 심리 변화를 잘 다스려야만 한다. 수중에선 변화보다는 간결과 빠름이다. 모든 변화를 배제하고 일직선으로 적을 공격해라.'

이제 남궁상의 도움은 기대할 수 없었다. 또다시 자신을 향해 암습자 한 명이 다가오고 있었다. 윤준호는 수공에 익숙치 않은 터라 벌써부터 숨이 막혀 왔다. 호흡이 곤란해지자 마음도 덩달아 조급해졌다.

암습자들이 쓰는 무기는 모두 단순하지만 날카롭게 생긴 살상력 높은 무기들이었다. 모두들 수중에서 쓰기 알맞게 제작된 것들이었다.

수중에서 쓰는 무기는 물의 저항을 최소한으로 하기 위해 모든 장식품들을 빼고 가장 간소하게 만들어져 있다. 알록달록 너덜너덜한 장식품들이 수중에서는 자신의 생명을 지키는 데 도움이 된다는 보장이 없기 때문이다.

"이얍!"

윤준호는 자신을 향해 날아오는 암습자를 향해 무의식 중에 매화검법 중에서도 가장 간결하면서도 빠른 초식인 매화관홍(梅花貫虹)을 펼쳤다.

"푸욱!"

윤준호 자신도 놀랄 정도로 매화관홍의 일초는 매끄럽게 펼쳐졌다. 으레 매화검법을 펼치고 난 후 나타나는 과민 증상도 보이지 않았다.

'서…설마! 맞아. 물 속에는 냄새가 없지!'

이 단순한 진리를 깨달았을 순간 윤준호의 몸에 전율이 흘렀다. 막막하기만 하던 눈 앞에 길이 열린 듯한 느낌이었다.

"움!"

하지만 깨달음의 기쁨도 잠시, 호흡이 한계에 다다른 윤준호는 다시 수면 위로 떠올라야 했다.

다시 공기를 들이마시고 내려온 윤준호의 눈이 처음으로 빛나기 시작했다. 이제 몸으로 증명하는 수밖에 없었다.

"도와 줘야 되는 거 아닌가요?"

이런 아수라장의 한가운데서도 너무나 태연한 비류연을 보며 나예린이 물었다. 추궁하는 기색이 역력했다. 하지만 비류연은 화내는 그녀의 얼굴도 예뻐 보였다. 아니, 오히려 차가운 조각상 같던 평소보다 감정의 편린을 나타내는 지금이 더욱 마음에 들었다.

"누굴 도우란 말인가요?"

그녀의 고운 아미가 살짝 떨렸다.

"물론 지금 물 속에서 고전하고 있을 주작단을 가리키는 말이에요."

즉 주작단은 다 뛰어들었는데 당신은 여기서 팔자 좋게 뭐하고 있냐는 이야기였다.

"그건 너무 쓸데없는 걱정인 것 같군요. 제가 안 도와 줘도 그들끼리 잘 할 겁니다."

"매우 자신만만하시군요?"

"소저께선 걱정이 되시나 보지요?"

"물론이에요. 수공 공부가 약한 그들이 적들의 앞마당 안으로 뛰어들었는데 걱정이 안 되는 게 이상하지 않나요?"

나예린의 말은 당연하고 보편적이고 일반적인 논리 사고의 결과물이었다. 정파의 제자들은 특별한 몇몇 경우를 빼고는 수공에 약한 게 일반적이었던 것이다. 어차피 정파에선 방문좌도(傍門左道) 내지는 잡술(雜術) 취급받는 무공이 바로 수공이었던 것이다.

"나 소저야말로 너무 부정적으로 생각하고 계신 것 같군요. 그러면 그들이 얼마나 자존심 상하겠어요. 쓸데없는 걱정에 심력 소모하지 말고, 그것보다 우리 낚시나 할까요?"

주작단원들을 수백 번은 족히 물 속으로 집어던져 본 비류연은 그들의 수공 공부 능력에 대해 아무런 걱정도 의문도 품지 않고 있는 눈치였다.

"아까부터 끈질기시군요."

비류연은 싱긋 웃고 말았다. 벌써 낚시 얘기만 세 번째 꺼낸 그였다.

"좀 그런 편이죠. 그럼 저 혼자 해야겠군요. 물도 맑고 날씨도 화창한데 낚시나 해 볼까나…… 랄랄라! 오늘 같은 천기면, 물고기 대신 사람이 낚여도 놀라울 게 없을 것 같네요."

놀이라도 하듯 가벼운 발걸음으로 난간 쪽으로 다가간 비류연의 손이 춤추듯 경쾌하게 들렸다가 수면을 향해 내뻗어졌다.

출(出)!
"파악!"

순간 그의 소매로부터 세 줄기 섬광(閃光)이 뻗어져나와 수면 밑으로 사라졌다. 섬광은 작고 조그만 파문만을 수면 위에 남겼다.

비뢰도(飛雷刀) 검기(劍氣) 오의(奧義)

수뢰비령(水雷飛翎)의 장(章)

뇌격(雷擊) 어뢰(魚雷).

"컥!"

첫 번째 섬광이 정확히 맨 선두에 서 있던 암습자의 목젖을 꿰뚫었다.

영사심결(靈絲心結)

투시(透視)

견(見)!

일렁이는 수면을 향해 손을 뻗은 채 묵묵히 바라보는 비류연의 손가락이 미약하게 꿈쩍였다.

'뭘 하는 것일까?'

비류연의 알 수 없는 행동에 나예린은 의문을 품었다. 그녀의 눈으로도 현재 비류연이 펼치는 기(技)의 실체를 파악해내기란 불가능했다. 단지 추측해 볼 뿐이었다.

'설마 비도(飛刀)?'

비도(飛刀)라니?

물 속에서 쓸 무기가 따로 있지 웬 비도란 말인가! 이 또한 자연의 섭리를 과도하게 어기는 천인 공노할 일이 아니고 무엇이겠는가.

예로부터 비도란 물 속에서 절대로 쓸 수 없는 무기 중 하나로 꼽혀왔던 것이다. 비수라면 모르되 비도라니. 나예린은 아연해질 수밖에 없었다.

한 명의 제물로는 만족하지 못한 듯 수뢰비의 섬광(궤적)이 예리한 각도로 꺾이며 다음 먹이를 향해 날아갔다.

'뭐…뭐냐? 으아아악!'

'구호(九號)! 칠호(七號)!!'

이 느닷없는 사태를 지켜보는 암룡 이호의 눈에 절망이 감돌았다. 갑자기 자신들의 앞마당인 물 속으로 겁없이 뛰어든 주작단에게 부하들이 맥없이 나가떨어지는 것만 해도 울화통이 치미는데, 부하들이 느닷없이 의문사까지 당하니 미칠 지경이었다. 정체를 알 수 없는 살의가 이제는 그를 노리고 날아오고 있었다.

'귀…귀신이냐?'

그가 귀신이라 착각한 것도 무리는 아니었다. 그런데 이 귀신은 그의 물음에 대답해 줄 필요성을 못느끼고 있었다.

'크악!'

비명은 속으로만 지를 수 있었다.

암룡 이호는 생의 마지막 순간에 한 순간의 번뜩임을 본 듯했다. 그는 끝끝내 귀신의 정체를 밝혀내지 못한 채 생을 끝내야만 했다.

어두운 물 속을 기척조차 없이 가로지른 세 가닥 섬광은 수중에서도 마치 의지를 가진 듯 자유자재로 움직이며 정확히 아홉 명의 생명을 거두어 갔다. 한 순간에 벌어진 일이었다.

완료(完了)!

낚시는 끝났다.

순식간에 스물다섯이던 암습자가 열여섯으로 줄어들자, 주작단의 운신이 더욱 원활해졌다. 쪽수의 세 불리를 벗어난 그들의 검이 거침없이 암습자들을 향해 날아갔다.

암습자들의 수가 주작단과 동수가 된 그 순간, 승부는 정해진 것이나 다름없었다.

암습자들의 몸이 고요하고 깊은 어둠의 침묵 속으로 가라앉았다. 그들이 떠오를 일은 두 번 다시 없을 것이다.

이틀 후 몸 속에 공기가 가득 차기 전까지.

만일 장강을 무리지어 헤엄쳐 다니는 물고기떼의 점심 식사거리가 되지 않는다면 몸 안에 부기가 차올라 이틀 후쯤 떠오를지도 모른다.

충고하건대 그건 안 보는 게 밥맛 유지에 좋을 것이다.

비는 아직 그치지 않았다
-표선에서의 사투

"당신 말대로 비가 내렸군요. 붉은 피의 비가!"
무표정한 얼굴에 감정 없는 목소리로 나예린이 말했다.
햇살은 인간 세상의 일에는
관심없다는 듯 여전히 따스하기만 했다.
"아직 그친 건 아니죠."

대수롭지 않은 투로 비류연이 대꾸했다.
"그런 건가요?"
"그런 거죠."
"그렇군요."
나예린은 납득했다는 듯 고개를 끄덕였다.

장강 수면 밑에서의 수중전이라는 독특하고 생경한 경험을 하고
올라온 주작단원과 아직까지도 얼빠진 얼굴로 멍하니 서 있는 윤준
호는 햇볕에 젖은 몸을 말리고 있었다. 윤준호를 제외한 주작단의 얼
굴에 방금 격전을 치른 듯한 흔적은 보이지 않았다.

진령의 신상에도 아무런 문제가 없었다.

　남궁상이 자신이 할 일을 제대로 해 낸 모양이었다. 몸이 물에 흠뻑 젖어 있는 것을 제외하면 안색 또한 정상적인 것을 보니 이제는 마음을 다잡은 모양이었다.

　나예린을 비롯한 천검조의 사람들은 이들의 태연한 모습에 감탄어린 표정을 지어 보였다.

　"이…이게 도대체 어찌 된 일입니까? 어…어떻게 이런 일이 있을 수 있지요? 아무리 표선에 실린 보물이 중하다고는 하나 이렇게 아무런 경고도 흥정도 없이 공격해 오다니 있을 수 없는 일입니다!"

　지금 여기서 가장 긴장한 채, 혼란에 빠져 우왕좌왕하고 있는 사람은 바로 이번 표행의 대표 남창지국주 장강교룡 수장해였다. 그는 자신의 눈 앞에 펼쳐진 현실을 열심히 부정하며 맹렬히 침을 튀겨내고 있었다.

　자연 사람들의 눈살이 찌푸려질 수밖에 없었다.

　"자자… 지국주님! 진정하세요. 지금 그렇게 흥분하고 있을 때가 아니지 않습니까. 마음을 가라앉히시고 사태를 파악하도록 노력해야지요."

　흥분해 있던 수장해를 진정시킨 사람은 장홍이었다. 그는 매우 노련한 실력으로 혼란 상태에 빠져 있던 수장해를 진정시켰다.

　그는 말은 확실히 효과가 있었다.

　"휴우! 미안합니다. 제가 너무 흥분했던 것 같군요. 하지만 표국 생활 10년 만에 처음 겪는 일이니……."

척!

비류연이 손을 들어 수장해의 말을 끊었다. 그가 의미심장한 미소를 지으며 나예린을 바라보자 그녀 역시 고개를 끄덕였다. (비류연의 미소가 더욱 짙어졌다. 과연 그녀도 눈치채고 있었던 것이다.)

비류연은 겨우 진정 상태에 들어가려던 수장해를 다시금 순식간에 혼란지중으로 몰아넣었다.

"이런, 이런! 사람들의 대화를 도중에 끊다니 예의가 결핍되어 있는 놈들이군요.

이제야 좀 느긋하게 휴식을 취하려던 사람들을 방해하다니 예의가 없네요. 제3파가 올 것 같아요!"

언제부터 비류연이 예의 범절이라는 거창하고 딱딱하며 실생활에 별로 유용하지도 못한 것을 챙겼는지는 모르지만, 상황은 비류연의 말대로였다.

"지국주님! 쾌선 한 척이 빠른 속도로 표선에 접근하고 있습니다."

표사 하나가 호들갑을 떨며 외쳤다. 무척 시끄러운 목소리라 조금은 목소리를 낮추어 주었으면 좋겠다고 비류연은 생각했다. 허나 어디 상황이 그런가.

쾌선은 두세 배나 빠른 속도로 다가왔다. 그들의 목적은 입 아프게 물어 볼 필요가 없어 보였다.

저들은 관례에 따른 대화를 거부하고 있음이 분명했다.

아무런 표시도 없는 것으로 보아 수채에 속한 이들은 아니었다. 게다가 언제부터 수적들이 초상권에 대해 신경을…….

다가오는 쾌선을 타고 있는 이들은 모두 흑의 복면을 하고 손에는 용염구(龍髥鉤)를 들고 있었다. 암습이 무위로 돌아갔으니 이번에는 총력으로 붙어 보자는 의미임이 분명했다.

"개새끼들!"

수장해의 입에서 쌍소리가 튀어나왔다. 이렇게 관례를 무시하는 수적 놈들은 생전 처음이었다.

얼마나 피가 튀었는지 표선은 원래가 붉은 색으로 도장되어 있었던 듯한 느낌이 들 정도였다. 물론 이런 식의 군데군데 허옇게 칠이 덜 된 도장이라면, 도장쟁이의 실력을 의심해 봄직하다.

표선은 피의 강을 떠 가고 있는 듯한 느낌이었다. 이렇게 지독한 습격은 수장해의 20년 표국 인생 동안 처음 당해 보는 어마어마한 것이었다.

지금도 갑판 위에선 표사들이 즐비하게 늘어선 수적 아닌 습격자들의 시체를 처리하느라 분주했다.

개중에는 깨끗하게 두 동강이 나 뱃속에, 위장 속에 담겨 있는 음식물들을 게워내게 하는 힘을 지닌 것도 있었고, 형체를 알아볼 수 없을 정도로 시꺼멓게 타버려 피 한 방울 안 흘린 시체도 있었다. 그런가 하면, 죽긴 죽었는데 그 어느 곳에도 상처를 찾아볼 수 없는 그런 시체도 있었다.

참으로 다양한 시체에 다양한 사인(死因)이었다.

빠른 속도로 다가온 쾌선에서 용염구(龍髥鉤 : 갈고리 모양의 줄달린 던지는 무기)로 표선을 묶고, 달려든 이들의 무공도 남창지국의 표사들이 대항하기에는 벅찬 것이었지만, 이에 대항하는 천무학관 일행에 비하면 조족지혈에 불과할 만큼 초라하기 짝이 없었다. 습격한 쪽도 당황하는 기색이 역력했다.

　오늘에서야 대표두는 왜 강호에 천무학관의 이름이 진동하고 있는지 절감할 수 있었다. 어느 한 명 검기(劍氣)를 자유자재로 다루지 못하는 이가 없는 젊은이들의 실력은 그 자신이 꿈에서나 바라는 그런 실력이었다. 그동안 헛되이 먹은 나이가 부끄러워질 정도였다.

　그 중 가장 박력 있고 화려하게 싸움판을 휘저었던 것은 염도(焰刀)의 애도 홍염(紅焰)이었다.

　처음에 염도는 싸움판에 끼여들지 않고 비류연이란 이름을 지닌 청년 곁에서 관조자 비슷한 입장을 취했다. 그러다가 지켜보기가 지겨웠는지 속닥속닥 옆에 있던, 머리카락으로 눈을 가린 청년과 말을 나누고는 도를 뽑아 들었다.

　감히 고수들의 격전장에 끼여들지 못하고 지켜만 보던 대표두와 표사들의 얼굴이 느닷없는 열기에 화끈 달아올랐다.

　처음엔 수적들이 화공을 펼친 줄로만 알았다. 그러나 알고 보니 그것은 염도의 도에서 뿜어져 나온 그 유명한 검염기(劍焰氣)였다.

진홍십칠염(眞紅十七炎) 검염기(劍焰氣)
제 십이초
용염뢰(龍炎雷).

　그것은 어마어마한 위력이었다. 과연 천하 오대 도객에 이름을 올릴 수 있는 초절정 고수의 신위였다.

흐르는 장강마저도 끓어오를 듯한 열기였다. 이런 열기와 무지막지한 위력의 검기에 정면으로 부딪치는 행위 자체가 상식을 무시하는 얼간이 천치 같은 행동인 것이다. 아마 무모함을 가장 현명하게 몸으로 표현하는 방법일 것이다.

검기가 충천하고 도광이 난무했다. 대충 표선 위의 일을 끝낸 염도는 이에 그치지 않고 적들의 쾌선으로 날아갔다. 삼장(三丈)도 채 안 되는 거리에 붙어 있는 관계로 멀지도 않았다.

그리고 다시 한 번 염도의 도가 불꽃을 내뿜었다.

모든 상황이 종료된 지금 암습자들의 쾌선은 장강 위에서 불타오르고 있었다. 조금 있으면 하나 둘 분해되어 강 밑으로 가라앉을 것이다. 모두 염도의 작품이었다.

"윽!"

그러나 이 모든 일들이 지금 수장해의 머리를 엄습하고 있는 두통을 억제하지는 못했다.

작년, 중양표국주 십팔검 장우양이 떠나며 그에게 얼마나 신신당부했던가!

자신의 서찰을 지니고 오는 청년과 일이 얽히게 되면, 무슨 일이 일어날지 모르니 결코 방심하지 말고 주의하라는 경고였다. 제발 아무쪼록 조심 조심 또 조심, 꺼진 불도 다시 보고, 돌다리도 두드리고 건너는 신중함으로 아무 일 없도록 하라던 당부가 떠올라 그는 마음이 착잡했다.

아무리 지금 그가 운반하고 있는 표물이 고가의 것이라 해도 이 정도의 인원을 동원해 안면 몰수하고 전면적인 공세를 가할 정도는 아니었던 것이다.

"도대체 일이 어디서부터 잘못 됐단 말인가?"

수장해는 골이 지끈지끈 아파 왔다. 이번 두통엔 약도 없을 것 같았다. 하루 빨리 이 표행길이 끝나도록, 의심스럽지만 천지 신명에게 비는 수밖에 없었다.

정화수가 없는 관계로 아쉬운 대로 강물을 떠다 놓고 그 앞에서 열심히 절하는 지국주 수장해의 모습은 절실할 정도의 진정으로 가득차 있었다.

'무한(武漢)에 가면 당장에 부적부터 하나 만들어야지! 천지 신명과 천상 선녀님들이시여, 이 놈을 굽어 살펴 주시옵소서!'

이때 수장해의 결심 때문에, 그는 무숙에 오자마자 한 곳으로 냉큼 달려갔다.

그곳은 무창에서 그림 잘 그리기로 소문난 화가 한 명이 살고 있었다.

그가 선택한 부적은 한 장의 선녀도였다.

나예린, 이진설, 진령, 남궁산산이 그려진 통칭 사선녀도(四仙女圖). 이 선녀도가 표국업계에서 영험하기로 소문이 나 대유행이 되어 얼마 안 가 표국업계 종사자 치고 이 사선녀도를 몸에 안 지니고 다닌 이가 없게 되었다고 한다.

천리추종 수독거의 비탄

주변의 소문에 의하면,
비영각 추혼대의 천리추종 수독거는
매우 뛰어난 인물로 평가되고 있는 것 같다.
때문에 그의 능력 유무에 대해 불만을 가져
그의 마음에 상처를 주는 사람은 없는 듯하다.

울창한 산림 속에 은신하고 있는 수독거의 얼굴은 심각하게 굳어 있었다.

"도와 줘야 되는 거 아닙니까?"

"누굴 말인가?"

"……."

수독거의 날카로운 반문에 일비(一秘)는 순간 말이 막혔다. 정말 누굴 도와야 한단 말인가?

수독거는 자신의 옆을 보좌하고 있는 일비를 약간은 불만어린 눈빛으로 바라보았다. 요즘 구정회의 두뇌 겸 십비대(十秘隊) 대주인 백무영과 너무 깊은 관계를 유지하고 있는 듯해 그 모습이 지켜보기에 달갑지 않았다.

수독거는 이번 임무를 맡을 때만 해도 이렇게까지 고되고 요상한, 자꾸만 자신의 시력과 판단력을 의심케 만드는 일이, 시위라도 하듯 연달아 일어날 줄은 몰랐다.

멀쩡한 장강에서 갑자기 보도 듣도 못한 무리들이 암습을 해 왔을 때 열심히 그 뒤를 쫓던 그들을 얼마나 부산떨게 만들었던가. 지금도 몇몇 대원은 남아서 암습자들의 배후를 캐고 있었다.

게다가 지금 일어나는 일은 도대체 무엇이란 말인가?

화풀이할 대상이 없으니 짜증이 더 치밀어 오르고 있었다. 수독거는 요즘 점수를 대량 실점하고 있는 일비를 상대로 화풀이나 하며, 민망함을 애써 감추고자 했다. 뜻대로 잘 되지는 않았다.

"왜 대답이 없나? 우리가 도와 줘야 할 게 저쪽의 학생들인가, 아니면 저기 있는 산적들인가?"

일비에게 대답할 말 따위가 있을 리 만무했다. 정말 수독거는 지금 산길 저편에서 일어나는 일이 보기 민망할 정도였다.

"왜 이렇게 동작이 굼떠? 빨리빨리 가진 거 다 내놓으라는 말 안 들려?"

민망함을 감추지 못하고 있는 수독거의 귀로 한 청년의 목소리가 파고들었다.

그 청년의 손에는 산적이나 쓸 법한, 막 나가게 생긴 흉측한 도 한 자루가 들려 있었는데, 그 도의 사나운 칼날은 꼭 산적 두목이나 할 법하게 생긴, 얼굴에다 자신의 직업을 새겨놓고 다니는 그런 부류의 남자의 때가 거죽거죽 낀 통나무 막대기 같은 것을 목에다 들이대고 있었다.

떨어지는 햇살을 받으며, 청년의 손에 들고 있는 도의 날이 빛을 받아 서슬퍼렇게 번뜩였다. 갑자기 천리추종 수독거는 골치가 지끈거리는지 자신의 관자놀이를 감싸쥐었다. 분명 산적들이 영업하기 딱 좋은 장소 안에서 지금 사람들의 눈을 의심스럽게 만드는 일이 벌어지고 있었다!

비류연의 돌발적인 인질극

"모두들 이놈 목숨이
아깝지 않으면 무기를 버려라.
그리고 혹시라도
이놈을 살리고 싶으면 몸값을 가져와라.
이건 매우 정당한 요구 조건이다."

　　모용휘, 청흔, 효룡, 장홍 모두 질린 얼굴로 사색이 될 수밖에 없었다. 지금 도대체 자신들의 눈 앞에서 벌어지는 일은 무엇이란 말인가? 그들의 뛰어난 머리로도 도저히 이해할 수 없는 장면이 벌건 대낮에 그들의 눈 앞에서 뻔뻔스럽게 펼쳐지고 있었다.

　　'지금 저 남자가 무슨 짓을 저지르고 있는 거지?'

　　나예린 또한 지금 자신들에게 닥친 상황이 이해되지 않았다. 언제나 그의 행동은 그녀의 예측을 벗어났다. 그래서 더욱 당황스러웠다.

　　표행을 이끄는 지국주 장강교룡 수장해의 얼굴은 시꺼멓게 죽어있어 보는 사람이 안쓰러울 지경이었다.

　　'많이 해 본 솜씨……'

모두의 뇌리 속에 공통적으로 떠오르는 한 가지 생각이었다. 의심의 여지가 없었다.

인질극!

인질극이란 과연 무엇인가? 이처럼 어려운 이 개념에 대해 모르는 사람이 많을 테니 한 번쯤 짚고 넘어가자. 그렇다면 여기서 문득 떠오르는 두 번째 의문! 과연 비류연의 지금 행동은 인질극인가, 아닌가라는 심오하고도 오묘한 질문에 대한 답은 어떻게 되겠는가?

무고한 사람을 흉기나 무기로 위협하여 인질로 붙들어 놓고 어떤 일을 요구하면서 벌이는 난동이라는 사전적 정의에 따르면 비류연의 지금 행동은 인질극이라 할 수 없었다. 애초에 인질극이 성립되지 않는다.

왜냐고?

지금 비류연이 인질로 삼고 있는 이는 절대로 법적으로 무고한 사람이 아니었다. 산적질을 업으로 삼는 녹림 칠십이채 적웅채의 채주가 무고하다면 그게 더 이상한 일일 것이다. 그때는 세상이 거꾸로 돌아가고 있는 건 아닌지 한 번쯤 확인해 보는 게 좋겠다.

인질극은 깊은 산 속 산길 위에서 강탈 습격극에 비해 자주 벌어지진 않지만, 그래도 가끔 한 번씩 벌어지는 일이다. 허나 이번 인질극에 모두들 고개를 설레설레 젓는 이유는 그 대상이 바뀌었기 때문이다. 시퍼렇게 날이 서 있는 칼날에 숨통을 맡기고 있는 사람은, 평소 그 칼날에 목을 겨냥당하거나, 매우 자주 베어져 나가던 선량한 사람들의 것이 아닌 우락부락하게 생긴, 한눈에 보기에도 산적 두목처럼 생긴 돼지의 목이었던 것이다. 그리고 한때 적웅채 채주였던 적웅산도(赤熊山刀) 막적의 목에 그의 애도 적웅도(赤熊刀)를 들이대고 있는 이는 바로 비류연이었다.

한 사람의 목숨을 칼날 하나로 가지고 놀고 있는 비류연의 표정은 여유 만만했다. 그들을 둘러싸고 있는 80명의 도적들은 안중에도 없다는 듯한 안하 무인한 태도였다.

'일이 어찌하다 또 이렇게 되었단 말인가…….'

수장해는 하늘이 날 잡고 하루만에 와르르 무너지는 듯한 느낌이었다.

처음 표행시 세웠던 계획에는 이럴 생각은 꿈에도 없었다. 이런 일이 벌어지리라고 누가 상상이나 했겠는가.

표행 중에 녹림 칠십이채 소속의 산도적들과 맞짱을 뜰 만큼 어리석은 표국은 없었다. 일명 통행세라 불리우는 세력권 통행 합의료를 내는 것이 훨씬 이득이기 때문이다.

왜냐 하면 이런 패거리들과 붙으면 절대 아무런 피해 없이 이길 수가 없기 때문이다. 표사 훈련 비용이나, 위로금 명목으로 지급되는 금액이나 떨어져 버릴 신용을 생각할 때 통행세 쪽이 훨씬 남는 장사였다.

그러니 아무리 큰 표국이라 하더라도 괜한 호기로 대형 산채와 정면으로 붙을 바보는 없었다.

이번에도 수장해는 이 길을 지나기 위해 안주머니 속에 합의금을 준비해 놓고 있던 터였다. 이전에 장강에서 쓸모가 없었지만 이번만은 쓸모가 있으리라 여겼었다.

사단은 장강의 한 번으로 충분했다.

"흐흐흐! 잠깐! 갈 때 가더라도 통행세는 내놓고 가서야 하지 않겠소?"

적응채주 막적이 괴소를 흘리며 영업 용어를 외치며 나타났을 때도 수장해는 동요하지 않았다.

그가 어디 이 길을 한두 번 지나갔던가.

당연히 나올 줄 알았고, 그래서 표사들도 안심하고 있었던 것이다. 이번에도 어차피 통행세를 지급하고 이 길을 지나갈 것이므로. 신입 표사만 공포에 질려 덜덜 떨고 있을 뿐 고참 표사들의 표정엔 아무런 동요도 없었던 것이다. 오히려 업무상 안면을 익힌 처지라 정체가 확실하니 산적이라도 오히려 안심이 되었다.

약간이나마 당황한 사람은 비류연 일행과 모용휘, 청혼을 제외한 천무학관 천검조원들뿐이었다.

허나 고르고 골라 뽑힌 인재답게 그들의 전신에서 무시무시한 기세들이 피어오르기 시작했다. 여차하면 전력을 다해 움직이겠다는 표시였다.

"허걱! 뭐…뭐냐? 저것들은?"

순식간에 장내를 뒤덮는 사나운 기세에 적응산도 막적은 기겁할 수밖에 없었다. 절대 하수들이 뿜어낼 수 있는 기세가 아니었던 것이다. 그동안에 축적된 경험에 비추어 볼 때 예감이 별로 좋지 않았다.

'아니, 어떻게 저런 어린애들 하나하나가 모두 남창지국주 수장해보다 무시무시한 기세를 뿜어낼 수 있는 거냐? 내가 지금 꿈을 꾸고 있는 건가, 아니면 어제의 심야 밤일로 인해 기가 쇠하여 헛것을 보고 있는 건가?'

두어 번 눈을 비벼 보지만, 눈이 아닌 피부로 스며드는 이 기분은 절대 거짓이 아니었다. 그도 , 녹림 칠십이채의 채주를 맡고 있는 칠십이채주의 한 명으로서 고수 소리를 듣던 사람이었다.

허나 그동안 자주 보았던 적웅채의 두목인 적웅산도 막적이 앞으로 나서고 언제나처럼 웃는 낯짝에 언중유골한 말을 서로 나누며 합의에 들어가려던 찰나 일이 터진 것이다.

그들은 순간 뭔가 바람 한 줄기가 그들 곁을 지나갔나 그렇게 느낄 뿐이었다.

"빡! 빡! 케엑!"

상황은 순식간에 끝났다. 얼떨떨해 있는 막적의 면상을 향해 지나치게 쾌속한 비류연의 주먹이 날아갔고, 빡 하는 소리와 함께 막적의 고개가 뒤로 젖혀지는 순간 이미 비류연은 막적의 팔을 비틀고 혈도를 점한 다음 그의 칼을 뽑아 그의 목언저리에 가져다 대놓고, 네놈의 골통을 언제 떨구어줄까 하며 시위하고 있었다.

과연 막적은 자신의 영업 업무 도구 관리를 소홀히 하지 않는 훌륭한 산적이었고, 그로 인해 그의 칼날은 시퍼런 예기를 뭉클뭉클 내뿜고 있었다.

만일 지금이 정상적인 영업 중이라면 이 섬뜩한 예기가 먹잇감이라 불리우는 행인들에게 무한한 위협이 되었겠지만, 자신의 목줄을 겨누고 있으니 막적으로서는 똥줄이 탈 수밖에 없었다.

살짝 대었는데도 벌써 살갗이 베어져 피가 솟아나오고 있었다.

"이야! 산적 주제에 칼 하나는 끝내주게 날카롭구만. 이 정도 예기라면 팔아도 꽤나 돈이 되겠는걸!"

적웅도의 날카로움을 확인한 비류연이 기쁜 표정으로 말했다. 언제나 모든 사물을 금전과 연관시키는 비류연이었다.

어쨌든 이런 이유로 인해 중앙표국의 표사들과 적웅채 소속의 우락부락하고 건장한 산적들은 묘한 대치 상태를 이루게 되었다.

지나갈 수도 없고 대놓고 막을 수도 없는 묘한 관계가 성립되어 버린 것이다. 몰래 이들을 뒤따라오고 있는 수독거가 골을 감싸쥐는 것도 무리가 아니었다.

"크으으으······. 어찌하다 이런 일이 일어난단 말인가! 하늘이시여!"

아버지가 돌아가실 때도 눈물을 보이지 않았던 대장부 장강교룡 수장해는 갑자기 울고 싶은 충동을 억제하기 힘들었다.

이런 기분은 처음이었다.

적웅산도 막적이라고 하면 이쪽 산림 영업대, 또는 산적이라 불리우는 녹림도 쪽에서는 알아 주는 이름이었다. 그는 여태껏 별다른 공포를 모르고 살아온 사람이었다.

그는 고수처럼 보이는 위험천만한 인물은 건드리지 않았다. 잘못했다가 성급하게 관 짜고 싶은 생각은 추호도 없었기 때문이다. 해서 그의 영업 상대는 언제나 그보다 낮은 힘을 지닌 상대뿐이었다. 그러니 상대적으로 공포라는 감정을 느껴 볼 수 없었다.

그런데 지금 막적은 산채 채주로 있으면서 인질이 되는 보기 드문 경험을 하고 있는 중이었다. 하지만 인질로 잡혀 두려움에 덜덜 떨고 있는 약한 생명이라고 하기엔, 그 우락부락하고 거칠게 생긴 얼굴과

거대한 몸집이 전혀 어울리지 않는다. 전혀 인질다운 느낌이 없는 인질이었다.

게다가 수천 명의 선량한 백성들을 약탈해 온(본인들은 극구 영업이라고 주장하고 있지만), 녹림 칠십이채 중 하나인 적웅채 채주의 존재를 불쌍하다고 하기에는 무리가 있었다.

그는 현재 누구 손에 숨통을 잡힌 채, 이 어이없는 상황에 대해 눈만 꿈뻑이고 있을 뿐이었다.

'끄응! 나 참! 이 일을 어쩌면 좋단 말인가!'

적웅채 채주 적웅산도 막적이 인질로 잡힌 그 순간부터 부채주인 단마도 방천의 끝없는 고민은 시작되었다.

여기가 그저 어중이떠중이 중소 산채였다면 채주가 잡힌 그 순간부터 방천은 다음과 같은 말을 당당하게 내뱉었을 것이다.

"채주께서 적도의 칼날 아래 목숨을 잃으셨다. 채주의 원수를 갚자! 지금부턴 내가 채주다!"

그 순간부터 막적의 생사 여부는 문제가 아니었다. 그리고는 칼을 쥔 손을 하늘로 힘차게 치켜올렸을 것이다. 이런 과장된 행동이 사람들을 선동하는 데 꽤나 효과가 있기 때문이다.

채주가 아무리 살려 달라 발버둥쳐도 못들은 척하고 없는 사람 취급하면 그만이었다. 곧 죽을 사람인데 그가 상관할 바가 아닌 것이다.

하나 여기는 유서 깊은 녹림 칠십이채의 하나인 적웅채라는 게 문제였다. 녹림맹의 규칙에 따라 사사로운 채주 교체는 있을 수 없었다. 그런 걸 용납했다가는 질서가 잡히지 않을 위험이 있기 때문에 총채에서 금하고 있다. 또한 녹림 칠십이채에서 뽑힌 고수인 만큼 채주 물갈이가 쉽게 되는 것도 아니었다.

때문에 방천은 이러지도 저러지도 못한 채 발만 동동 굴리고 있는 것이다.

"얘들아!"

"예!"

"우리 모두 장렬하게 산화하신 채주님의 원수를 갚자! 그리하여, 녹림맹의 이름을 만천하에 떨치자. 나를 따르겠느냐?"

"복명(復命)! 와아아아아! 방 채주님! 만세! 만세! 만만세!"

……이렇게 됐으면 얼마나 좋겠는가. 하지만 희망 사항일 뿐이다. 방천의 망상은 오래 이어지지 못했다. 불쌍한 표정으로 자신을 바라보고 있는 막적을 차마 외면할 수 없었던 것이다.

"채주, 부끄럽습니다."

"못 본 척해라……."

수치심으로 벌겋게 달아오른 얼굴을 한 채 막적은 모기만한 목소리로 대꾸했다.

"그러기엔 주위의 눈이 너무 많습니다."

실제로 채주 막적도, 부채주 방천도 얼굴이 벌겋게 익은 채 화끈거리고 있었다. 채주씩이나 되는 자가 어린애의 한 수를 피하지 못해 꼴사납게 인질이 되다니……. 만일 오늘 무사한다 해도 녹림맹의 명예를 실추시킨 대가로 처벌을 면치 못할 것이다. 하지만 처벌과 제명이 있기 전까지는 자신들의 채주임이 분명했다.

"끄웅!!"

시작부터가 감이 좋지 않았다.

적웅채가 돌연히 나타났을 때 주작단은 전혀 당황한 기색을 보이지 않았다.

적웅채의 위세가 약했냐 하면 그것도 아니었다.

2백 명! 일반인에게는 과분할 만큼 많은 숫자였다. 하지만, 이 2백이란 머릿수도 천무학관도 26명과 한 명의 염도 앞에서는 참으로 보잘 것 없는 조촐한 숫자였다.

원래는 이 2백 명도 날씨가 좋고 해서 기동 매복 훈련삼아 데리고 나온 것이었다. 보통은 50명 내외 정도가 적정한 인원이었다.

게다가 중양표국하고는 안면이 없는 처지도 아니었기에 솔직히 이번 인원은 과한 편이었다. 한데 상대의 반응은 더욱 의외였다.

훈련 겸 영업 겸 데리고 나온 2백 명 앞에서 눈썹 하나 까딱 하지 않는 녀석들이라니……. 예의상으로라도 놀란 표정을 지어 주는 게 마땅했다.

그런데 산보라도 나온 듯한 태연한 기색이라니. 막적과 그의 일당들이 기가 막혀하는 것도 당연했다.

게다가 이놈들은 대화도 안 통하는 무지막지한 놈들이었다.

"귀하들은 우리 녹림 칠십이채가 두렵지도 않소? 지금이라도 채주를 놓아 주면 없던 일로 하겠소."

여전히 방천의 목에 칼날을 드리운 채 비류연은 들은 척도 하지 않았다. 지금 방천은 대화 상대를 잘못 골랐다.

"궁상아! 우리 오랜만에 실전이라도 한 번 치룰까? 저번에 산적 토벌전 치루고서는 좀 오래 됐지. 몸이 굳었을 테니까 감각은 잊기 전에 되살려 놓는 게 좋아. 마침 좋은 기회인지도 모르지."

비류연의 말에 방천이 발끈했다. 이건 너무 자신들을 무시한 처사였다.

"너무 광오하다 생각하지 않으시오? 녹림맹의 그림자가 두렵지도 않소?"

"궁상아? 무섭냐?"

비류연이 칼날로 막적의 경동맥을 툭툭 치며 물었다.

"하하! 설마 그럴 리가 있겠습니까. 호골, 용골채도 막아낸 저희들입니다. 겨우 이 정도 인원 가지고 두려움을 논하다니요. "

남궁상의 웃음 섞인 말에 방천의 눈이 화등잔만해졌다.

"서…설마 귀하들이 용골채 몰살의 주인공인 천무주작단(天武朱雀團)이란 말이오?"

되묻는 방천의 말은 두려움으로 심하게 떨리고 있었다. 혀가 굳은 모양이다.

"용골채 몰살? 그게 뭐지?"

그러자 옆에 있던 남궁상이 기억났다는 듯 말했다.

"아! 맞습니다. 예전에 천무학관으로 돌아가는 우리들의 표행을 습격한 놈들이 바로 호골채와 용골채라는 놈들이었죠. 소문으로는 표물 중에 끼여 있는 천문학적 가격이 매겨진 고려청자를 노렸다고 합니다. 그들 때문에 무척 고생했던 기억이 나는군요."

남궁상의 말은 시인이나 마찬가지였다.

"이야! 너네들 꽤 유명해졌는데. 산도적 아저씨까지 다 알아보고 말이야."

비류연이 놀랍다는 듯 말했다.

"그러게 말입니다."

일이 잘못됐다. 막적과 방천은 직감적으로 그렇게 느꼈다.

처음부터 눈치챘어야 했다. 표국 업계에 종사하는 사람이라면 절대로 하지 않을 객기 충천의 일을 서슴없이 저지르는 놈들이 표국 사람일 리가 없었다.

녹림산채 두 개를 단 16명이 괴멸 상태로 몰아간 소문의 장본인 천무주작단(天武朱雀團), 그 일 이후로 천무학관에는 절대 손대지 말라는 지령까지 내려온 터였다.

그날 이후 호골, 용골채는 간판을 내리고, 새로이 녹림 총채에서 사람을 보내 재구성을 해야 했다. 관례에 따라 괴멸당한 산채의 이름은 불길하다 하여 이름마저도 딴 걸로 바꾸었다. 특히 호골채는 채주만 교체된 반면 용골채의 생존자는 극히 적어 모든 것을 재구성해야 했던 것이다.

녹림맹 소속 산채 하나가 완전히 지상에서 사라져 버린 대사건이었다.

그러니 방천과 막적이 기겁하는 것도 당연했다. 습격에 전력을 기울이다가 전력이 사라진 용골채보다 약간 아래의 세력을 지닌 곳이 바로 적웅채였던 것이다.

방천의 입이 쩌억하니 벌어졌다.

'제…젠장! 정찰 나간 개새끼는 어디 사는 개새까야아아아!'

갑자기 방천은 울고 싶어졌다. 절대 건드려서는 안 되는 곳 중 하나를 건드린 것이다. 관도 한 명 한 명이 절정 고수에 버금 가는 실력을 지니고 있다는 대량 기재 고수 보유소인 천무학관은 그들로서도 감히 건드리기 껄끄러운 장소였다.

당장에 정찰 나갔다 돌아온 놈을 잡아 모가지를 비틀어 버리고 싶은 마음이 굴뚝 같았지만, 상황이 상황인지라 당장에 꿈을 실현하지는 못했다.

다만 희번뜩거리는 눈빛으로 한 번 째려봤을 뿐이었다.

'어디 돌아가서 두고 보자!'

살기가 풀풀 날리는 방천의 눈빛에 정찰 담당 쫄다구 산적 구이는 짱돌맞은 개구리마냥 그는 움츠러들 수밖에 없었다.

"우리들 자신도 모르는 새에 유명해졌군요."

신기하다는 듯 남궁상이 놀란 표정을 지어 보였다. 자신들이 산적 업계에 그토록 이름을 날리고 있는지 오늘 처음 알았던 터였다. 남궁상의 말에 방천의 얼굴은 더욱 사색이 되었다. 그의 말은 자신의 질문에 대한 확답이나 다름없었기 때문이다.

서…설마 그 악명 높은 주작단이라니! 이런 망할……! 양산박의 호걸들이시여, 저희들을 굽어 살피소서!

이쪽 업계에서의 주작단의 명성은 유명한 정도가 아니었다. 그들은 반드시 영업을 피해야 할 기피 대상 특급에 소속되어 있는 인물들이었다.

그런데 설마 이런 곳에서 만날 줄이야! 오늘은 운이 억세게도 없는 날인 모양이었다.

당장 등을 돌려 도망이라도 치고 싶은 심정이었다.

"효룡! 저 녀석 좀 잡아와 줘."

수상한 낌새를 눈치챈 비류연이 방천을 가리키며 한 마디했다. 효룡은 즉시 그의 요구를 들어 주었다.

"피잉!"

마치 화살이 날아가는 듯한 재빠른 움직임이었다. 일개 산채 부두목 따위가 애초에 막아낼 수 있는 수준의 공부가 아니었다.

방천 또한 막적과 별다르지 않은 모습으로 효룡 손에 끌려왔다. 이제 인질이 하나에서 둘로 늘어난 것이다.

적웅채의 산적들은 그들의 부두목이 복부에 두 대, 얼굴에 한 대 맞고 끌려가는 그 순간까지 멍하니 손놓고 구경밖에는 하지 못했다. 그들의 실력으로 막기엔 효룡의 실력은 너무나 저 높은 곳에 있었던 것이다.

효룡의 날렵하고 깔끔한 솜씨를 지켜본 모용휘와 청흔의 눈에 이채가 어렸다. 처음 본 순간부터 보통이 아니라고는 느꼈지만 이 정도의 실력일 줄은 솔직히 예상 밖이었던 것이다.

적웅채, 거덜날 뻔하다

녹림 칠이십채 소속의
거대 산채는 꽤나 큰 집단을 상대로 한
비폭력 협상 주의식 영업 방식을
선택하고 있는 게 보통이었다.
이 정도 큰 산채에 덤비는 바보는 없었다.

통행세를 지불하는 것이 관행이었다. 게다가 이런 거대 강력 산채
랑 정면으로 충돌하다가는 인명 피해는 물론이고, 표물 또한 하나 둘
정도 이상은 손상을 입을 게 분명했다.

신용 하락, 배상금 지급, 일감 하락, 등등 자칫 잘못하다가는 빼도
박도 못하고 쪽박찰 수도 있는 일!

그런 위험한 모험을 할 만큼 수장해는 혈기왕성하지는 않았다.

'그런데…… 그런데…….'

지금 수장해 자신의 눈 앞에 펼쳐진 이 믿어지지 않는 현실은 도대
체 누구의 작품이란 말인가?

적웅채주 막적의 목줄 위에 날이 시퍼렇게 선 칼을 놀리며 희희낙

락거리고 있는 저 치는 도대체 어떤 괴물이란 말인가. 게다가 이번엔 친구라는 작자가 부채주까지 장난치듯 붙잡아 왔다.

그러나 수장해는 절대 기쁘지 않았다.

"나, 나까지 잡은 이유가 뭐, 뭐요?"

순식간에 인질 신세가 된 방천이 당황해서 물었다.

"응? 당연히 인질은 하나일 때보다 둘일 때가 더욱 효과적이기 때문이지. 인질은 다다익선(多多益善)이라는 말도 몰라?"

대수롭지 않은 비류연의 대꾸에 방천은 아연해질 수밖에 없었다.

채주와 부채주가 잡힌 이상 적웅채는 머리가 날아간 곰 꼴이었다.

"어…얼마를 원하시오?"

"흐응……, 요구한 만큼 다 들어 줄 수 있다는 자신감인가?"

히죽 웃는 미소가 왠지 불길했다.

'서…설마 자기네도 사람인데 양심이 있겠지!'

그동안 꽤나 양심적인 영업을 해 왔다고 자처하는 방천의 생각이었다.

"불가능하지 않은 액수라면 들어 주겠소."

천무학관 출신임을 안 이상 애들이라 해도 반말짓꺼리를 할 수는 없었다.

"그래? 그렇게 말한다면, 그럼 나도 양심적으로 말하지. 가진 것의 반만 내놔! 나머진 산채 운영하는 데 써야 할 테니깐 말이야."

"아… 알았소! 모두들 주머니를 풀어라!"

방천이 명령하자 모두들 자신들이 차고 있는 주머니를 끌르려는 순간 비류연이 의아한 듯 물었다.

"어라? 지금 뭐하는 거지?"

"보시다시피 가진 것의 반을 내놓으려 주머니를 풀고 있지 않습니까!"

알면서 뭐하러 물어 보냐는 투였다. 그러자 기가 차다는 표정으로 비류연이 말했다.

"아니, 제정신이야? 누가 지금 가진 것의 반을 내놓으래? 가서 산채 창고에 들어 있는 재산의 반을 가져오란 말이야. 이렇게 대화가 안 통해서야……!"

"헉!"

비류연의 이 한 마디에 적아를 불문하고 모두들 눈을 부릅뜨고 입을 쩍 벌렸다. 이건 완전 도둑놈 심보가 아닌가.

"그…그런 과한 요구가 어디 있소! 그건 불가(不可)하오."

방천이 단호히 거절했다.

"호오? 그으래?"

순간 막적의 목줄을 겨누고 있던 칼이 시퍼런 빛을 내뿜기 시작했다. 목을 무저항 상태로 내맡기고 있는 당사자는 물론 지켜보는 방천까지 전율을 느낄 만한 예기였다.

"도…도강(刀剛)!"

과연 천무학관의 명성은 명불허전이었다. 섬뜩해질 만큼 시퍼런 도기는 위협용으로 안성맞춤이었다.

"못준다는데 이 일을 어쩌면 좋죠? 네? 아저씨?"

비류연이 시퍼런 도기를 내뿜는 칼을 장난처럼 만지작거리며 막적에게 물었다. 막적은 너무 긴장한 나머지 식은땀이 줄줄 흐를 지경이었다. 이젠 의식하든 의식하지 않든 장난으로 한 번 치면 당장에 저승행이 보장되기 때문이다. 도기를 머금은 칼과 그렇지 않은 칼의 위력은 천지차이기 때문이다.

"한 번만 봐 주시오. 저희도 체면이라는 게 있지 않습니까."

방천이 효룡에게 붙잡힌 상태에서 손이 발이 되도록 싹싹 빌었다.

"산적한테 왜 체면이 필요해? 쓸 데가 어디 있다고?"

"고…공자! 한 번만 참아 주시오!"

질린 얼굴을 한 수장해까지 나서서 비류연을 말렸다. 말린다고 들을 녀석은 아니지만 일단 시도라도 해 봐야 했다.

"왜 그래요? 아저씨?"

아…아저씨라니……!

기분은 와락 나빠졌지만 지금은 그딴 걸 신경 쓸 때가 아니었다. 일이 이렇게 되면 이제 중양표국과 적웅채는 원수지간이 되는 것이다.

다음 번엔 어느 한쪽의 기반이 완전 박살날 때까지 싸워야 할지도 모른다.

"이쯤에서 끝내는 게 좋지 않겠습니까? 이들도 먹고 살려고 하는 일 아닙니까. 강호의 관행을 함부로 어기면 별로 좋을 게 없지요."

흐르는 식은땀을 닦으며 설득 공작을 펼치기 시작했다.

"하하하, 이런 게 인과응보 아니겠습니까."

전혀 상관없다는 비류연의 말투에 수장해의 얼굴이 사색이 되었다. 이러다간 훗날 자신들의 중양표국이 대신 산적들로부터 인과응

보를 받아야 될 판이었다.

'제기랄!'

"비 공자, 저들을 한 번만 용서해 주시오. 이 수모의 얼굴과 중앙표국을 봐서라도 한 번만, 딱 한 번만 선처를 베풀어 주시오. 내 돌아가서 사례하리다."

"사례라구요?"

사례라는 수장해의 말에 비류연의 귀가 쫑긋했다. 비류연이 흥미를 나타내자 수장해는 때를 놓치지 않고 얼른 그를 얼르기 시작했다.

"그렇소. 내 섭섭지 않게 사례하리다. 그러니 이번 한 번만 저들의 무례를 용서해 주시오."

"그럴까요? 으음……."

일이 이렇게 되자 비류연도 조금 고민되는 모양이었다. 그의 고민을 지켜보는 수장해와 막적은 초조함으로 인해 피가 마를 지경이었다.

"흐흠! 수 지국주께서 그렇게 말씀하신다면 할 수 없죠. 그렇다면 앞으로 이곳에서 중앙표국을 건드리는 일은 없겠죠? 오늘 이곳 적응채가 무사한 건 다 수 지국주의 노력 때문이니깐요."

"무, 물론입니다!"

"맹세할 수 있나요?"

"매, 맹세합니다."

"그럼 지금 가지고 있는 것만 받도록 하지요. 교훈비라고 생각해요. 두 번 다시 이런 실수를 저지르지 않을 교훈 학습비요."

"네, 네! 여부가 있겠습니까!"

비굴한 웃음을 지어 보이며 막적이 얼른 외쳤다. 비류연의 마음이 언제 또다시 바뀔지 모를 노릇이기 때문이다.

"모두 주머니를 풀어 이분 공자께 가져다 드려라!"

막적이 와락 소리를 질렀다. 적응채 산적들은 자신의 전재산을 털어 비류연에게 갖다 바쳐야 했다. 남을 털어 본 적은 셀 수 없이 많아도 이렇게 탈탈 털려 보긴 처음이었다. 수거한 돈주머니를 모두 챙긴 비류연 일행은 그들의 곁을 유유히 스쳐 지나갔다.

이날 이후 적응채는 거덜난 돈을 만회하기 위해 한 달 동안 허리띠를 졸라매야 했다.

"아아! 내 운세에 마(魔)가 끼었단 말인가? 아직 내 목이 붙어 있긴 붙어 있는 건가?"

강창은 확인하는 차원에서 자신의 목을 한 번 쓰다듬어 보았다.

한 번 크게 십겁을 한 것은 수로에서의 암습으로 충분했다. 그와 비슷한 일을 두 번이나 겪게 한다는 것은 하늘의 공평성에 뭔가 문제가 있지 않나 한 번쯤 문제를 제기해 봄직한 일이다. 지금 중앙표국 소속 대표두 강창은 하늘의 공평성에 대해 심각한 회의와 불신에 빠져 있었다.

배에서 내려 무한(武漢)에 들렀을 때, 소문난 점쟁이한테서 산 부적도 별로 효력이 없는 듯했다. 모든 것은 현 상황이 말해 주고 있다.

도둑들에게서 건네 받은 돈보따리가 비류연이라 불리는 청년에게 넘겨질 때 강창은 암담함에 눈을 질끈 감아야 했다. 앞으로의 호북표행길이 왠지 막막해져 왔기 때문이다.

"내 이 사기꾼 점쟁이 자식을 뭐? 이것만 가지고 있으면, 운수대통하고 모든 위험이 나를 지나쳐 간다고? 살아서 다시 만나기만 해 봐라! 다리몽둥이를 사이좋게 분질러 주고, 두 번 다시 거짓부렁 못하도록 주둥아리를 뭉개주마!"

대표두 강창은 분기탱천한 목소리로 이를 갈며 하늘에 대고 외쳤다.

"정말 이 생활도 이제는 때려치워야 할지도……."

이렇게 수중전을 치러 봤었으니, 이제는 산악전도 한 번쯤 치루어 보라는 하늘의 배려라면 절대 사양하고 싶었다. 이것은 너무 쓸데없는 참견이었다.

때려치우고 싶은 마음이 굴뚝 같았지만, 여우 같은 마누라와 토끼 같은 자식들이 눈 앞에 어른거려 차마 실행으로 옮길 수는 없었다.

'이제 이틀 남았다.'

하루 빨리 무당산에 도착해 이들과 인연을 끊고 싶은 마음이 간절했다. 제발 앞으로의 이틀만은 무사히 지나갔으면 하는 게 강창의 소박한 소원이었다.

강창은 무한에서 지국주와 함께 구한 사선녀도를 펼쳐놓고 열심히 빌기 시작했다.

암룡대의 실패

"실패했습니다."
"피해는?"
"저…전멸입니다."
"그런가!"

치사한의 말투는 담담했다. 그는 이미 암룡대의 전멸을 각오하고 있었다. 암혼비영대 대주는 그들을 한낱 애송이로 보았겠지만 치사한의 관점은 틀렸다. 그나마 수로에서는 유리한 고지를 점할 수 있을 것 같았기 때문에 무리하면까지 전력을 투입시켰던 것이다. 뇌종명에 대한 경고의 의미도 되었을 것이다. 계획한 대로 뇌종명은 이번 일로 인해 세력의 상당 부분이 약화되었을 것이다.

다음 문제는 목표의 피해 상황이었다.

"목표의 피해는?"

"저…전무합니다."

부하 천리호리 공유국의 안색은 자신들 암혼비영대 소속 암룡대가

몰살했다는 보고를 올릴 때부터 더욱 창백해져 있었다.

치사한의 눈살이 살짝 찌푸려졌다.

"크크크크! 최강의 수상 전력이라는 암룡대를 투입해 놓고도, 아무런 타격도 입히지 못했다는 게 말이 된다고 생각하나?"

"소…송구스럽습니다."

공유국의 얼굴은 공포로 인해 시퍼렇게 질려 있었다. 그는 자신의 상관의 손속이 얼마나 잔혹한지 너무도 잘 알고 있었다. 특히 실패에 대한 처벌은 끔찍할 정도였다.

"생각보다 대단하군! 나도 계산을 잘못했단 말인가?"

암룡대의 실패는 예상했지만 목표에 아무런 피해가 없었다는 것은 의외였다.

문득 치사한의 뇌리에 뇌종명의 얼굴이 떠올랐다 사라졌다.

그가 비밀리에 육성한 비선 하나가 완전히 괴멸된 것이다. 그의 기분이 상큼할 리 만무했다. 과연 그가 이 보고를 들으면 어떤 표정을 지을까? 흥미가 일지 않을 수 없었다.

일단 달래 줘야 했다. 몰살당한 개에게 약간의 추모의 염 정도는 보내 줘도 좋을 것이다. 준다고 닳는 것도 아닌데 아까울 게 없었다. 게다가 뇌종명에 대한 비아냥도 될 수 있으니 일석이조의 효과였다.

"다른 개를 찾아 봐야겠군!"

치사한이 내린 마지막 결론이었다. 일단 뇌종명을 만나는 게 우선이었다.

"설마 암룡대로도 역부족일 줄이야……. 그들이 물에서 당하다니 이거 어이가 없어 선뜻 믿을 수가 없군요. 제가 그들의 역량을 잘못 측정한 듯합니다. 목표물에 아무런 피해도 입히지 못하고 꼴사납게 수장당할 줄 누가 짐작이나 했겠습니까?"

묘하게 비아냥거리는 군사 치사한의 어투가 귀에 거슬렸는지, 언외도 뇌종명의 눈썹이 꿈틀거렸다. 저쪽은 의도를 가지고 자신을 비아냥거리는 기색이 역력했다.

"애초에 짜여진 엉터리 계획에 따라 실행된 행동인데 그 결과인들 올바를 리 있겠는가! 어림 반푼어치도 없는 일이지. 자신의 허물을 남에게 뒤집어 씌우는 것은 보기가 좋지 않군."

역시 늙은 생강이 맵다고, 무웅 뇌종명도 괜시리 겉모습만으로 나이를 먹은 게 아니었다. 오는 말이 곱지 않은데 가는 말이 고울 리 없었다. 원래 흑도의 생리란 받은 만큼 돌려주는 것이 정상이었다.

군사 치사한의 가늘게 뻗친 눈썹이 보일 듯 말 듯 미약하게 파르르 떨렸다. 이대로 말싸움에 진다면 사영뇌(邪影腦) 치사한이 아니었다.

그의 혓바닥이 점점 더 날카로워져갔다.

"저는 그저 원로께서 키우신 암룡대가 저의 계획을 충분히 실행시킬 만큼의 능력이 있다고 믿었기에 이번 계획을 입안(立案)한 것이었습니다. 설마 이 정도까지 저의 기대에 부응치 못하는 허접한 실력일 줄 누가 알았겠습니까. 전 저의 믿음에 배신을 당한 것이지요!"

"쾅!"

뇌종명이 거칠게 탁자를 내리쳤다. 원래부터 그는 참을성이 많이 배양된 성격이 아니었다. 열이 뻗쳤는지 그의 얼굴은 벌겋게 달구어져 있었다.

'제길! 역시 애초에 이 쥐새끼 녀석의 계획을 거드는 게 아니었어!'

후회해도 이미 때는 늦었다. 그의 분신 같은 수하가 벌써 4분의 1이나 줄어 버린 후였다. 그의 횃불 같은 눈에 분노가 꿈틀거렸다.

"그럼 자네 얘긴 우리 아이들의 실력이 턱없이 부족해 자네의 그 허접한 작전을 그르쳤다는 건가?"

"이해가 그토록 빠르시니 기쁘군요. 마천각 최고 전력 중 하나라는 암혼비영대 소속 암룡대가 그런 애송이들한테 당하다니……, 쯧쯧!"

애송이들이라는 발언에 뇌종명은 날카로운 시선으로 치사한을 노려보았다. 당장에 저 쥐새끼의 구린내나는 대갈통을 깨부수지 못하는 현실이 원망스러웠다.

더 이상의 입씨름은 시간 낭비일 뿐이었다. 이미 진창에 발을 담근 이상 물러날 길은 없었다.

"자네가 아직도 그들을 애송이로 본다면, 분명 자네의 다음 작전도 실패하겠군. 자네의 참담한 실패를 기쁜 마음으로 기다리겠네. 하지만 한 가지만은 알아 두게!"

뇌종명의 눈에 살기를 품은 화광(火光)이 번쩍이자, 순간 치사한은 본능적으로 움찔했다. 그의 눈빛은 결코 백이십 세를 넘은 노인의 눈빛이 아니었다.

"또다시 자네의 빈약한 계획으로 우리 아이들이 헛되이 죽는다면 그땐 가만있지 않겠네. 책임질 각오를 하게!"

타협의 여지를 남기지 않는 한 마디였다. 마지못해 치사한이 대답했다.

"그러지요!"

뇌종명은 더 이상 말을 나눌 가치가 없다는 듯 자리를 떴다. 그 뒤로 입술을 잘근잘근 깨무는 치사한만이 남아 있을 뿐이었다.

"이… 늙다리놈……."

치사한의 눈에서 기광이 번뜩였다.

"두고 봐라! 그렇게 큰 소리치는 날도 멀지 않았다. 땅을 치고 통곡하며 피눈물을 흘리게 해 주마. 흐흐흐……!"

농도 짙은 살기가 그의 몸에서 무럭무럭 뿜어 나왔다.

사부는 누구인가?

"그리고 보니 이번 천검조 합숙 훈련 담당 사부는 누구지?"
갑자기 궁금증이 인
노학이 남궁상에게 물었다.
이제 무당산까지는 하루 거리밖에 안 남았다.

    이때가 다가오자 그동안 의식적으로 잊으려 애써 왔던 의문 하나가 마음 속에서 고개를 내민 것이다.
    "서…설마 사부님은 아니겠지?"
    노학이 불안감에 떨고 있었다. 갑자기 재작년에 맞은 전신의 뼈마디가 아파오는 듯했다.
    "서, 설마!'
    그들이 이때 지칭하는 사부님은 단 한 사람밖에 없었다. 갑자기 남궁상은 모골이 송연해지는 자신을 느꼈다.
    "그런 끔찍한 말은 두 번 다시 하지 말게! 한 번만 더 그런 악담을 하면 자네하고는 인연을 끊겠네."

남궁상의 목소리는 진정으로 가득했다.

"여, 역시 아니겠지!"

"물론!"

남궁상은 자기 최면을 걸 듯 단호한 목소리로 말했다. 악몽은 한 번으로 족했다.

"그렇겠지?"

노학의 목소리가 모기 소리만큼 작아졌다. 아직 불안한 것이다.

"그럴 거야!"

남궁상의 목소리엔 자신감이 없었다. 불안의 검은 그림자가 그들 가운데 드리워졌다.

아무래도 오늘 밤은 제대로 자기가 벌써 글러 버렸다. 긴 밤이 될 것 같다.

호북성 균현에 위치한 신주 제일도가(神州第一道家) 무당파(武當派)! 무당검파라 더 잘 불리는 이곳은 소림과 더불어 구대 문파의 양대 산맥이자 무림의 태산북두였다.

72봉 36암 24간으로 이루어진 무당산 중 가장 높은 봉우리 천주봉 주위로 짙은 운해(雲海)가 눈에 넘칠 듯 펼쳐져 있었다. 자소봉이라고도 불리는 이 봉우리의 정상에서 지금 한 명의 도인이 산 아래를 굽어보고 있었다.

"드디어 오는구나……."

무진자는 무당산 자소봉 정상에 서서 서편을 붉게 물들이는 황혼의 여운을 바라보았다.

시야 가득히 들어오는 햇살과 운해(雲海)에 잠긴 산을 바라보는 그의 눈길은 깊은 현기(玄氣)로 가득차 있었다.

　가슴까지 내려오는 새하얀 백발과 눈송이같은 눈썹은 가히 신선의 풍모라 할 만했다. 다만 체구가 작고 몸이 좀 말라 약간 강곽한 인상을 주고 있지만.

　무진자(無陳子) 현명진인(玄明眞人)!

　검과 벗하며 살기를 어언 50년!

　이제는 무당파 내에서 검으로는 따를 자가 없다는 무당 팔검의 일인으로 추앙받고 있는 양의검(兩義劍)의 달인이었다.

　드디어 오늘이었다.

　천무학관에서 날고 긴다고 하는 백도의 인재들이 온다는 소식에 무당파의 전대 장로 무진 도장은 무척이나 고대하고 있었다. 금년도 무당 합숙 훈련소의 담당을 맡은 사람으로서 그는 충분히 책임감을 느끼고 있었고, 나름대로의 계획과 포부도 가지고 있었다.

　하지만 그의 기대와 포부와 희망과 의도는 단 한 명의 청년 때문에 산산조각 부서져 버리고 만다. 두 사람은 물과 기름처럼 결코 어울릴 수 없는 운명이었다.

현명진인 무진자의 시간 지키기

"이보게 사제! 저기 현명 사조께서 지나가시네!'
높이 세워진 망루에서
번을 서고 있던 무당파 2대 제자 유강이
사제 유망을 향해 말했다.

    여기서의 3대 제자는 계파 조사 때부터의 항렬 계산이 아니라, 장
문인의 아래 배분을 1대로 보고 계산한 것으로, 장문인 운(雲)자 배의
제자의 제자가 되는 유(有)자 항렬 제자를 뜻하는 말이다.
    이들이 지금 맡아 하는 일은 산불이나 침입자를 감시하고 제 시간
에 맞추어 종을 울리는 일이었다. 원래는 그날 그날 일월성신의 운행
을 보고 시간을 어림잡아 종을 울리는 것이 일반적인 관행이었지만
무당산에는 다른 곳에는 볼 수 없는 특별한 비법이 있었다.
    "앗! 그렇군요. 사조님이 오후 산책을 마치신 걸 보니 벌써 유시초
(酉時初 : 오후 5시)군요. 빨리 타종을 해 시간을 알리도록 하죠."
    유망이 성급한 행동을 보이자 유강이 나무랐다.

"쯧쯧! 사람이 급하기는! 잘 보게. 사조님께서 아직 연무장의 중문을 지나시기 전이질 않나! 사조님의 발이 저 문지방에 닿을 때가 바로 신시말(申時末 : 오후 4시)에서 유시초(酉時初 : 오후5시)로 넘어가는 시간일세. 그리고 다시 처소에 드실 때가 정확히 유시 정각(酉時 : 6시)일세!"

역시 손위 사형은 경험에 있어서 사제를 압도한다. 그것이 비록 일 년 차라고 하더라도 말이다.

"제가 깜빡했군요! 죄송합니다, 사형!"

유망이 머리를 조아리고 사죄했다.

"괜찮아! 다음부턴 조심하게!"

사형다운 너그러움을 보여 주는 유강이었다.

"데엥! 데엥! 데엥……!"

무진자의 발이 정확히 중문턱에 닿자 유망은 유강의 지시에 따라 열 번 타종했다. 유시를 알리는 소리였다. 저녁 밥 때를 알리는 행복한 소리였다.

무진자는 시간을 칼같이 지키는 사람이었다. 취침과 기상 시간! 산책 시간, 수련 시간 어느 것 하나 한 번도 어긋나는 적이 없이 칼날 같이 정확했다.

게다가 무진자는 보폭도 항상 일정한 폭으로, 발걸음도 일정한 속도로 걸었다. 신법을 발휘하기 전에는 결코 빨라지거나 느려지는 법이 없었다. 특별한 일이 생기지 않는 한은 말이다. 그래서 무당산에서 그를 걸어다니는 시간 알림이라고 불렀다.

무진자가 행하는 것은 무변행(無變行) 일심지공(一心之功)이라 불리는 수행법으로, 항상 같은 생각을 가지고 항상 같은 행동을 하는, 언뜻 보면 쉽지만, 행하기는 어려운 수행법이다. 현 무당파에서 이 수행법을 실시하는 사람은 오직 무진자 한 사람밖에 없었다.

이런 행동이 10년을 넘어가니 그때부터는 무당파 사람들이 무진자의 행동을 보고 그날, 그때의 시간을 파악할 정도가 되었다.

그래서, 무당파는 시간을 알기 위해 천지(天地) 일월(日月) 성신(星辰)의 움직임을 보는 데 소홀히 해도 별다른 문제가 없었다. 다음 날이면, 무진자가 행동으로서 그때의 시간을 알려주기 때문이다.

하루는 무당파에 긴급 회의가 열렸을 때도, 오늘 당신의 일과표에는 회의가 없다고 참석하지 않은 인물이 바로 무진자였다.

물론 무진자가 자신의 일과표를 만들고, 거기에 더함도 뺌도 없이 지키는 것은 좋지만, 그것을 남에게 강요하는 것은 별로 좋은 처신이 아니었다.

무엇보다 남들이 그와 같은 절처한 시간 관념을 지킬 리가 만무했다. 그것은 이 세상에서 오직 무진자만이 가능한 일이었고, 이미 무당파 내에서도 타인의 행위 모방에 대한 불가능성을 인정받은 터였다. 하지만 이런 배경에도 불구하고, 문제는 그가 시간지키기뿐만 아니라, 검술에도 조예가 깊다는 데 문제가 있었다.

그리하여 그는 금년도 천무학관 무당산 합숙 훈련조의 천검조(天劍組) 담당 사부가 되었다.

비류연 일행의 앞날에 먹구름이 끼인 거나 다름없는 일이었다.

무당산에 도착한 주작단 일행은 이번 합숙 훈련 담당 사부가 무진자 현명진인이라는 사실에 안도의 한숨을 내쉬었다. 주작단에게 있어서 담당 사부가 통칭 사부님이 아니라는 사실만으로도 천만 다행이었던 것이다.

하지만 너무 따분했다.

도사들도 아닌 그들에게 합숙 훈련 담당 사부 무진자는 너무나 규칙적이고, 원리 원칙에 사로잡힌 딱딱한 수련을 진행시키고 있었다.

매일 하루도 걸르지 않고 정확히 같은 시간에 같은 것만 똑같이 시키는 무진자의 가르침은 한창 혈기왕성한 나이인 그들에겐 너무나 따분하게 느껴졌던 것이다.

지독하다는 표현이 옳을 정도로 무진자의 시간 관념은 철두철미했다. 게다가 여기에 그치지 않고, 문제는 그것을 천검조에게 강요한다는 것이다. 다행히 주작단은 염도의 관할 하에 있어서 무진자의 시간 지키기 마수에서 가까스로 벗어날 수 있었다.

원래 이런 합숙 훈련에 참여하고 싶은 마음이 없었던 비류연이 심통이 날 만도 했다.

헌데 이런 딱딱하고 원리 원칙적인 수업이라니……. 저 사람이 과연 고수 소리 듣는 사람이 맞는지 의문시될 정도였다. 어쨌든 절대 자신과는 맞지 않는 답답할 정도로 꽉 막힌 수업 방법이었다.

무진자는 지금 자신의 잣대로 타인을 측정하는 심각한 오류를 범하고 있는 중이었다.

십인십색(十人十色)이라 했다.

자신에게 맞는 옷이라 해서 타인에게까지 그 옷이 맞으리라고는 이 세상 그 누구도 장담할 수 없다는 것을 그는 미처 간과하고 있었던 것이다. 반발은 예정된 것이나 다름없었다.

'뭔가 대형 사건이라도 하나 안 터지나?'

원래 질서나 규칙하고는 담을 쌓은 이가 바로 비류연인지라 이런 마음을 품는 것도 무리는 아니었다.

무당산에서의 매복
-매복은 어려워

지루한 기다림이었다.
등에 종기가 날 정도로
지루하기 짝이 없는 시간이었다.
계속된 추적 끝에
겨우 붙잡은 실낱 같은 흔적이었다.

남궁상은 초조하게 타는 듯한 심정으로 목표가 나타나기를 기다렸다. 초조한 긴장감 탓인지 갈증으로 목이 타는 듯했다. 시원한 냉수한 잔 들이켰으면 소원이 없겠다는 생각이 문득 들었다. 게다가 온몸의 근육이 잔뜩 움츠러들어 있었다.

기척을 숨기고, 바람을 등진 채 남궁상은 자신의 존재를 은밀하게 숨겼다. 냄새 때문에 들키는 일은 없을 것이다. 대비는 완벽했다.

하지만 이 점을 미처 주지하지 못한 것이 동료이자 친구인 노학으로서, 치명적인 실수였다.

'노학! 잘 가라!'

곧 죽게 될 저승행 예약까지 완료한 노학에게 잠시 비통한 마음으로 애도의 묵념을 취한 남궁상은 고개를 들었다.

결의(決意)!

비장한 각오로 가득찬 그의 눈에 섬광이 번뜩였다.

'절대 실수란 있을 수 없다!'

"부스럭!"

'왔다!'

마침내 목표물이 기척을 드러냈다. 목표물이 풀숲을 헤치는 소리가 남궁상의 귀에 천둥보다 더 웅장하게 들렸다.

'놓치지 않는다!'

만일 놓치면 자신도 노학과 같이 저승행 동무가 될 게 분명했다.

"피육!"

은신처에서 빠져나온 남궁상이 예리한 푸른 빛을 발하는 유엽비도를 힘껏 뿌렸다.

"파닥!"

그동안의 수행 성과를 증명이라도 하듯이 바람보다 빠르게 빛살처럼 한 순간에 날아간 비도는 정확히 목표물의 목줄기를 꿰뚫었다.

저항은 없었다. 그만큼 남궁상의 솜씨가 향상되었고 깔끔하다는 반증이기도 했다.

남궁상의 얼굴에 득의만면한 미소가 어렸다.

'성공이다!'

남궁상은 날아갈 듯이 기뻐하며 속으로 환호했다.

마침내 그는 막중한 임무를 무사히 완수한 것이다.

의기 양양한 발걸음으로 산을 터벅터벅 내려오는 그의 손에는 목줄기에 비도 한 자루가 장식처럼 틀어박혀 있는 토끼 한 마리가 털레 털레 들려 있었다. 그의 일신에 부여된 임무대로 남궁상은 오늘 저녁 반찬 확보라는 원대하고 장엄한 임무를 성공리에 마친 것이다.

노학은 냄새에 대한 주의가 너무 부족했다.

그의 온몸에 쌓이고 쌓여서, 절어붙은 고약한 냄새를 인간보다 수십, 수백 배나 후각이 발달된 동물 동지들이 맡지 못할 것이라고 여긴 그의 안이한 생각은 모든 동물들이 지닌 발달된 후각에 대한 모독일 수밖에 없었다.

그 어떤 동물이 '나 여기 있소.' 하고 냄새를 풀풀 풍기는 사냥꾼 근처로 다가갈 생각을 품겠는가.

모든 사냥감들이 자신들이 머저리가 아님을 증명하기라도 하듯이 노학의 근처에 접근하기도 전에 이미 냄새를 맡고 수십 장 밖으로 도망치기 일쑤였다.

강력 무쌍한 냄새로 동물을 질식사시키려고 하지 않는 이상 노학은 사냥을 포기하는 게 나았다.

거지라는 정당한 이유로 목욕을 제대로 안 한 탓에, 본인의 신체 청결 상태에 대해 고심한 흔적을 전혀 찾아볼 수 없는 노학은 코를 쥐어뜯는 매캐한 냄새를 풀풀 풍기며 도전한 그날 저녁 반찬 확보를 위한 사냥에 완전 대실패하고 말았다.

그리하여 노학은 자신의 한 몸을 희생하여 남궁상의 타산지석(他山之石)이 되었다.

하나 노학의 실패와 비견되는 자신의 대성공에 득의양양해져 있던 남궁상은 노학과 마찬가지로 맨밥을 먹어야 했다.

"이게 뭐냐?"

미심쩍은 눈으로 비류연은 남궁상의 손에 들린 토끼와 그의 얼굴을 번갈아 보며 물었다.

"예! 토끼입니다."

자신의 자랑스런 전적을 자랑하고 싶어 환장한 사람처럼 남궁상이 큰 소리로 외쳤다.

"이걸 왜 가져온 거니?"

"예? 물론 저녁 반찬거리로 잡아온 것입니다."

"딱!"

더 이상 볼 것 없다는 듯 비류연이 남궁상의 뒤통수를 냅다 쥐어박았다.

"아얏!"

곧바로 비류연의 꾸지람이 날아왔다.

"야, 이 소심한 녀석아! 이렇게 쬐끄만 거 하나 잡아서 누구 코에 붙이려고 가져왔냐?"

남궁상은 빈손으로 돌아온 노학 옆에서 같이 무릎꿇고 손을 머리 위로 올려야만 했다.

수십 명이 다같이 먹기엔 궁상이가 잡아 온 토끼가 너무 왜소했다.

결국 토끼는 비류연의 식탁 위로 올라가는 것으로 그 운명을 마쳤다. 나머지 주작단원들은 할 수 없이 남궁상과 노학을 원망하며 풀을 뜯어야 했다.

'주작단을 끌고 간 이유?'

만일 그 누군가가 여기서 뭔가 속이 깊고, 뜻이 높은 어떤 의미를 발견하고자 한다면 12할 잘못 짚은 것을 확실히 보장하겠다.

비류연이 이번 합숙 훈련에 곁다리로 주작단을 끼워 넣은 이유는 단지 자기 자신의 편리함 때문이다. 이미 주작단원들은 자신의 진두지휘 아래 모든 가사 생활에 고단수가 되어 있었기 때문에 더 이상의 교육이 필요없었다. 뭐든지 시키기만 하면 척척해 낼 수 있도록 이미 2년 전에 완벽하게 교육을 시켜놓았던 것이다.

그 편리함과 유용성 때문에 비류연이 주작단을 거의 강제로 이곳 일행에 끼워놓고, 목에 밧줄을 걸고 끌고 가고 있는 것이다. 단순히 식모가 필요하다는 사실 외의 다른 이유를 기대한다는 것 자체가 무리였다.

주작단의 인생도 참으로 기구한 운명이라 아니할 수 없었다.

기연 찾아 삼만 리

'과연 이 아래에 무엇이 있을까?
안개가 잔뜩 낀 깎아지른 듯한
절애(絶崖)의 바위 밑을
바라보며 비류연은 속으로 중얼거렸다.
'이런 곳에 과연 기연(奇緣)이란 게 존재할까?

구대 문파의 양대 산맥으로 추앙받는 무당파(武當派)쯤 되는 초 거대 유서 과다한 문파쯤 되면 대대로 전승되어 내려오는 숨겨진 비보 이야기나 숨겨놓은 무공 비급 같은 이야기가 열 손가락은 넘게 전해 내려오게 마련이다. 집계해 보지는 않았지만, 아마 마흔 가지는 족히 될 듯 싶다.

소림사(少林寺)만 놓고 보더라도 인연이 닿으면 한 몫 잡고 덩달아 고수까지 된다는 내용의 전승(傳承)만도 서른 가지가 넘었다. 게다가 그 외의 소소한 전승까지 합치면 기백을 헤아렸다.

사실 이런 유서깊은 문파들에게는 악취미를 가진 사조님들이 어딘 가에 몰래몰래 꼭꼭 숨겨두었다는 기예(技藝)나 보검, 혹은 무공 비급 이야기가 별달리 대수로운 일도 아니었다.

물론 확인된 바는 없다. 그러나 완전히 없다고, 순 날거짓말로 만들기엔 그동안의 전적이 있는 관계로 그러지 못할 따름이다. 신기하게도 꼭 50년을 주기로 한 명 정도는 인연이 닿아 선대의 기연을 얻었다는 사람들이 나오는 것이다.

그러니 없다고는 못하고, 널려져 있다고도 못하는 처지가 되어버린 것이다. 말 그대로 인연자에게만 인연이 닿는 것일지도 모른다. 윤준호만 하더라도 엉겁결에 얼렁뚱땅 기연을 하나 꿰차지 않았던가. 물론 그 기연을 제대로 활용하지는 못하고 있지만 말이다.

"준호도 찾았는데, 나라고 못찾을 이유는 없지!"

역시 고기는 씹어야 맛이고, 보물은 찾아야 맛이라 했다. 무당산으로 오는 길에 현운으로부터 무당산 보물 관련 전승에 관해 충분히 전해 듣고 온 터였다. 보물을 벼르고 왔다고 말할 수 있는 것이다. 참 엉뚱하고, 어찌 보면 무모하기까지 한 시도였다.

'무공 비급이라도 팔면 큰 돈이 되겠지!'

비류연이 기연을 찾으려는 이유는 단 한 가지였다. 그에게 필요한 건 절정 고수가 되기 위한 전대 고수의 심득이 아니었다. 그가 원하는 건 팔아서 돈이 될 만한 보물이었다. 물론 무공 비급도 팔면 천문학적 가격으로 거래될 수 있기 때문에 찾을 만한 가치가 있었다.

남이 남긴 무공 비급의 내용 따위엔 전혀 관심이 없는 비류연다운 생각이었다. 사행심(射倖心)을 조장하는 비보와 무공 비급은 목숨을 걸고서라도 처분해야만 한다는 사명감으로 비류연의 마음은 불타고 있었다.

역시 현재 무당파에서 가장 유명한 것을 뽑으라면 자소봉의 태극동(太極洞)과 운대봉의 태극절애(太極絶崖)에 관한 소문에 가까운 전설을 들 수 있었다. 이유는 단순했다. 뭔가 숨겨져 있을 법한 분위기를 풍기는 곳이라는 이유 하나뿐이었다.

지금 비류연이 서 있는 곳이 바로 그 태극절애라 불리우는 절벽의 가장자리였다.

자소봉을 둘러싼 다섯 봉우리 중 하나인 운대봉(雲臺峯)에 위치한 깎아지른 듯한 절벽. 이 웅장하고 험난한 모습과 뭔가 하나쯤은 감추어 두고 있는 듯한 모습이 모두의 호기심을 자극하고 있는 것이다. 무언가를 숨기기 가장 좋은 곳이기도 했다.

그러나 외인의 발길이 쉽사리 허용되는 곳은 아니었다.

"그럼 가 볼까?"

단단히 결심을 굳힌 비류연은 깎아지른 절벽을 향해 몸을 날렸다. 이내 비류연의 신형이 운무(雲霧) 속으로 사라졌다.

겁대가리는 항상 상실되어 있는 비류연이었다.

한 번 결심한 일은 무슨 수를 써서라도 성사시켜 버리는 이가 바로 비류연이었다. 그리고 한 번 결정한 일에 대해서는 뒤를 돌아보거나 결코 후회하지 않았다.

그는 언제나 당당했다.

"헉! 저 녀석 삶에 회의를 느꼈나? 느닷없이 투신 자살이라니? 이건 너무 갑작스럽잖아!"

멀리서 비류연을 지켜보던 암혼비영대(暗魂飛影隊) 소속 암살대(暗

殺隊) 암영(暗影) 3 조(組) 조장(組長) 흑살도(黑殺刀) 흑상이 경악성을 터뜨렸다.

"자살할 놈처럼 보이진 않는데요?"

부하 녀석 한 명이 대답했다.

"그렇지?"

자살할 놈 치고는 행동이 너무 당당했다.

"쫓아가자!"

"어떻게요?"

부하가 반문했다.

"에라이!"

"딱!"

흑상은 자신에게 불쾌한 질문을 한 부하 녀석의 머리통을 냅다 후려갈겼다. 선임자가 선뜻 대답할 수 없는 질문을 하는 것은 지대한 불충(不忠)이었다. 그런 놈은 맞아도…….

"잔말 말고 따라와!"

흑상은 깎아지른 절벽을 내려가는 방법에 대해 열심히 궁리하기 시작했다.

"어라? 이게 뭐야?"

의외로 태극절애 아래는 협곡이 아니라 그저 평범해 보이는 평지였다. 곳곳에 나무들이 빼곡히 자라나 있지만, 이곳이 평지라는 사실에는 변함이 없었다.

'헛탕인가?'

절벽을 타고 내려오며 살펴봤지만 중간 중간에 있는 동혈 같은 것은 눈 씻고 찾아봐도 없었다. 사실 겨우 한 번의 탐색을 가지고 기연 얻기를 바라는 것 자체가 염치없는 짓이었다.

절벽 한 번 뛰어내린 것으로 단번에 기연을 얻을 만큼 세상은 만만치 않았다.

이때 가당치도 않은 이유에도 막심하고 비류연의 코로 출처를 알수 없는 향긋한 냄새가 흘러 들었다. 자신의 시장기를 돋구는 것을보니 분명 인공적인 사람의 요리 냄새가 분명했다.

"어라? 무슨 냄새지?"

비류연의 후각이 구수한 냄새를 추적하기 시작했다.

아무도 없을 것 같던 이곳에도 사람은 있었다.

훨훨 타오르는 장작불 위에 고기를 올려놓고 지글지글 통째로 굽고 있는 박력있게 수염을 기른 할아버지였다.

불꽃 속에서 지글거리며 돌아가는 사슴 고기가 아까부터 비류연의 후각을 맹렬히 자극하던 구수한 냄새의 출처였다.

'어랏? 도사(道士)?'

그런데 한 가지 이상한 점이 있었다. 노인의 복장은 상하 좌우 어디를 뜯어봐도 도복(道服)이 분명했다.

고기를 통째로 굽는 도사라니……. 참으로 독특한 풍경이었다.

그러나 비류연은 그런 것에 조금도 신경쓰지 않고 노인에게 다가 갔다. 그는 원래 도사가 고기를 굽든, 중이 계집질을 하든 자신에게 이익이 생기지 않는 일에는 관여하지 않는다는 주의였다.

노도인(老道人)의 앞에는 한때 사슴 종으로 분류되었을 것으로 추정되는 동물의 훈제 뼈가 수북히 쌓여 있었다. 그런데 열심히 타오르는 불꽃 위에서 지글지글 익어가고 있는 산멧돼지는 사지가 멀쩡하고, 소실된 살점도 없었다.

이게 어찌된 일이지?

비류연은 곧, 저 노도인이(과연 도사라고 부를 수 있을 지는 매우 의문스럽지만)한 탕을 끝내고 두 탕째를 뛰고 있다는 사실을 눈치챌 수 있었다.

"컥."

노도인 옆으로 다가가던 비류연이 갑자기 가슴을 움켜쥐며 신음성을 터뜨렸다.

"어디 아픈가?"

이때까지 열심히 화식(火食) 요리 중이라 세속에는 별로 관심이 없어 보이던 노도인이 고개를 들어 비류연을 바라보았다.

"예……! 갑자기 위장(胃腸)이 밥 달라고 소리를 치는군요."

"심장(心腸)이 아니고 위장(胃腸)인가? 별난 청년이구먼."

"지극히 정상적인 청년이죠."

비류연은 자신의 말이 끝나기도 전에 은근 슬쩍 모닥불 옆에 자리를 잡았다. 그의 코로 향긋한 냄새가 흘러들어와 마음 깊은 곳으로부터 행복감이 솟아나게 만들었다.

"이야! 솜씨가 상당하시네요! 이 정도로 알맞게 화력을 조절하기가 쉽지 않을 텐데 말이죠. 특히 사슴 고기는 구울 때 노린내가 많이 나 주의를 기울여야 되는데 말이죠. 풍겨 나오는 향기로 유추해 보건대 적당히 들어간 양념도 양이 정확하구요! 훌륭하십니다."

노도인은 의외라는 눈빛으로, 새삼스럽다는 듯이 비류연을 바라보았다.

"자네 보는 눈이 있군!"

노도사의 진심어린 칭찬이었다. 비류연이 노도사의 옆에 쌓인 뼈무덤을 보며 한 마디했다.

"이야! 노인네가 위장도 크시네요. 하나가 모자라 두 개씩이나! 급체할까 봐 심려(心慮)되는군요."

걱정이 풀풀 날리는 은근한 어조였다. 이제 그만 드시고 건장한 청년에게 먹을 걸 넘기라는 의미가 함축되어 있는 한 마디였다.

"허허허! 쓸데없는 걱정을 기우(杞憂)라고 한다는 걸 자네 혹시 아나? 자네가 이 노도(老道)를 생각하는 마음씨는 갸륵하나 심려무용(心慮無用)일세!"

비류연의 마음을 눈치챈 노도사가 싱긋 웃으며 말했다.

"한 번 먹어 볼 테냐? 고기는 통째로 구워 식기 전에 먹어야 제맛이지!"

마침 배가 고프던 차에 거절할 이유가 없었다. 게다가 공짜라는데, 무엇을 사양하리요! 비류연은 냉큼 앉은 채로 불가로 더욱 다가갔다.

"이야! 할아버지가 뭘 좀 아시는 군요. 한두 번 해 본 솜씨가 아님을 한눈에 알아보겠어요. 할아버진 소위 말하는 상습범이 분명하죠?"

노도사는 너털 웃음을 터뜨렸다. 그의 웃음은 진심으로 즐거워하는 자만이 낼 수 있는 그런 류의 웃음이었다.

"허허허허! 그래 맞다, 맞아. 노도(老道)야 사문에서도 알아주는 말코 도사지! 이상하냐?"

비류연은 고개를 저었다.

"아뇨! 훌륭한 취미세요. 그런데 술이 없는 게 좀 아쉽군요. 미처 준비를 못하셨나 보죠?"

비류연의 날카로운 지적에 노도사는 빙그레 웃었다.

"허허허! 고기를 뜯을 때 곁에 술이 없다면 그건 죄악일세! 자네 지금 이 늙은이가 그런 대죄를 지었다고 모함하고 싶은 건가?"

술도 물론 완비되어 있으니 쓸데없는 걱정하지 말라는 소리였다. 유비무환(有備無患)의 정신이 상당히 투철한 도인이었다.

"아참 그리고, 가죽과 녹용과 간은요? 어떻게 했죠? 설마 버리거나 내팽겨(?)쳐 두는 것 같은 어리석은 짓은 하지 않았을 것 같은 데 말이죠."

비류연의 날카로운 질문에 진천자는 감탄성을 토했다.

"자네 빈틈이 없구만. 훌륭해, 아주 훌륭해!"

뭐가 훌륭한진 잘 모르겠지만 훌륭하다는 말을 반복한 노도사는 손가락으로 한 켠에 놓여 있는 술병을 가리켰다.

"자네는 저 술병이 하늘에서 뚝 떨어진 것 같나?"

"흐흠……, 가죽과 기타 용품을 판 대가로 저걸 가져오셨다 그 말씀이죠?"

비류연은 영악하게도 금방 알아들었다.

"맞네, 맞아! 이 나이쯤 되면 밑에 애들한테 술 사먹게 돈 달라고 조를 수가 없더군. 체면이 있지 명색이 존장 신분이라서 말이야……. 밑에 애들이 알았다가는 학을 뗄 걸세!"

참으로 애석하다는 투로 노도사가 말했다. 대무당파의 존장이 공금(公金)을 술값 명목으로 쓴다는 것은 하늘이 두 쪽 나도 있을 수 없는 일이었다. 해서 노도인은 이미 이런 자급 자족의 방법을 수십 년 전부터 터득하고 있었음이 틀림없었다.

"게다가 도사 신분이구요! 하지만 꽤나 훌륭한 솜씨인 걸요. 한두 번 해 본 솜씨가 아니라는 게 눈에 보이는군요."

"허허허! 눈치챘는가? 도둑질도 하다 보면 늘게 마련이라네. 가죽은 저쪽에다 벗겨놓고 고이 모셔 두었다네."

노도인는 부끄러운 기색은 전혀 없고, 가슴을 활짝 펴고 오히려 자랑스러운 듯한 기세였다. 마주 대하고 보니 참으로 어이가 없었다.

그나마 비류연이니깐 이런 일에 무감각할 수 있었다.

비류연은 어떤 일이든 함부로 선악(善惡)을 판단하는 법이 없었다. 다만 자신 앞에 장애가 되는 것은 그것이 선이든 악이든 상관하지 않고 소멸시켜 버릴 뿐이었다.

아무 것도 없다
-살인멸구(殺人滅口), 노도인의 정체

보기에도 먹음직스런
사슴 통구이가 장작불 위에서
지글지글 돌아가고 있었다.
연기와 함께 식욕을 자극하는
구수한 냄새가 숲 주위로 가득 퍼졌다.

옆에서 이제나 저제나 고기 익기만을 기다리는 비류연의 목으로 침이 꼴깍 넘어갔다.

순간 비류연의 눈에 기광이 번뜩였다. 비류연이 노도사에게 신중하게 운을 뗐다.

"이제 다 익은 것 같지 않나요?"

"역시 자네, 보는 눈이 있구만. 자네 말대로 이제 다 익은 것 같네! 슬슬 먹도록 할까?"

노도인의 말이 끝나기도 전에 비류연의 손이 통구이를 향해 뻗어 갔다. 아직 꺼지지도 않은 장작불 위인데도 비류연의 손은 거침이 없었다. 일렁이는 불꽃이 손을 침범하는데도 태연한 기색이었다.

"자네 안 뜨겁나?"

멀쩡한 사람이 아무런 방비 없이 불 속에다 손을 집어넣으니 노도인이 놀라는 것도 무리가 아니었다.

보통 사람이라면 뜨거워야 정상이었다. 아니, 살갗이 타는 화상을 입어야 정상이었다.

"물론이죠! 겨우 이 정도로 뜨거움을 느껴서야 말이 안 되죠."

비류연의 반응은 태연하기만 했다.

그리고는 거침없이 가장 맛있어 보이는 뒷다리를 부욱 뜯어냈다. 비류연의 말대로 사슴 통구이의 속은 골고루 노릇노릇 제대로 익어 있었다.

"이야, 참 맛있어 보이는데요. 실한 놈으로 잡으셨네요!"

"잠깐!"

비류연이 다 익은 사슴 뒷다리 한 짝을 뜯어 막 입에 넣으려는 찰나, 노도사의 손이 이를 제지했다.

"왜요?"

비류연의 어리둥절한 반문에 노도사가 심각한 얼굴로 대답했다.

"원래 이 고기를 먹기 위해선 한 가지 규칙이 있다네!"

"호오, 그래요? 혹시 실례가 안 된다면 그 규칙이란 걸 꼭 알아야 되나요?"

"자네, 확실히 배가 고프긴 고픈 모양이군?"

"예리한 통찰력에 삼가 경의를 표해 드리죠. 이제 먹어도 되나요?"

성급하게 뜯은 사슴 뒷다리를 손에 든 채 비류연이 물었다. 이미 비류연의 위장은 요동치며 먹을 것을 요구하는 시위를 하고 있었다.

다시 입으로 가져가려는, 노릇노릇 잘 구워진 사슴 통구이 뒷다리를 다시 한 번 저지하며 노도인은 고개를 가로저었다.

"아직 안 되네. 젊은 친구가 기억력이 나쁘군!"

그제야 다시 기억됐다는 듯 비류연은 잠시 자신의 입과, 미각이 과도하게 발달된 혀와 생긴 것답지 않게 소장량이 많은 위를 진정시키며 노도인을 바라보았다.

그의 눈엔 재촉하는 의미가 강했다.

"규칙이 뭐죠?"

비류연이 물었다.

"먼저 비밀 엄수가 최우선 규칙일세! 이건 모든 규칙에 우선하지. 본산의 아이들은 내가 이러는 걸 무척 싫어하지. 거기엔 나의 이런 풍류를 이해할 수 있는 이해력을 가진 이가 무척이나 드물거든!"

무슨 엄청난 비밀이라도 알려주는 듯한 태도였다.

"그러니깐 고자질하지 말라는 그런 이야기군요."

"그렇게 노골적으로 말할 필요는 없다고 보지 않나?"

"진실은 언제나 냉정한 법이죠."

맞는 말이었다.

"제가 만일 규칙을 어기면 어떻게 되나요?"

문득 궁금증이 인 비류연이 노도사에게 물었다.

"어떻게 할 것 같나?"

노도사의 말이 은근해졌다. 노인은 도사답지 않은 장난기 가득한 웃음을 지어 보였다.

"혹시 자네 이런 생각해 본 적 없나? 지금 자신은 아무도 알아서는

안 되는 비밀을 엿보고 말았다는 사실 말일세!'

넌 아무도 알아서는 안 되는 비밀을 엿보고야 말았다, 그런 이야기였다.

"살인멸구(殺人滅口)라도 하실 건가요?"

태연한 어조로 비류연이 반문했다.

"어허, 자네 못하는 소리가 없구만! 살인멸구라니……. 뭐, 원한다면 고려해 줄 수도 있네! 돌이켜보니 무척이나 깔끔하고 산뜻한 방법인 듯도 하군."

"아직 세상에 남아 할 일이 많은 관계로 사양하지요."

비류연은 노도사의 제의를 정중히 거절했다.

"겸손해할 것 없네!"

노도인은 부탁만 하면 언제든지 흔쾌히 들어 주겠다는 표정이었다.

"겉으로는 도사인 척하면서, 사실은 뒷구멍으로 호박씨를 까고 있었던 거군요, 과연! 걱정마세요. 비밀은 절대로 지킬 테니깐요!"

한시라도 빨리 들어가다 멈춘 뒷다리를 다시 입으로 밀어넣고 싶은 비류연이었다. 고기 한 짝 뜯는 데 서론이 너무 길었다.

"흐흐! 그럼 우린 이제 공범인 걸세."

노도사의 음흉한 말에 비류연은 고개를 끄덕였다. 아마도 이 말을 하고 싶었던 모양이다.

더 기다릴 것 없다는 듯이 고기를 뜯기 시작하는 비류연을 바라보며 노도인은 내심 흐뭇한 미소를 지었다.

'이런 재미있는 인연을 만난 것도 참으로 오래간만의 일이군! 어디

그럼!

　즐거움이 늘어나니 식욕이 더욱 왕성해졌다.

"와구와구! 쩝쩝! 우걱우걱!"

　참으로 노인네답지 않은 맹렬한 식욕에 비류연은 감탄이 절로 나왔다. 아무래도 식욕만으로 따지면 자신의 사부와 경쟁 상대가 될 가능성마저 있었다. 즉, 식욕이 인간의 범주를 벗어났다는 이야기였다. 도저히 도사라고 생각할 수 없는 이상 식욕이었다.

　하지만 비류연이 보기에 노도사는 모든 일을 행함에 있어 당당하고 한 점의 죄의식도 찾아볼 수 없었다.

　맹렬히 통구이를 뜯고 있는 자신을 물끄러미 바라보는 비류연의 시선을 인식했는지, 잠시 절삭 작용에 여념없던 입을 쉬며 한 마디했다.

"허허! 도사가 육식(肉食)을 즐기는 모습이 이상한가?"

"원래 이상하게 느껴야 정상 아닌가요?"

　그 정도 상식은 비류연도 알고 있었다.

"하나도 이상해할 필요없네. 이런 사소한 아무 것도 아닌 일에 죄의식을 지니는 것이야말로 가장 큰 죄악이지! 노도는 만년에 이르러서야 이 진리를 깨달았다네. 무척이나 오래 걸린 셈이지……."

　노도인은 자신의 의견에 한 점 부끄러움 없다는 목소리로 진리를 선언하듯 말했다.

"이야! 뭘 좀 아시는 분이군요. 어디 사는 누구랑은 격이 틀리시네요, 할아버지!"

　공감이 간다는 듯 비류연이 고개를 끄덕였다. 그의 얼굴에 비난이나 혐오의 기색은 조금도 없었다. 깐깐하고 융통성 없는 무진자보다는 눈 앞의 노도사에게 훨씬 더 호감이 가는 비류연이었다.

노도사 또한 덩달아 기분이 좋아졌다. 이렇게 마음이 잘 맞는 사람과 만나는 것도 참으로 오랜만이었다.

자신의 이런 괴행은 자신의 제자마저도 이해하지 못했던 부분이 아니었던가. 노도인의 마음은 더욱 더 유쾌해졌다.

"그런 의미에서 다리 한 짝 더 뜯을까?"

"좋죠."

비류연은 사양하지 않았다.

점점 더 노릇노릇 익어가는 사슴 통구이에 붙은 살점들이 두 노소(老少)의 무지막지하고, 인정 사정없는 손길과 식욕(食慾)에 참담하게 겁탈당했다. 곧이어 뜯겨져 나간 살점들 사이로 앙상한 뼈들이 숭숭 드러났고, 야들야들한 살들이 떨어져나가 이제는 쓸모가 없는 뼈다귀만이 모닥불 옆에 수북히 쌓여 갔다.

"에이…… 그럼 기인(奇人)은 아니에요?"

사슴 통구이를 거의 다 해치운 비류연이 노도사를 쳐다보며 물었다. 아무래도 자신이 예상했던 은거 고인은 아니었던 모양이다.

한 번도 자신을 기인 내지는 은거 고인이라고 생각한 적이 없는 노도사는 고개를 끄덕였다.

"일선에서 은퇴하기는 했지만 아직 기인이라 불리기엔 무리가 있지!"

"쩝! 그런가요? 제가 잘못 짚었군요."

실망했다는 투로 비류연이 말했다. 아무래도 내심 기대했던 행방불명 처리된 은거 고인은 아닌 모양이었다.

뭔가 한 건 할 줄 알았던 비류연의 실망은 이만저만 큰 것이 아니었다.

그런 비류연의 태도에 노도사는 어안이 벙벙할 뿐이었다. 하늘에서 뚝 떨어지듯 나타난 놈이 열심히 먹을 것 다 처먹고 한다는 말이 겨우 '은거 기인도 아닌데 뭘 하러 이런 곳에 있어요?' 라는 식의 말이었으니 그가 내심 얼마나 얼떨떨했겠는가!

"그런데 젊은이는 이곳에 어인 일인가?"

이곳은 외인이 함부로 발을 들여놓을 수 있는 장소가 아니었다. 게다가 비류연이 걸어온 방향을 보니 아무런 길도 없는 절애 한가운데였다. 그렇다면, 가능성은 단 한 가지. 절벽을 타고 내려왔다는 이야기! 쉽사리 믿어지지 않는 일이었다.

게다가 비류연이란 이 아이는 자신이 은연중에 풍기는 무형지기(無形之氣) 앞에서도 태연자약하기만 해 그를 더욱 놀라게 했다. 이런 놀라움은 10년 전 청혼이란 아이를 제자로 거두어 가르친 이후 그의 성취에 크게 놀란 이후 처음있는 일이었다.

"저요? 저야 순수한 마음으로 수수하게 보물찾기 하러 왔죠. 이곳 태극절애에 대한 전설만도 무당파에 여섯 건이나 되더라구요. 그 정도면 뭔가 하나쯤 있지 않을까 해서 찾아보려고 왔는데 막상 와 보니 실망이네요."

"허허! 참 어이가 없구나, 그 말을 실제로 믿었더란 말인가? 우리 무당에서조차 이제는 믿지 않는 것을……."

혀를 차며 황당함을 감추지 않는 노도사의 반응을 본 비류연이 되물었다.

"그건 어째서죠? 할아버지?"

하…할아버지!

점입가경이라더니……. 80년만에 다시 들어 보는 호칭이었다. 100년 전에 있은 천겁혈세 이후 살아남아 무당팔검(武當八劍)이 된 후 자신에게 그 누구도 할아버지라 부른 이는 없었다.

언제나 모두들 그 앞에 서면 최대한 공손하게, 최상의 예의를 갖추었던 것이다.

그의 사제 현학진인은 백 살이 넘은 몸으로 팔팔하게 아이들을 가르치고 있지만, 그는 은거한 채 자신의 검경을 넓히고 새로운 검법을 만들기 위해 수련 중이었던 것이다.

"이미 이곳에서 발견된 전승만 해도 세 가지라네. 그 크고 작음을 떠나 세 가지나 한 곳에서 나왔으니 이제 더 이상은 나올 게 없다는 게 모두의 생각이기 때문이지."

"우쒸! 누가 이미 다 거덜내 갔단 말이죠! 좀 더 일찍 오지 못한 게 아쉽군요."

뭣 하나라도 건져 가지 못하는 게 못내 아쉬운지 비류연의 입이 댓자(1자 : 30.3cm)나 튀어 나왔다.

"어? 근데 할아버진 누구세요?"

"나?"

먹을 걸 다 먹고 나니 이제야 사람에게 관심이 쏠리는 비류연이었다.

"제자가 누구라구요?"

비류연이 반문했다.

"아! 청혼이라고, 그런 녀석이 있다네. 늘그막에 얻은 신통할 정도로 똑똑한 녀석이지. 문제는 이 사부의 음주 가무를 이해해 주지 못한다는 게 한 가지 큰 흠이랄까……, 나머지 면에선 완벽하지. 누구나 탐낼 정도로."

누구보다 뛰어났던 제자를 머리 속에 떠올리자 노도사의 마음이 절로 흐뭇해졌다.

"어? 제자가 청혼이라구요?"

"호오? 아느냐?"

"물론이죠. 이번에 무당산에 같이 왔는 걸요."

"아니? 그 아이가 무당산에는 무슨 일로 왔단 말이냐?"

그가 반문하는 모습을 보니 아무 것도 모르고 있었음이 분명했다. 그는 그동안 세상과 담 쌓고 수련에만 전념한 터라 소식에 어두웠던 것이다. 비류연으로부터 자신의 제자 청혼이 합숙 훈련에 동행하여 무당산에 왔다는 소식을 들은 노도인은 감탄을 터뜨렸다.

"허허, 사람의 인연이란 알 수 없는 것이로구나."

완전 무결한 초(招)벽창호 모용휘에게 지지 않을 만큼 완벽함을 자랑하는(그나마 모용휘, 백무영보다는 양호하지만) 삼절검(三絶劍) 청혼의 사부라고는 상상할 수도 없는 노도사는 자유분방했다.

도가 지날칠 정도로!

"도저히 그 청혼의 사부님이라고는 느껴지지 않는군요.?"

"허허허! 그래서 제자한테 잔소리 많이 들었지. 그래도 그놈은 융통성이 있을 줄 알았는데, 재능만큼은 융통성이 없었어."

다른 건 몰라도 규율(規律)에 있어서만은 누구보다 철저했던 제자를 떠올리며 노도사는 고소를 머금었다.

"그래도, 나머지 한 놈보다는 그나마 양호하다고 하던데요!"

"그러냐?"

그나마 다행이라는 듯 노도사가 고개를 끄덕였다.

노도인은 바로 삼절검 청혼의 사부이자 천무학관 천자조 담당사부 옥현자(玉玄子) 현학진인의 사형이며 무당팔검의 제일검(第一劍)이며, 무당파의 전대 장문인이라는 놀라운 신분을 지니고 있는 옥허자(玉虛子) 현검진인(玄劍眞人)이었다.

현(玄) 자배는 무당팔검에 든 사람만이 받을 수 있는 명예 항렬이었다. 때문에 그의 도호는 옥허자이기도 하지만 현검자이기도 한 것이다.

어느 누가 지금 현검자의 모습을 보고 그 이름 드높은 무당 제일검 현검자의 이름을 떠올릴 수 있겠는가! 말도 안 되는 요구다.

50년 전 한 가지 진리를 깨달은 이후 현검자는 엄격한 규율을 만들고, 스스로 규율의 노예가 되어 정체된 삶을 살아가며, 스스로를 속박하는 문인들이 마음에 들지 않았다. 인간이 만든 규율에 너무 자신을 혹사시키는 듯한 느낌이 들었기 때문이다.

물론 그도 처음에는 누구보다 충실하게 규율에 따라 살아갔다. 젊었을 당시 그에게 있어 사문의 규율은 하늘이요, 절대 진리였다. 하지만 한 가지 목표를 이루기 위해 검에 매진한 순간 현검진인은 한 가지 중대한 사실을 깨달았다.

온갖 것에 얽매이는 이런 식으로는 절대 검(劍)이 자유로워질 수 없다는 사실이 바로 그것이었다.

때문에 일찌감치 답답한 장문인직을 때려치우고, 은거한 채 검로에 매진하고 있었던 것이다. 그에게는 명예보다 중요한 목표가 있었다. 아직 그 목표를 이루지 못한 이상 가야 할 길은 멀었다.

그러기를 40년! 어느 정도 성과가 있어 하나의 무공을 완성시키니 그것이 바로 삼정태극검혜(三情太極劍慧)였다.

과거, 현재에 나타나다

"자, 밥을 먹었으니 이제 식후 운동이나 할까! 이보게, 젊은이?"
"네? 무슨 일이시죠?"
"노도가 얼마 전 명상을 하다
한 가지 검리를 깨달았다네.
한 번 구경이라도 해 볼 텐가?"
"공짜인가요?"

    가장 먼저 금전적인 대가 지불 여부에 대해 확인부터 하는 것이 비류연다웠다.

    "좋아! 선심 쓰마!"

    현검자가 흔쾌히 고개를 끄덕였다. 마음만 먹으면 돈도 받을 수 있지만, 이번만은 특별히 공짜로 해 주겠다는 말이었다.

    "그럼 좋아요!"

    비류연이 승낙했다. 왠지 손해보는 듯한 느낌을 강하게 받으며 현검자는 자리에서 일어났다.

    "젊은이, 자넨 검객(劍客)을 뭐라고 생각하는가?"

    넓은 공터로 걸어가며 현검자가 물었다.

"글쎄요?"

현검자의 느닷없는 질문은 부지 불식간에 대답할 성질의 것이 아니었다. 비류연의 대답은 기대도 안 했으니, 머리 쥐어짜지 말라는 태도로 그는 말을 이었다.

"검객이란 말일세, 검에 목숨을 건 사람이지. 한 마디로 검에 미치지 않은 자는 검객이라 할 수 없네. 난 단 하나의 초식을 파해하기 위해 평생을 걸었다네. 천겁령의 발호를 막는 것조차도 이 일에 비하면 작은 것에 불과할 뿐이라네!"

현검자의 눈이 점점 더 깊이 가라앉았다. 그의 전신에서 그물처럼 삼엄한 기백이 일어나는 것을 비류연은 충분히 느낄 수 있었다.

"스르릉!"

그의 검이 서서히 검집에서 나와 그의 손에 머물렀다. 검을 들기 전과 검을 든 후의 그 모습은 천양지차였다.

검을 들기 전의 그는 마치 옆집 할아버지 같은 수수한 인상이었는데 반해, 지금 검을 들고 있는 그의 기도(氣道)는 태산 준봉을 연상시킬 만큼 위엄이 넘쳤다.

현검자는 이미 검 안에 자연을 담아내는 경지에 이르러 있었다.

"스르륵!"

태산처럼 장중하던 그의 검이 서서히 물이 흐르는 것처럼 자연스럽게 움직이더니, 이내 빛무리로 변해 하늘을 수 놓았다.

삼정태극검혜(三情太極劍慧) 극의(極意) 천망(天網).

"지이이잉!"

촘촘한 황금빛의 그물이 화려하게 창공을 수놓았다. 눈이 부실 만큼 장관(壯觀)이 아닐 수 없었다. 매우 세밀하고 촘촘한 검기의 그물이었다.

변화는 한 순간에 나타났다 환상처럼 사라졌다.

빛무리 같은 검망(劍網)을 펼쳐 하늘을 뒤덮었던 현검자가 이내 검을 거두고 다시 자리에 앉았다.

"짝짝짝 와아아아아!!"

비류연은 박수로써 그를 맞이했다. 그러나 그의 얼굴에는 높은 무공의 경지를 견식한 사람으로서의 경탄은 어려있지 않았다. 그는 별달리 놀라는 기색은 없었다.

"이렇게 몸을 풀어 보는 게 얼마만인가! 가끔 이렇게 몸풀이를 한바탕해 주는 것도 나름대로 기분이 상쾌하구나."

"전혀 도사답지 않은 발언이네요, 할아버지."

"허허허허! 도사가 하는 말이 어디 정해져 있다는 말이더냐. 마음속에 담겨 있는 진실 그대로를 말로 전할 수 있으면 그게 바로 도사(道士)지. 도(道)는 멀리 있지 않고 항상 우리들의 곁에 있지."

"말을 비비꼬시는 걸 보니 도사는 도사인 모양이네요."

그제서야 자신의 눈 앞에 있는 괴상한 할아버지가 도사임을 납득하는 비류연이었다.

"그래, 어땠나?"

현검자가 감상을 물었다.

"글쎄요……. 너무 촘촘하다 보니 검기(劍氣)의 가닥가닥마다 실린 힘과 속도가 죽어 버린 것 같던데요. 너무 변화에 집착하고 있는 듯 보였어요. 변화도 물론 중요하지만 그에 못지않게 힘과 변화가 중요하죠. 아무리 성긴 그물이라 해도 그 재료가 약하면 금방 뚫려 버리지 않을까요?"

머엉!

생글생글 웃으며 말하는 비류연의 지적에 현검자는 입을 쩍 벌렸다. 마치 둔기에 뒷통수를 얻어맞은 사람처럼 그는 넋나간 얼굴을 지었다.
'이, 이 녀석은 대체 정체가 뭐란 말인가?
설마 자신의 검기(劍技)에서 미진한 점을 이토록 정확하게 집어낼 줄은 미처 몰랐던 탓이리라.
'설마 이 아이가 나랑 비슷한 경지에라도 도달했다는 말인가?
믿을 수 없는 일이었다.

"제길! 저 노괴물은 도대체 누구야?"
첩첩산중(疊疊山中)! 산 넘어 산이란 말은 이런 때를 두고 한 말인 모양이다. 암혼비영대(暗魂飛影隊) 암영(暗影) 3조(組) 조장 흑살도 흑상은 사양하지 않고 힘껏 눈살을 찌푸렸다. 시키지도 않았는데 욕지거리가 절로 튀어나왔다.
암룡대(暗龍隊)의 실패! 그것도 물에서의 실패는 암혼비영대에 있어 오점이나 다름없었다.

이번에야말로 반드시 목표를 제거해 암혼비영대의 위신을 세워야 했다. 보다 완벽하게 일을 처리하기 위해 이렇게 무리들과 떨어지길 기다리기까지 하지 않았던가. 실수란 있을 수 없었다.

그런데 갑자기 나타난 저 노인네는 도대체 누구인가? 입고 있는 옷은 닳았지만 확실히 도사 복장인 것으로 보아 무당파 사람이 틀림없었다.

게다가 방금 전 보여 준 그 거짓말 같은 무시무시하게 위력적인 검기는 도대체 무엇이란 말인가?

'내가 지금 헛거라도 보고 있는 건가?'

백이면 백, 무당파 전대 고수일 가능성이 높았다. 하지만 이대로 그냥 돌아갈 수도 없었다.

"이번엔 기필코 성공시켜야 하는데……!"

흑상은 이를 악물었다. 실패는 곧 죽음이었다. 그러나 이대로는 실패할 확률이 너무 높았다.

'그냥 돌아갈까? 아니야!'

진지하게 한 번 고민해 보았지만, 현실은 그리 만만하지 않았다.

'그냥 한 번 해 봐?'

이대로 돌아가면 처벌만이 자신을 반겨 줄 뿐이다. 그것만은 절대 사양이었다.

자신의 능력을 제대로 파악하지 못하고, 무모하게 일을 진행시킨 것은 흑상이 저지른 일생 일대의 실수이자 마지막 실수였다. 이번 판단 착오로 인해 그는 더 이상 실수를 저지를 수 없는 몸이 되고 말았다.

"그런데 자네 평소에 누구에게 원한을 산 일이라도 있나?"

갑자기 안색을 굳히며 현검자가 물었다.

"하하하! 저같이 착한 아이가 어떻게 남들이랑 원한이란 무서운 관계를 맺을 수 있겠어요. 할아버지도 참, 농담도 잘 하시네요."

자신이 그동안 저지른 일은 전혀 안중에 없다는 뜻인 모양이다.

암습에 대한 비뢰문의 생각은 이러하다!

"자넨 암습(暗襲)에 대해 어떻게 생각하나?"

느닷없는 질문이었다.

"암습이요?"

이제는 뼈다귀에 남아 있는 고기 살점들을 아쉬운 눈길로 한 번 일별한 후 비류연은 고개를 들어 현검자를 바라보았다.

"그래, 암습 말일세!"

"할아버지께서 물은 암습이란 게, 어둠 속에서 쥐새끼처럼 몰래 숨어 있다가 남의 허점을 노리고 사람의 뒤통수를 치는 암습이 맞다면, 그딴 건 약골 얼간이들이나 하는 거죠."

비류연의 말은 신랄하기 그지없었다.

"허허! 젊은 친구가 무척이나 과격하구만!"

"뭐 원래 암습 따위나 떼거지로 가하는 얼간이들 따위는 신경쓴 적이 없어서요. 그런 건 능력이 안 되는 얼간이들이나 즐겨쓰라고 해요."

혀에 칼날을 달아놓은 듯 신랄하기 그지없는 말이었다. 비류연이 이런 태도를 취하는 것도 당연했다. 소싯적부터 그렇게 세뇌되어 왔던 것이다. 지랄맞은 사부로부터…….

"그런데 여기 주위에도 남의 귀중한 식사를 방해하는 쥐새끼처럼 숨어있는 참새 떼들이 많이 있어서 탈이네요. 밥값으로 참새나 쫓아낼까요?"

드디어 눈 앞에 있는 모든 먹을 걸 작살낸 비류연이 자신의 의견에 대한 노도인의 의향을 물었다. 식후 운동거리를 찾는 사자 같은 한가로운 태도였다.

"허허허! 그 정도면 밥값은 충분히 했다고 할 수 있을 걸세. 그래만 준다면 어딜 가도 공짜로 얻어먹기만 하고 신세만 졌다는 말은 듣지 않을 걸세."

순간 현검자의 눈에 호기심이 일렁거렸다. 자신도 이제야 찾아낸 참새의 존재에 대해 벌써부터 알아차리고도 전혀 동요하지 않는 청년의 존재가 새삼스럽게 보였다.

"젠장! 들켰다! 살(殺)!"

은신(隱身)이 노출된 이상 이제는 돌아갈 길마저 없었다. 울며겨자 먹기로 흑상은 공격 명령을 내렸다.

"무량수불(無量壽佛)! 감히 누가 신성한 무당파의 영역 안에서 살기를 뿜는단 말인가!"

현검자의 도호성은 낮지만 장중하고 대기를 울리는 힘이 있었다.

"파바박!"

검은 참새가 날아올랐다. 하지만 위치가 파악됐는데도 날지 않는 참새는 맹금(猛禽)의 먹이가 될 뿐이다.

아무리 힘차게 날아오른다 해도 참새의 한계라는 불가항력적인 면이 분명히 존재하기 때문이다.

원래 비류연의 사문인 비뢰문의 사람들은 대대로 암습 따위의 하찮은 일에는 관심을 두지 않고 있었기에, 참새들의 공세에 대한 비류연의 반응은 시큰둥하기만 했다.

그의 이런 의외의 반응은, 자신들의 느닷없는 암습에 화들짝 놀라 동요하기를 원하는 암습자에 대한 예의가 아니었다. 그것은 암습자에 대한 모독이었다.

사부가 말했었다.

"비뢰도(飛雷刀)의 전승자(傳承子)로서 상대가 언제 어디서 무슨 엄한 짓을 해서 튀어나오든지간에 상관없이, 불의의 암습 따위의 시시한 공격조차도 못막을 실력이라면 죽어도 싸지! 그런 바보 천치 얼간이 짓에 당하는 병신은 비뢰도를 전승(傳承)할 자격이 없다. 물론 그런 놈은 애초부터 비뢰도의 전승자로 삼지도 않지만 말이다."

암습자에 대한 사부의 견해였다. 비류연도 전적으로 동의하는 말이기도 했다.

어떠한 상황에 처하더라도 패배는 용납되지 않는다. 그것이 바로 비뢰문의 진정한 가르침이었다.

보통 사람은 의외의 상황에 맞닥뜨렸을 때 당황하게 되는 것이 인지상정이다. 그렇다면 고수쯤 되면 이런 보통 사람들하고는 뭔가 차별된 능력이 있어야 하지 않겠는가!

적이 오든 말든, 호시탐탐 자신을 노리던 암습자가 암습을 하든 말든 비류연은 전혀 상관하지 않았다.

암습자들이 들으면 자존심이 상할 정도로 그들을 무시하고 있었다.

식사를 마치고 느긋하게 소화에 열중하고 있는 비류연의 모습은 암혼비영대들의 눈에 허점투성이였고, 그의 옆에 앉아 있는 괴팍하게 생긴 노도인은 말코처럼 보일 뿐이었으니, 노도인이 방금 전 보여준 검초만 아니었으면 서슴치 않고 공격을 감행했을 것이다.

불섶을 지고 불에 뛰어든 대가는 참혹한 것이었다. 이 두 사람은 참으로 만만치 않은, 그들이 떼거지로 덤벼도 상대가 안 되는 괴물들이었던 것이다.

비류연에게 날아오는 까만 참새 떼는 신경도 쓰지 않은 채 현검자를 보며 말했다.

"하늘을 찢어발길 수 있는 힘만 있다면, 그 그물코가 듬성듬성하다 해도 아무 문제가 안 되지 않을까요? 이렇게 말이죠."

날아드는 독검(毒劍)의 소나기를 지척에 두고도, 비류연은 뒤도 돌아보지 않은 채 두 팔을 휘둘렀다. 날아드는 날파리나 때려잡겠다는 듯한 가벼운 움직임이었다. 하지만 그 결과는 무지막지했다.

비뢰도(飛雷刀) 검기(劍氣) 비의(秘意)
천라지망(天羅地網)의 장(章)
천뢰무망(天雷舞網)
쇄천(碎天).

순간 펼쳐진 하늘이 금빛 그물 안에 갇히는 듯한 착각과 함께 달려들던 암습자 복면 흑의인들이 그물에 갇힌 참새처럼 후두둑 떨어졌다. 비류연이 친 그물은 방금 전 현검자가 친 그물보다 결이 촘촘하거나 세밀하지는 않았다. 허나 그 한 올 한 올에 담긴 힘과 속도는 타의 추종을 불허하는 것이었다.

날아오던 까만 참새들은 그물에 걸린 것마냥 파닥거리다 맥없이 땅에 떨어졌다. 제대로 된 공격을 펼쳐낸 놈은 한 놈도 없었다. 황금빛 그물은 검은 참새들의 침입도, 도주도 허용하지 않았다.

비류연의 실력은 그들의 상상을 초월하는 것이었다. 현검자 쪽에만 신경을 쓴 것은 크나큰 오산이었다는 것을 암영 3조 조원들은 몸으로 느껴야만 했다.

"저…저…저것은! 어…어떻게 이럴 수가……. 이, 이런 터무니없는 일이!"

현검자의 눈이 경악으로 동그랗게 떠졌다. 그의 심적 충격은 주화입마에 비견될 만큼 거대한 것이었다. 둔중한 철퇴로 뒷통수를 가격당한 충격도 이만하지는 못하리라.

백 년 전 보았던 당시 하늘을 뒤덮던 그 황금빛 그물과 똑같은 모양의 그물이었다.

현검자의 몸이 얼어붙은 듯 굳어졌다. 이미 그의 정신은 100년 전 그날로 날아가고 없었다.

비류연의 일초는 과거의 현신을 보는 듯했다.

과거에 있었던 일들

순간 현검자의 시간은
백 년을 거슬러 올라가
아미산 중턱 산자락에 서 있었다.
그날의 일은 오직 자신의 비밀로 남겨두었다.

　현검자가 천겁혈세의 대회전에 참전하였을 때는 18세의 어린 나이였다. 그는 당시 믿지 못할 광경을 목격하고 아직도 그 경지를 갈구하며 검을 닦고 있다.

　그 일은 어린 그에게 하늘이 뚝딱 무너지고 땅이 발칵 뒤집히는 것과 맞먹는 거대한 충격이었다.

　한 명의 노인과 그 노인을 마주보고 검을 뽑고 있는, 존경해 마지않는 사형. 이미 몇 차례 충돌이 있은 듯 그의 대사형 공손일취의 호흡은 눈에 띄게 불규칙해져 있었다.

　"애송아! 이제 그만 항복하는 게 어떠냐? 어린 꼬맹이가 경우를 너무 모르는구나! 죽고 싶은 게냐?"

노인의 말투에는 조롱하는 기색이 역력했다. 더 이상 장난치기가 귀찮다는 그런 말투였다.

현검자는 그때 자신의 사형이 공포심에 질려 덜덜 떠는 것을 처음 보았다. 언제나 당당하고 고고하던 사형의 그런 나약한 모습은 그때까지 한 번도 보지 못했던 생경한 모습이었다.

하지만 공손일취는 자신의 패배를 인정하고 싶지 않은 것 같았다. 정체 모를 노인에게 순순히 자신의 패배를 자인(自認)하기엔 구대 문파의 공동 전인 전략으로 길러진 그의 자존심이 도저히 용납할 수 없었던 것이다. 공손일취는 최후의 기력을 모아 마지막 일격을 내뻗었다.

"으야아아압! 태극무궁(太極無窮)!"

장강의 물결처럼 유유히 흐르는 검(劍)의 현기(玄氣)! 유연함으로 능히 강함을 제압할 듯한 오묘함!

무당의 전설적인 검법 태극혜검(太極慧劍)이 현검자의 눈 앞에 가장 완벽한 모습으로 구현된 것이다. 저것만은 노인이 아무리 강해도 막을 수 있을 것 같지 않았다. 허나 현검자는 곧 자신의 생각이 잘못되었음을 눈으로 확인할 수 있었다.

"크아아악……!"

순간 하늘과 땅과 이 세상 모든 것이 황금빛 섬광(閃光)으로 뒤덮이며, 공손일취의 전신을 난자(亂刺)했다.

그것은 마치 황금빛 그물이 하늘을 뒤덮는 듯한 황홀한 광경이었다.

검이라면 당시 신검협(神劍俠)이라 불리던 모용정천을 제외하고는 그 누구도 당할 수 없다던 구대 문파의 공동 전인이자 희망인 공손일취가 나이도 지긋한 백발성성한 노인의 한 수에 맥없이 나가떨어지고 만 것이다.

어린 현검자에겐 심령이 뒤흔들리는 충격이 아닐 수 없었다.

온몸에 피 머금은 거미줄 같은 상처를 입은 채 정신을 잃고 쓰러져 있는 공손일취를 둘러메고 산을 내려온 이가 바로 현검자 자신이었다.

그리고 그는 그때 본 일을 자신의 가슴 속 깊은 곳에만 봉인(封印)해 놓은 채 그 누구에게도 발설하지 않았다. 아마 사형인 공손일취도 자신이 그 일을 목격한 사실을 알지 못할 것이다.

공손일취 자신도 현검자가 모든 사건이 종결된 후 우연히 기습 대비 수색 정찰을 나왔다가 그를 발견한 것으로만 알고 있을 뿐이었다. 백 년이 지난 아직까지도 말이다.

그날 이후 현검자는 도저히 그날 그때 나무 뒤에 숨어 훔쳐본 노인의 일초(一招)를 잊을 수가 없었다. 이미 심령 속에 화인(火印)처럼 선명하게 찍혀버린 그 영상을 도저히 잊을 수가 없었다. 꿈에서조차 노인의 일초는 점점 더 선명하게 그의 전신을 덮쳐왔다.

단 한 번의 손짓으로 구파의 희망을 절망에 빠뜨린 일초!

그때부터 현검자의 목표는 오로지 하나였다. 어떻게 하면 그 정체 모를 노인의 일초를 한 자루의 검으로, 무당의 자존심인 검으로 구현해 내고 싶었다. 그리고 최종장에 가서는 그것을 보란 듯이 파해(破解)해 보고 싶었다.

하나의 검초를 파해하기 위해선, 우선 그 목표된 검초를 구현해 내야만이 가장 완벽하게 그 환상을 깨뜨릴 수 있는 것이다. 아끼는 제자 청혼에게 전해 준 삼정태극검혜(三情太極劍慧)도 그런 와중에 창안한 무공이었다.

하늘을 찢어발기는 듯한 황금빛 그물, 그 환상을 검으로 구현하고 다시 파해하기 위해 현검자는 아직 손에서 검을 놓을 수 없었다. 그러기를, 50년! 마침내 그는 한 가지 중대한 차이를 문득 깨달을 수 있었다. 어느 날 갑자기, 느닷없이 다가온 깨달음이었다.

자유로움!

그 노인의 일수는 무한히 자유로웠다. 하늘과 땅, 천지간의 조화, 그 어느 것에도 얽매이지 않는 무한한 자유로움이 그 노인의 일초에는 담겨 있었던 것이다.

그날 이후 무당에는 육식(肉食)과 음주가무(飮酒歌舞)를 즐기는 괴장로 한 명이 돌연 나타나게 되었다. 그 괴도인은 전대 무당파 장문인이라는 무시무시한 신분을 지니고 있었다. 모든 무당 장로들과 문도들이 정신 병자 취급하고, 똘아이 처리하고, 무시하고, 뒷구멍으로 사도(邪道)로 취급해도, 그는 이 길을 꿋꿋이 걸어갔다.

차마 문파의 수치를 입 밖으로 낼 수는 없었다.

"어떻게 그런 초식을 펼쳐낼 수 있었나? 내 검초에 무엇이 부족했지?"

현검자의 물음엔 열기가 가득 배어 있었다. 마치 20대의 열정에 불타는 혈기 왕성한 청년 같은 모습이었다.

"아직 할아버지의 검은 자유롭지 못해요. 너무 관념에 얽매여 있어요."

현검자는 비류연의 말을 선뜻 이해할 수 없었다.

"자유? 난 항상 자유로워지고 싶었네. 그러기 위해서 우선 육신이 자유로워져야 했네. 심신(心身)은 일체(一體)라 하여, 일단은 몸이 자유로워야 마음이 자유로워진다고 나는 생각했던 것이지. 그동안 난 무당의 체면이나, 법규나, 초식의 틀에서조차 너무 얽매인 게 많았으니깐……. 도저히 그런 자유로움을 마음으로부터 추구할 수 없었던 걸세! 그래서 제자 녀석이 고생 좀 많이 했지. 이 사부 덕분에……. 그런데 아직도 자유롭지 못하다니……. 아직도 부족하다니?"

망연 자실해 있는 현검자를 향해 비류연이 결정타를 날렸다. 흔들리는 그의 마음에 쐐기를 박은 것이었다.

"으음, 제가 보기엔 할아버진 지금도 자유로워야 한다는 강박 관념에 묶여 자유로워지지 못한 것 같은데요!"

비류연의 한 마디에 순간 벼락 같은 충격이 현검자의 전신을 때렸다. 그것은 몸 안에 가득차 있던 어떤 의식의 덩어리가 폭발하며, 수십 배로 늘어나는 듯한 벅찬 희열이었다.

한 순간의 깨달음!

그때 현검자는 자신의 검이 바뀌었음을 의식적으로 알 수 있었다. 그것은 참으로 신비스런 느낌이었다.

"하, 하하…하하하… 으하하하하……!"

현검자의 입에서 대홍소가 터져 나왔다. 이렇게라도 그는 자신의 터질 듯한 기쁨을 표현해 내고 싶었다. 다른 방식의 기쁨 표현법이 있다면, 예를 들어 알몸으로 나체 춤을 춘다든가, 아니면 술을 뽀개지게 먹는다든가 하는 등의 그 어떤 것이라도 할 수 있을 것 같았다.

어서 빨리 이 기쁨을 표현해 내지 않으면 너무나 벅찬 회열에 심장이 터질 것만 같았기 때문이다.

"그것 참! 연세도 지긋하신 할아버지가 박력 있게 웃으시네. 기력도 좋으셔라!"

지켜보는 이마저 흐뭇하게 만드는 뻥 뚫린 듯한 시원스런 느낌의 대소(大笑)였다.

이리 뜯어보고 저리 뜯어봐도 근엄하고 진중해 보이는 구정회의 무절(武絶) 삼절검 비천룡 청흔의 사부라고는 도저히 상상이 가지 않는 모습이었다. 어딜 봐서 저게 무당 제일검이란 말인가! 게다가 점입가경(漸入佳境)으로 전대 장문인까지!

신용이 가지 않았다.

젠장!

암혼비영대 암영3조 조장 흑살도 흑상은 지금 울고 싶었다.

비류연의 손짓 한 번에 흑살도 흑상은 제대로 도망도 못치고 사로잡힌 참새 꼴이 되었다. 이런 치욕은 생전 처음이었다. 하지만 목숨이나마 부지했으니 다른 부하들보다는 나은 상황인지도 모른다. 물론 두고 봐야 할 일이지만.

전신 혈도를 제압당한 채 흙바닥에 뒹굴고 있는 흑상의 가슴에 비류연이 발을 올려놓으며 무표정한 얼굴로 말했다.

"난 당신이 어떠한 고통이나 고문에도 굴하지 않고 견뎌내리라 믿고 있습니다. 배가 열십자로 갈라져도, 창자를 끄집어내 토막을 쳐도, 눈알이 뽑히고 혀가 잘리고 두개골에 구멍이 나도 당신은 결코 입을 열지 않으리라 난 믿습니다.

나의 기대를 저버리지 말았으면 좋겠군요. 어차피 어떠한 비밀도 입 밖에 내뱉지 않을 테니, 당신의 신체에 제가 무슨 짓을 저질러도 전혀 상관없겠죠? 그렇죠?"

흑상은 온몸의 신경이 쭈뼛쭈뼛 서고 심장이 공포로 인해 오그라들었다. 지독히 불길한 예감이 전신을 지배했다. 아무래도 보통 인간은 저런 눈빛을 뿜어낼 수 없었다.

"이…이보게! 청년! 자, 잠깐만 기다리게!"

흑상이 몸을 아등바등거리며 다급히 외쳤다.

"뭐라구요? 안 들려요!"

아무도 없는 방향을 향해 비류연은 큰 소리로 고함을 질렀다. 자신의 발 밑에서 아등바등거리는 물체에 대해서 전혀 신경쓰지 않는다는 태도였다.

다시 자신이 밟고 있는 흑상을 바라보는 비류연의 눈빛이 기이하게 빛나기 시작했다.

"난 아무 것도 못봤네!"

현검자가 얼른 발을 뺐다. 무슨 일이 일어나도 관여하지 않겠다는 이야기였다.

"퍼버버버벅!"

애걸복걸하는 흑상의 말은 들은 척도 하지 않고, 비류연은 일단 마구 밟아대기 시작했다.

"꾸웨에에엑!"

한 인간의 비참한 말로를 증명하는 괴성이 산 전체에 메아리쳤다.

주제 파악 실패에 대한 뼈아픈 대가였다.

"그럼 할아버지, 다음에 또 뵐게요."

"허허! 그러자꾸나. 다음 만남을 기대하마!"

"그럼 잘 먹고 갑니다!"

현검자와 서둘러 인사를 마친 비류연은 극성으로 봉황무 비익관천의 수법을 펼쳐 산을 타고 오르기 시작했다.

탄신(彈身)!

마치 한 줄기 섬광처럼 빠른 속도였다.

"도대체 저 아이의 정체가 뭐란 말인가?"

아무래도 본문으로 돌아가야 할 듯했다. 심상치 않은 기류가 무당산 전체를 감싸고 있었다. 가볍게 끝날 일이 아니었다.

자리를 털고 일어난 현검자는 자소봉 중턱 무당파를 향해 걸음을 옮겼다. 가볍게 내는 발자국 하나에 그의 신형이 오장(五丈)씩 스윽 미끄러져 갔다.

구름을 타고 논다는 무당파 신법 제운종(蹄雲踪)이 극성으로 발휘된 모습이었다.

비류연의 신위
-뇌광! 번뜩이다

비류연의 쏘아진 신형이 합숙 훈련소에
도달하는 데는 채 일각도 걸리지 않았다.
"역시!'
비류연의 예상대로였다. 표적이 된 것은 자신만이 아니었다.

암습자들은 합숙 훈련소에 있는 천관도 모두를 표적으로 삼고 있
었다. 아무래도 자신들을 살려두고 싶지 않은 모양이었다.

"챙챙!'

검과 검이 마주치고 암기(暗器)가 허공 중을 날아다녔다. 암습인들
의 움직임은 매우 전문적인 훈련을 받은 살수의 그것이었다. 다행히
밀리는 낌새는 없었다. 모두들 차분한 상태로 정체 불명의 암습자와
맞서고 있었다. 특히 주작단의 활약은 눈부신 것이었다. 남궁상은 진
령 옆에 찰싹 달라붙어 그녀를 보호하면서도 별다른 부담없이 적들
을 상대하고 있었다. 요즘 들어 점점 더 실력이 향상되고 있는 듯했
다. 당삼도 적인 관계로 마음껏 암기를 뿌려대고 있었다. 이런 때가

아니면, 언제 이렇게 원없이 암기를 뿌려 보겠는가!

사실 개개인의 실력으로 따지면 천관 측이 다들 월등히 높은 경지에 올라 있었다. 단지 이들에게 부족한 건 생사가 갈리는 실전의 경험이 부족하다는 것뿐이었다. 거기다 굳이 한 가지를 더 들자면 주작단을 제외하고는 집단전에 능숙하지 못한 점을 들 수 있겠다.

비류연은 직감적으로 이번 암습자들이 장강에서 자신을 습격한 암습자들과 같은 소속임을 느낄 수 있었다. 그들에게선 같은 냄새가 났다.

1대1이 안 된다는 것을 본능적으로 느낀 저들은 4인이 한 조로 검진을 이룬 채 천관도들을 몰아세우고 있었다.

불의의 암습에 채 방비하지 못한 탓인지 몇몇 주작단원의 몸에 난 상처에서 붉은 피가 흘러나오고 있었다.

비류연의 눈에 뇌광(雷光)이 번뜩였다.

진노(震怒)!

"이것들이 감히 남의 물건을 함부로 건드려!"

비류연의 분노가 폭발했다.

비뢰도(飛雷刀) 오의(奧義) 검기(劍氣)

검뢰사살(劍雷死殺)의 장(章)

봉황(鳳凰) 섬뢰(閃雷).

"파바박!"

비류연의 팔이 좌우로 활짝 펼쳐지더니 그의 양소매로부터 수십 줄기의 검기(劍氣)가 빛의 화살처럼 쏘아져 나와 일행들 사이를 교묘하게 가로질러 정확히 암습자들의 몸을 관통했다.

"크아악!"

"뭐, 뭐냐?"

"크윽!"

암습자들은 제대로 한 번 저항해 보지도 못하고 짚단처럼 쓰러졌다.

마치 봉황(鳳凰)의 날개짓처럼 화려한 초식이었다. 뇌광의 무리가 장내를 한 번 휩쓸고 지나간 듯 파괴적인 초식이었다.

이 놀라운 광경에 장내는 일 순간에 고요해졌다. 너무나 갑작스레 벌어진 일이라 정신을 차릴 수 없었던 것이다.

"응?"

그때 문득 비류연은 한 가지 중대한 사실을 깨달았다. 아무리 주위를 둘러봐도 나예린의 모습이 보이지 않았다. 원래대로라면 그 누구보다 화려한 검기를 선보이고 있어야 할 그녀였다.

"나 소저는?"

도검이 난무하는 전장으로 뛰어든 비류연이 급히 남궁상을 붙잡고 물었다.

"예! 아까 전에 혼자 산을 둘러본다고 정상 쪽으로 올라갔습니다."

"뭐? 그렇다면 혼자 떨어졌다는 이야기잖아!"

"예에……."

남궁상이 우물쭈물 대답했다. 비류연이 남궁상의 어깨를 사정없이 흔들며 물었다.

"어느 쪽으로 갔지?"

"저, 저쪽으로."

　간신히 손가락을 움직여 방향을 가리키는 남궁상을 냅다 땅바닥에 내동댕이친 비류연의 신형이 다시 빛살처럼 정상을 향해 쏘아져 나아갔다.

　푸르던 하늘에는 먹구름이 드리워져 날은 점점 더 어둑해져 가고 있었다.

나예린과 폭풍 속에 갇혀

비가 추적추적 내리고 있다.
동굴 입구의 곡면을 타고
한 방울 한 방울 맺힌 물방울이 땅으로 떨어져
이미 고인 웅덩이에 또 한 번의 파문을 일으킨다.

비로 인한 습기가 온몸에 달라붙지만 비류연은 기분이 좋았다. 비안개가 자욱하게 덮인 산의 한 동굴에서 미인과 함께 있다는 상황은 무척이나 매력적이기에, 마른 하늘에 갑작스런 비를 내려준 하늘의 변덕에 감사해야 함이 마땅하리라.

"몸을 좀 말려야 하지 않을까요?"

동굴 속에서 마른 잎과 나뭇가지를 찾아낸 비류연이 모닥불을 피워 놓고는 옆에 있던 나예린에게 말했다.

려태(麗態).

그녀의 옷은 비에 흠뻑 젖어 착 달라붙은 관계로 몸의 굴곡이 다 드러나 보였다.

나예린이 차갑게 대답했다.

"이대로 괜찮아요. 신경쓰지 말아요."

냉담(冷淡)!

물론 어쩔 수 없이 이런 상황하에 직면했지만, 비류연을 대하는 나예린의 태도는 해빙(解氷)될 기미가 없었다.

"무척이나 오래 꽁하고 계시는군요. 사람을 사귀는 데는 별로 좋은 습관이 아니에요. 게다가 그런 모습으로 남자 앞에 오래 있는 것은 별로 현명한 행동이라 할 수 없을 것 같군요."

마치 충고하는 듯한 비류연의 말이었다. 사실 지금 나예린의 모습은 마성(魔性)적이라는 표현이 더 어울릴 듯한 모습이었다. 거의 범죄에 가까웠다.

그런데 인간 관계 형성에 대한 기술로 비류연이 나예린에게 충고할 자격이 있는지가 우선 의문이다. 지금까지 짧은 시간 동안 비류연이 만들어 놓은 거미줄 같이 얼기설기 얽힌 원한 관계는 그 복잡함에 눈이 돌아갈 지경이었다. 하루도 거르지 않고 비무 도전장이 쌓이는 주제에, 인간 관계를 논한다는 것 자체가 어불성설이었다.

이런 사실들을 나예린도 알고 있었던 모양이다. 반격은 금세 날아왔다.

"인간 관계 형성에 대한 충고를 날마다 수도 없이 비무장 받아드는 사람한테 받고 싶은 생각은 없군요."

"하하! 이거 한 방 먹었네요."

나예린의 응수에 비류연은 멋쩍은 듯 뒷머리를 긁적였다.

그리고는 다시 침묵이 이어졌다. 아직 나예린을 둘러싸고 있는 벽은 두텁기 그지없었다. 약간 새침해 있는 그녀의 모습은 입맞춰 주고 싶을 만큼 아름다웠다.

빗소리가 귓가를 울렸다.

"왜 일이 이렇게 된 것일까?"

나예린은 한 번쯤 진지하게 고민해 봐야 할 필요성을 느꼈다.

별다른 생각이 있었던 것은 아니었다. 그저 남들과 떨어져 홀로 산책을 하고 싶었을 뿐이었다. 그녀는 역시 여러 사람들이 모여 있는 무리에 끼여 있는 것이 불편했던 것이다. 여러 사람들의 상념이 한꺼번에 밀려들어와 마음을 다스리고 있지 않으면 견디기 힘들었던 것이다.

그래서 홀로 무리에서 떨어져 나와 산길을 걷고 있었다. 역시 혼자가 편하다고 느끼던 차였다. 갑작스레 자신을 압박해 오는 살기를 느끼기 전까지는 말이다. 암습인은 일곱이었고 조직적인 연환 공격을 해 왔다. 조직적이고 상호 연계되는 능숙한 움직임으로 미루어 보아 허접스런 잡배들이 아닌 것만은 분명했다.

'장강에서의 암습자들과 한 패인가?'

가능성이 가장 높은 이야기였다.

무엇보다 이해가 가지 않는 것은 어찌하여 무당파의 영역 안에서 이런 정체 모를 암습자들이 들끓는가 하는 사실이다. 상식적으로 도저히 이해가 가지 않는 일이었다.

개개인의 실력으로 보면 별것 아니지만, 무공의 강함이 상대를 죽이기 위한 절대 명제는 아닌 모양이었다.

항상 정당한 대결밖에 해 본 적이 없는 나예린에게 있어 상대를 죽이기 위해서라면 어떤 짓이든 불사하는 암습인들과의 싸움은 생경한 것일 수밖에 없었다. 일곱 명이나 되는 암습인들이 진을 짠 채 시도 때도 없이 독암기를 뿌려 오니, 천하의 그녀로서도 쉽게 방비하기가 힘들었다.

하지만 아직 고전할 정도는 아니었다. 문제는 자신을 노리는 암습자가 이들 일곱 명만이 아니라는 사실이었다. 아직도 전면에 몸을 드러내지 않은 채 기척을 숨기고 있는 자들의 존재가 확실히 느껴졌다.

이들 암습자들은 겁도 없이 무당파 영역 내에 포위망을 구성한 모양이었다.

'그때 이 사람이 와 주지 않았으면 과연 어떻게 됐을까?'

이들의 공격 전술은 상대가 고수일 경우 상대의 움직임을 미리 막는 것으로 상대의 실력을 봉쇄하는 것이었다. 즉 운신의 폭을 줄이고 호흡을 끊음으로써 상대가 최고의 실력을 발휘하는 것을 방해하는 것이다. 방법의 비열함이나 추악함 따위는 이들의 고려 사항에 들어 있지 않았다.

동료가 그녀의 검에 베여 나가든 말든 전혀 신경쓰지 않았다.

반드시 죽이겠다는 살의(殺意)에 나예린은 눈이 따가웠다. 그녀로서는 처음 느껴 보는 지독한 살의였다.

때마침 비류연이 나타나지 않았으면 위험했을지도 몰랐다. 무공 실력이야 암습자에 비해 월등히 뛰어난 그녀였지만 이런 싸움에는 익숙하지 않았기 때문이다.

눈 앞에 닥친 위험은 처리했지만, 그 다음은 날씨가 말썽이었다.

하늘을 뒤덮은 먹장 구름은 자신이 해야 할 일을 해야 한다는 듯 사나운 빗줄기를 뿌려댔다.

머리카락 한 올의 틈도 없이 쏟아지는 폭우(暴雨)에 사위는 어둠 속에 잠겼다. 울창한 숲 속에서 만난 폭우였기에 상황은 더욱 나빴다.

이런 폭우는 암습자의 기척을 지우는 데 최고의 공로자가 될 것이 분명했다.

우선은 비를 피할 곳을 찾아야 했다. 그리하여 지금 비류연과 나예린이 이 동굴 안에 자리를 하게 된 것이다.

'하지만 왜?'

타오르는 장작불을 바라보며 나예린은 마음 속으로 물었다.

분명히 도움을 받았다.

그런데 왜 확실히 도움을 받았음에도 불구하고 전혀 감사의 마음이 일지 않는 것일까?

그녀 자신이 생각하기에도 희한한 일이었다.

'왜지?'

물어도 마음은 답이 없다.

"쏴아아아아……!"

어둠 속에 내리는 비는 그칠 기미가 없다.

"다른 사람들은 무사하겠죠?"

냉정한 척하고는 있지만, 남아 있는 사람들이 걱정되는 모양인지 그녀의 얼굴에 수심이 엷게 드리워졌다.

"밑에는 염도 노사가 있습니다. 걱정할 일은 없으리라고 생각됩니다. 이 정도 녀석들에게 당할 사람들은 아니니 걱정하지 마세요. 이 정도도 못막아낼 만큼 허약하다면 그동안 쌓아 놓은 이름이 아깝죠! 그들을 믿어도 됩니다."

'내 제자들이니깐 말입니다.'

뒷말은 속으로 삼키고 말았다. 내뱉어 봤자 믿어 주지도 않을 테고, 오히려 불신만 높아질 위험까지 있었다.

"그렇겠죠."

"물론이죠."

비류연이 힘차게 고개를 주억거렸다. 만일 지기라도 한다면 가만 놔두지 않을 작정이었다. 그제서야 나예린은 안심하는 표정을 지었다.

다시 어색한 침묵이 찾아왔다.

나예린의 고혹적인 자태(姿態)
-그리고 동굴 속……

불가로 다가앉은 나예린의 모습은
지나칠 정도로 고혹적이었다.
자신을 물끄러미 바라보는 비류연의 시선을 느낀 나예린이 한 마디했다.

"이번엔 방심하지 않겠어요! 이번에도 통할 거라 생각하면 큰 오산
이에요."

"제가 그렇게 신용이 없나요?

순진한 척 비류연이 물었다.

"남의 입술을 두 번이나 허락받지 않고 훔친 이의 말을 믿으라니 저
를 너무 얕보시는 게 아닌가요?"

그녀의 말은 북풍한설을 연상케 할 만큼 차가웠다.

"그럴 리가요. 제가 그런 망상을 품었을 리가 없지 않습니까!"

억울하다는 투로 비류연이 말했다. 그러나 믿고 안 믿고는 나예린
의 소관이었다.

"글쎄요? 그건 두고 봐야 알 일이죠."

아직 넘어야 할 산은 분명히 태산보다는 높은 모양이었다. 태산을 눈 아래 깔고 있는 고산준봉인 모양이었다. 역시 만만치 않았다.

"훌륭한 방어입니다. 허점을 찾을 수 없군요."

비류연의 평가였다.

"방심은 두 번으로 충분해요. 더 이상은 사양이니까요."

"쩝! 애석한 일이군요!"

비류연은 이내 시무룩한 표정을 지어 보였지만, 나예린의 관심을 끄는 데는 실패하고 말았다.

"하지만 믿지 못한다면 새로운 관계를 맺을 수 없죠. 그렇다면 제가 처음이 되는 건가요?"

무엇이 처음이란 말인가? 제일 신용이 안 가는 비류연의 만사태평한 한 마디였다.

문득 의아함을 느낀 그녀가 반문했다.

"그런데 왜 제가 당신과 이런 이야기를 나누고 있는 거죠?"

나예린은 무척 손해 보는 기분이었다. 왜 이런 생소한 기분이 드는지는 그녀 자신도 영문을 알 수 없는 일이었다. 왜 이 사람 앞에서 자신은 아무렇지도 않게 대화를 하고 있는 것일까?

"글쎄요? 나 소저의 마음을 제가 알 수는 없겠죠. 질문 상대가 잘못된 게 아닐까요? 소저의 마음에 물어 보는 게 가장 빠른 방법인 것 같은데요!"

나예린은 일순 말문이 막혀 대꾸할 말이 없었다. 그게 왠지 지는 것 같아 분했다.

평소와 다르게 의외로 다양한 표정을 보여 주는 나예린을 바라보는 비류연의 입에서 참았던 웃음이 새어 나왔다.

"쿡쿡!"

"왜 웃는 거죠?"

이해할 수 없다는 표정으로 나예린이 물었다. 비류연은 고개를 설레설레 저었다.

"하하하! 아뇨! 다양한 표정이 살아 있는 소저의 얼굴이 귀엽게 보여서요."

비류연의 말은 나예린에 있어서 충격이었다.

귀엽다? 아름답다거나 고귀하다는 말은 귀가 따갑도록 들었지만 귀엽다는 말은 생전 처음 듣는 말이었다.

'설마 무의식중에 감정이 얼굴에 나타났단 말인가?'

언제나 비류연 앞에 서면 감정 조절이 잘 되지 않는 나예린이었지만, 그 원인을 알 수 없었다.

'내가 이 남자한테 휘말려 들고 있는 건가?'

이해할 수 없는 일이었다. 다시 그녀의 표정이 굳어지려고 했다.

"나 소저는 인형이 아니에요. 웃어도 뭐라 하는 사람은 없어요. 억지로 웃음을 참는 것보다 나쁜 건 없죠."

그녀의 마음 깊숙이 파고드는 비류연의 한 마디였다. 웃음이 그녀의 가려(佳麗)함을 더욱 돋보이게 만들어 줄 것이라는 것만은 사실이었다.

그녀의 미소를 볼 수 있었으면 좋겠다고 비류연은 생각했다.

비류연이 한눈에 보기에도 나예린은 여전히 빈틈없는 방어를 펼치고 있었다. 마치 생사 대적이라도 눈 앞에 두고 있는 자세였다. 씁쓸한 마음이 드는 것도 어쩔 수 없었다.

"하하! 이것 참! 그렇게 경계하지 않아도 될 텐데 말이죠. 누가 잡아먹는 것도 아니고……."

웃어 보자고 한 얘기였지만, 돌아온 반응은 냉담했다.

"남자는 절대 믿지 말라는 것이 아버님과 어머님으로부터 어려서부터 받은 첫 번째 가르침이었습니다. 사저와 사부님 또한 항상 사내는 늑대와 같은 과에 속하는 동물이니 백 번 조심한다 해도 모자람이 없다고 이르셨죠. 그리고……."

어려서부터 수십 번의 유괴 미수 사건에 휘말린 전적의 소유자인 그녀에게 남자의 빈약하고 갈대보다 약한 이성을 믿으라는 것 자체가 어불성설이었다. 믿을 게 따로 있지 어떻게 감히 남자의 자제심 따위를 믿을 수 있겠는가.

"그리고?"

"아무 것도 아닙니다. 당신이 알 필요는 없지요."

나예린은 끝내 '당신의 마음을 알지 못하기에 더욱 경계하는 것입니다.' 라는 말은 입 밖에 내지 못했다. 만일 그것이 좋든 나쁘든 비류연의 마음이 보인다면 이렇게 긴장한 채 있지는 않았을 것이다. 어두운 장막에 쌓여 있다는 그 자체가 나예린의 경계심을 북돋우고 있었다.

"이런, 이런, 전혀 신용받지 못하고 있군요."

투덜거리며, 고개를 설레설레 저으며 비류연이 푸념을 늘어놓았다.

"남자를 신용할 만한 일이 일어난 적은 한 번도 없었습니다. 사내를 불신할 만한 일이라면 셀 수 없이 일어났지만요!"

나예린의 말은 차갑기 그지없었다. 그리고 단호했다.

그녀의 말은 사실이었다. 어렸을 적부터 그녀의 미모에 혹해 그녀를 납치하려 한 이는 이루 헤아릴 수가 없을 지경이었다. 그 중에는 심지어 가까운 인척 관계의 사람들까지 끼여 있었다. 본인이 원해서 얻은 것은 아니지만 그녀의 미모에는 사람들을 매혹시키는 마력이 있었다. 어지간한 수준의 사내는 그녀 앞에서 이성이 마비되고 마는 것이다.

만일 그녀의 아버지가 무림 맹주만 아니었어도, 이미 사단이 벌어졌으리라. 여지껏 나예린은 아버지의 그늘 아래에서 아슬아슬하게 순결을 유지할 수 있었던 것이다. 그러니 남성에 대한 불신의 장벽이 쉽사리 걷히리라고 바라는 것 자체가 무리였다.

좀처럼 방심할 수 없는 존재가 바로 사내라는 족속들이다. 늑대랑 동류라고 보면 크게 틀리지 않았다. 사내들은 불신받아도 싸다.

"그 정도였나요?"

비류연이 되묻자 나예린의 얼굴이 차가워지더니 일렁이는 불꽃에 초점을 맞추고 말했다. 떠올리기 싫은 과거의 기억들이 떠올라서인가? 그녀의 눈빛은 심연 속에 가라앉아 있었다.

"당신에겐 이해할 수 없는 일이겠죠. 어차피 보통 사람에게는 이해하기 힘든 일일 테니까요! 저의 어린 시절은 항상 남자들의 악의에 둘러싸여 있었습니다."

그녀는 계속해서 말을 이었다. 왜 자신이 이 남자 앞에서 이런 말을 하는지 이유도 모른 채!

"어릴 때 길가다 납치당할 뻔한 경험이 986번, 패물점 앞에서 납치당할 뻔한 경험이 758번, 야밤에 담을 넘어온 흉한에게 납치당할 뻔한 경험이 108번! 그리고 조금 큰 다음 식당에 들어갔다 수작 걸어오는 건달들과 싸운 게 899번! 그 외에 길을 걸어갈 때마다 하나 둘씩 나타나 수작 거는 하오문 패거리까지 합치면 합이 5,672회로군요. 이런 일을 전 열 살 때부터 겪었어요. 이런 데도 남자란 존재를 믿을 만한 가치가 있다고 생각할까요?"

나예린의 입에서 나오는 말은 듣는 사람이 입을 다물지 못할 정도로 다채롭고 화려했다. 쉽게 믿기 어려울 정도였다. 나예린의 부친이 누구인지 알면서도 월담한 이가 백을 넘었다. 그러니 더 이상 말해서 무엇하겠는가.

셀 수 없는 납치의 위험 속에서 그녀는 가장 순수해야 할 어린 시절을 보낸 것이다. 마음에 남은 상처가 깊을 수밖에 없었다.

"과연 그런 일이 있었군요. 불신할 만하네요. 사내란 원래 그런 존재였군요. 좀 의외네요."

비류연이 고개를 주억거렸다.

욕망 하나 제대로 간수 못하는 의지력 바닥의 인간들이 그녀의 주위에 밀집되어 있었던 것이다. 이러니 혐오감을 가지지 않는 쪽이 오히려 이상할 지경이었다.

비류연이 단호하게 말했다.

"믿지 말아요. 안 믿으면 그만이죠. 우리 사부가 그랬는데요, 세상에서 여자가 절대로 믿어서는 안 되는 존재가 바로 남자라는 동물이래요. 여자, 특히 아름다운 미인은 남자를 상대할 때 주의에 또 주의를 기울이고, 꺼진 불도 다시 보고, 돌다리도 두들겨 보고 건너는 게 안전하대요."

마치 남 얘기하는 듯한 말투였다. 그런 식으로 말한다고 자신이 남자라는 혐의를 벗을 수 있는 것도 아닌데 말이다.

나예린은 묘한 시선으로 비류연을 물끄러미 바라보았다.

"특이한 사부셨군요."

"확실히 독특했죠!"

물론 어떤 의미로는 굉장하다는 데 이견이 없는 비류연이었다.

"굉장히 지독한 술꾼에다가 아동 학대에 금전 갈취를 전문적으로 하시던 분이시죠. 당신께선 손가락 하나 까딱 안 하시고 모두 이 연약한 제자를 뼈가 삭을 때까지 부려먹다니……. 흑흑흑! 저의 비참한 과거가 다시금 떠올라 비통한 마음을 감출 수가 없군요. 확실히 그런 사부는 이 세상에 둘도 없을 겁니다."

비류연의 느닷없는 악담에 나예린의 눈이 새알처럼 동그랗게 떠졌다.

"풋! 자기 자신의 사부님을 그런 식으로 매도하는 사람은 처음이군요."

"하하! 전 항상 진실만을 말하거든요!"

비류연도 마주보며 웃었다

자신이 비류연 앞에서 두 번째로 웃었다는 사실을 나예린은 미처 자각하지 못했다.

첫 번째는 방심해서였다. 그렇다면 두 번째는 뭔가?

모닥불이 타오르며 불꽃을 토해 냈다. 일렁이는 불꽃에 벽면의 그림자가 심하게 흔들렸다.

비류연이 말했다.

"남자를 신용 못하는 건 좋아요. 어차피 이제 와서 전적으로 신용한다는 것도 무리죠. 하지만 피한다고 모든 일이 해결되는 건 아니에요. 우리 사부께서 왈왈(曰曰)하시길 뭐 무서워 피해 갔다가 등 뒤에 두고 껄끄러워할 바에야, 가루를 내든 초전박살을 내든 깔끔하게 박살을 내버리는 게 뒤통수가 시원하고 정신 건강에도 좋다고 했죠. 저도 사부의 왈왈(曰曰)엔 전적으로 동감이에요. 피하기만 해서는 일을 근본적으로 해결할 수 없어요!"

나예린은 고개를 돌려 비류연의 얼굴을 바라보았다. 비에 젖은 앞머리가 그의 눈을 완전히 가리고 있었지만, 그의 입가에 상냥한, 그리고 편안한 미소가 걸려 있었다.

나예린은 자신의 마음을 묶고 있던 엉켜진 씨실 하나가 스르륵 소리없이 풀리는 듯한 느낌이 들었다. 이유는 알 수 없었다. 그리고 별로 알고 싶지 않았다. 알아서는 안 될 것 같았다.

그러나 그것이 무슨 상관이란 말인가.

그녀의 붉은 입가에 환상적인 미소가 떠올랐다. 월옥의 조각상이 미소짓는 것만 같았다.

"굉장한 사부님이셨군요."

수많은 기인이사(奇人異士), 괴인괴걸(怪人怪傑)에 대해 들어 온 그녀로서도 선뜻 믿기 힘들 정도였다.

"굉장했죠. 두 번 다시 만나 보고 싶지 않을 정도로요. 지금은 또 얼마나 제자의 뼈와 살을 축내 가며 저축해 둔 돈을 술로 탕진하고 있을지…… 걱정이네요. 그 돈 떨어지면 쫓아올지도 모르는데……. 그랬다간 정말 큰 일이죠."

"네?"

어처구니없는 말을 아무렇지도 않게 내뱉는 비류연에게 그녀는 또 한 번 놀랄 수밖에 없었다.

어이없다는 표정으로 나예린은 비류연을 바라보았다. 자신이 알고 있는 남자에 대한 정의를 차례대로 부수는 비류연을 어떻게 대해야 할지 갈피를 잡을 수가 없었다.

그때였다.

"지이이잉!"

동굴 밖에 결계로 쳐놓았던 뇌령사가 가늘게 떨리며 경고성을 전했다. 결계 안으로 적이 침입해 왔다는 의미였다.

비류연의 눈썹이 살짝 꿈틀거렸다.

초대받지 않은 손님이었다. 둘만의 오붓한 한 때를 방해하는 불청객은 진심으로 사양이었다.

운사(運絲) 조율(調律).

비류연은 다섯 손가락을 활짝 폈다가 다시 주먹을 말아쥐듯 오므렸다. 현을 조율하듯 뇌령사를 조종하는 것이다. 나예린은 그의 이런 행동을 전혀 눈치채지 못했다.

비뢰도(飛雷刀) 오의(奧義) 비의(秘意)
결계(結界)의 장(章)
절박(切縛).

조여든 뇌령사의 거미줄 안에 걸려든 먹이의 몸부림이 실을 타고 확실히 전해졌다.
"지잉! 지잉!"
뇌령사가 심하게 요동치기 시작했다. 확실히 걸려든 것이다. 이렇게 된 이상 더 이상 도망치는 건 불가능했다.

종(終)!

심하게 요동치던 뇌령사가 떨림을 멈추고 이내 조용한 호수의 수면처럼 잠잠해졌다.
비류연은 오므렸던 손을 다시 폈다.
"무슨 일이 있나요?"
잠시 동안 뇌령사의 움직임에 신경을 쏟고 있던 비류연의 이상한 낌새를 눈치챈 것인지 나예린이 의아한 얼굴로 물었다.
"아뇨! 아무 일도 없어요."
비류연은 웃음으로 얼버무렸다.
굵었던 빗줄기가 점점 줄어 가며, 빗방울이 지면에 튕기는 소리도

잦아 들었다. 점점 약해져 가는 빗발과 밝아 오는 하늘 사이로 미약한 햇살이 어둠을 비집고 들어왔다.

날이 개였다.

비류연은 기분이 좋았다. 나예린과 자신 사이를 가로막고 있던 구름도 조금은 걷힌 듯한 느낌이 들었다. 둘 사이에 놓여 있던 절벽 사이의 간격(間隔)이 조금은 가까워진 듯한 느낌이었다.

과연 언제쯤이면 저편으로 건너뛸 수 있을 만큼 가까워질 수 있을까?

누구도 답해 줄 수 없는 문제였다.

암혼비영대의 실패
-실패! 실패! 또 실패!

"파삭!"
노인의 손에 들려 있던
찻잔이 맥없이 부스러져 내렸다.

　뇌종명의 얼굴은 분노로 어처구니없음에 부들부들 떨리고 있었다. 지금 내가 노망(老妄)이라도 든 거 아닌가 하는 생각까지 들었다. 비록 백 살이 넘었지만, 노망이 들려면 아직 몇 년은 더 남았다고 스스로 자부하고 있던 터였다.
　"지금 뭐라고 했나?"
　"완전 실패입니다. 목표의 손실은 전무합니다."
　이번에 들려 온 암혼비영대(暗魂飛影隊)의 실패 소식은 너무 어이없을 정도로 참담해 뇌종명은 예고대로 화낼 힘도 없었다.
　아무리 작전에 무리가 있다 해도 그 많은 인원과 전력을 투입하고도 아무런 성과를 거두지 못했다는 것은 시작부터 크나큰 잘못이 있었다는 이야기였다. 그것을 모를 만큼 뇌종명은 바보가 아니었다.

뇌종명은 자신이 엄청난 실수를 한 게 아닌가 하는 생각마저 들었다.

"생존자는?"

"아직 확인되지 않았습니다."

치사한이 대답했다. 아마 거의 대부분이 죽거나 생포되었을 것이다. 굳이 확인해 볼 필요까지도 없었다. 둘 사이에 긴 침묵이 이어졌다.

뇌종명은 수족이 잘려나간 듯한 느낌이었다.

"암룡대에 이어 암혼비영대마저 실패했는데 이제 어쩔 텐가?

무슨 다른 숨겨 둔 묘수라도 가지고 있나?"

뇌종명이 물었다. 머리에 열이 확 올라오는 느낌이었다. 그의 가슴속에서 살기가 꿈틀거리고 있었다.

그와 반대로 암혼비영대의 참담한 실패에도 불구하고 치사한은 동요하는 기색 없이 담담한 신색을 유지하고 있었다. 뿐만 아니라 그는 속으로 회심의 미소마저 짓고 있는 중이었다.

그는 안절부절 못하는 뇌종명의 모습을 보며 속으로 비웃음을 흘렸다.

'물론이지! 그들 정도로 막을 수 있는 정도의 실력이면 애당초 걱정하지도 않았으니깐! 그냥 놔둬도 12할 우리 쪽의 승리일 테니깐 말이야!'라고 말하고 싶은 생각이 굴뚝 같았지만 치사한은 꾹꾹 눌러 참았다. 그랬다가는 미친 황소처럼 광분하는 뇌종명을 보게 될 것이 뻔했기 때문이다. 늙은 소지만 미치면 무슨 짓을 저지를지 모르기에 치사한은 그저 이런 생각을 속으로만 삼켰다.

아직은 때가 아니었다.

치사한이 본심을 반의 반쯤 죽인 생각을 내뱉었다.

"그들은 미끼일 뿐입니다. 진짜 칼을 감추기 위한 미끼. 연막일 뿐이죠!"

"빠직!"

순간 뇌종명의 눈썹이 꿈틀거렸다. 자신의 수족 같던 애들을 미끼 취급하는데 기분이 좋을 리가 없었다.

"다른 좋은 생각이라도 있다는 말투로군!"

뇌종명이 반문했다. 그리고 그는 이 질문을 한 것을 곧 후회해야 했다.

"혈류도(血流刀)를 쓸 겁니다!"

"뭐라고!"

뇌종명이 자리에서 벌떡 일어나 눈을 부릅뜨고 경악성을 토해냈다.

"서……설마 자네! 천마뢰(天魔牢)에 감금되어 있는 그자를 쓸 셈인가?"

"안 될 이유라도 있습니까?"

오히려 반문하는 치사한이었다. 아무런 거리낌도 없다는 태도였다. 처음부터 이 일을 계획한 것이 분명했다.

"자네 미쳤나?"

"무척 정상입니다!"

뇌종명은 세차게 고개를 저었다.

"난 반대네! 그잔 너무 위험해! 그런 제정신도 아닌 광인(狂人)을 쓰겠다니 자네 제정신인가? 뒷수습은 어찌하려고 그러나?"

절대 허락할 수 없었다.

"말의 순서가 바뀌었군요. 그런 자이니깐 쓰는 겁니다. 나중에 변명할 때도 편하겠지요. 우리의 통제를 벗어난 자가 뇌옥(牢獄)을 탈출하여 멋대로 일을 저질렀다고 말입니다!"

들으면 들을수록 등골이 오싹해지는 말이 아닐 수 없었다. 하지만 광인인 이유 이외에도 뇌종명이 절대적으로 반대하는 이유가 또 하나 있었다. 이 문제에 비하면 광인이라는 이유 따위는 아무 것도 아니었다.

"자네 설마 그자가 그분의 핏줄임을 잊었단 말인가?"

"그럴 리가요! 제가 그 유명한 이야기를 잊을 리가 있겠습니까! 그자가 무신마 패천도 갈중혁, 그분의 손자 두 명 중 한 명임을 확실히 기억하고 있습니다! 제 기억력에 대한 걱정은 하지 않으셔도 좋습니다."

치사한은 확실히 기억하고 있음이 확인되었다.

혈류도 갈효봉

한때 마천각을 수석 졸업하여,
전무림인의 기대를 한 몸에 모았던 사내.
허나 어느 날부터 그는 갑자기 돌변하여
한 마리 제어할 수 없는 살인귀가 되었다.
무엇이 앞날 창창한 흑도의 별이라고까지 불린
그를 돌변시킬 수 있었을까? 이유는 아무도 모른다.

 자신의 눈 앞에 있는 모든 존재를 쓸어버리는 살인귀! 그의 칼은 무지막지할 정도로 날카로웠고 아무도 그것을 막아낼 재간이 없었다. 마천각의 십대 장로 중 네 명이 나서고서야 그를 제압할 수 있었다. 십대 장로들은 차마 그를 죽이지 못했다.

 옛정이 그들의 손속에 사정을 두게 한 것이다. 한때 그들의 밑에서 수업받고, 최고의 기재라 불리며 사랑 또한 한 몸에 받았던 촉망받던 인재였다. 어찌 과감하게 살수를 펼칠 수 있었겠는가.

 게다가 그는 무신마 갈중혁의 손자였다. 독단적인 처리란 있을 수 없었다. 그리하여 그는 천마뢰에 갇히는 죄인 신세가 되었다. 그리고 그날로부터 9년이 지났다.

이제는 하나 둘씩 사람들의 머리 속에서 잊혀져 가는 존재였지만, 아직도 그와 그의 끔찍한 손속을 기억하는 자는 많았다.

만일 갈효봉이 천마뢰를 탈옥하여 사단을 벌인다고 해도 변명하기는 쉬울 것이라는 게 치사한의 생각이었다. 어차피 9년 동안 천마뢰(天魔牢)에 갇혀 있던 자였다. 탈옥 기도가 한두 번 있었던 것도 아니었다. 이성이 건정하지 않더라도, 자유에 대한 욕구는 변함이 없는지 그는 끊임없이 탈출을 시도했다. 흡사 우리에서 빠져 나가려고, 이빨로 철창을 물어뜯고 벽을 할퀴는 한 마리의 야수 같았다. 벌써 몇 번째 독방 문을 갈았는지 모른다. 끊어진 쇠사슬을 교체한 것도 셀 수가 없었다. 독방도 벌써 열두 번이나 바꿨다.

갈효봉에게 점혈을 하고 금제를 가해도, 어느 새 그는 가해진 금제를 풀고 탈출을 시도했다. 특히 한 번 피가 끓어 광분하기 시작하면 그를 구속하던 쇠사슬도 썩은 새끼줄마냥 맥없이 끊어지기 일쑤였다. 그의 무위(武威)는 들쑥날쑥 종잡을 수가 없었다.

그렇다고 단전(丹田)을 파괴하고 근맥을 끊을 수는 없었다. 그것은 절대 용납되지 않는 일이었다. 다만 한 번의 탈출이 있을 때마다 좀 더 쇠사슬의 숫자가 늘어나고 굵기가 더 굵어졌을 뿐이다.

그러니 한 번 더 탈출을 기도한다 해도 이상할 것은 없었다. 물론 이번에는 그 탈출이 성공하는 게 지금까지와는 다르지만 말이다.

수옥 관리자 몇 명만 처벌하는 것으로 일단 양쪽의 눈을 덮을 수 있을 것이다.

갈효봉은 일종의 제물이었다. 갈효봉의 실력이 아무리 뛰어나다 해도 혼자의 몸으로 목표물 전부를 모두 죽이기란 애당초 불가능한 일이었고 기대하지도 않았다.

치사한이 필요한 건 그의 실력보다는 오히려 그의 신분 쪽이었다. 그가 어떤 이유로든 백도인의 손에 죽는다면 흑천맹에서 가만히 있을 리 없었다. 그는 누가 뭐라고 해도 전 흑천맹주(黑天盟主) 무신마(武神魔) 갈중혁의 손자이자 현 흑천맹주 패왕도 갈중천의 장남이었던 것이다.

치사한은 지금 꿩먹고 알먹고, 도랑치고 가재잡는 일석이조를 노리고 있었다.

무신마 패천도 갈중혁의 손자 혈류도 갈효봉의 죽음! 그의 죽음에 관련된 천무학관의 제자들!

그의 죽음은 정사 간의 문제로 비약될 수 있는 것이었다.

게다가 이번 일만 성공적으로 끝나면 무신마 갈중혁의 피는 여기서 끊긴다. 후계자가 사라지는 것이다. 치사한이 노린 것은 바로 이 점이었다.

그리고 뇌종명이 결코 이해하지 못하는 부분이기도 했다.

"그런데도 그자를 쓰겠다니? 자네 흑천맹의 권위(權威)에 정면으로 도전이라도 할 셈인가? 그분의 분노를 어떻게 감당하려고?"

백 년 전 갈중혁의 신위를 직접 지켜보았던 뇌종명은 누구보다도 그의 무서움을 잘 알고 있었다.

"이번 계획에 그자를 쓰는 이유 중 반 이상이 그의 출신 때문이지요. 그렇기에 그자는 더욱 가치가 있는 것입니다. 바로 제물로서의 가치가 말입니다."

뇌종명은 치사한의 얼굴에 떠오른 사악한 미소를 보자 온몸에 한

기가 치미는 듯한 느낌이었다.

"마침 뇌옥도 가깝고 하니 더욱 더 변명하기가 편하겠군요!"

자칫 잘못하면 거대한 혈풍을 동반할지 모를 일을 계획하며, 장난감을 가지고 노는 아이 같은 미소를 짓는 치시한이 더욱더 섬뜩하게 느껴지는 뇌종명이었다.

'내가 이놈을 잘못 봤단 말인가?'

뇌종명은 그동안 자신이 너무 치사한을 얕보고 있었는지도 모른다는 생각이 불현듯 들었다.

"이미 대공자에게 허가를 받아 두었습니다. 지금부터가 진짜 작전입니다."

치사한의 태도는 강경했다.

이제는 말리기를 포기한 듯 뇌종명이 물었다.

"거의 5년을 손도 못대 보고 있는 처지가 아닌가! 제어를 할 수 있겠나?"

갈효봉을 제정신으로 돌릴 수단이 있었으면 아마 예전에 사용되어졌을 것이다. 아직도 그리하지 않고 있다는 것은 방법이 없다는 것이나 마찬가지 이야기였다.

"제정신으로 돌리는 방법이야 없지만 심령을 제압해 우리의 의도대로 움직이게 할 수 있습니다."

무척이나 위험한 방법이었고, 당사자에게 걸리는 위험이 너무 컸다.

"그 정도로 뛰어난 섭혼술자(攝魂術子)가 있나?"

뇌종명이 물었다.

"천지쌍살(天地雙殺)을 보내도록 하죠!"

치사한이 태연하게 대답했다. 그의 대답을 들은 뇌종명의 눈이 경악으로 부릅떠졌다. 백 살 넘은 노인네가 심장에 부담가게 오늘 너무 여러 번 경악하고 있었다.

"천지쌍살(天地雙殺) 초혼검(招魂劍) 명왕도(冥王刀)를 말인가?"

뇌종명이 이렇듯 사색이 되어 놀라는 것도 당연했다. 천지쌍살이라면 최강 전력 중 하나며 그 둘의 무력만 해도 일반 무인 3백 명을 합쳐놓은 것보다 나을 정도였다. 그뿐인가…….

이들이 움직인다 하면 그의 휘하에 있는 초혼대(招魂隊)와 명왕대(冥王隊)가 함께 움직인다는 말과 동일했다.

그 잔인한 손속 때문에 강호의 공분(公憤)을 살까 봐 발을 묶어두고 있었는데……. 지금 치사한은 그런 자들을 쓰겠다고 서슴없이 말하고 있는 것이다.

"그건 너무 은밀성이 떨어지지 않겠나?"

뇌종명이 보기에 지금 치사한의 행동은 의도적으로 일을 크게 만들고 있는 것처럼 보였다.

'착각이겠지…….'

그는 자신의 마음 속에 솟아오르는 의문을 애써 부정했다.

"괜찮습니다. 일을 끝낼 땐 화끈하게 끝내는 게 좋겠지요."

치사한은 단호한 표정을 지으며 말했다.

"골육상잔(骨肉相殘)이라니! 아아, 너무나 슬픈 비극이로군요!"

과장스런 몸짓을 취하며 말하는 그의 입가에 으스스할 정도로 괴이한 미소가 걸렸다. 뇌종명은 왠지 오싹한 느낌이 들었다.

자신의 집무실로 돌아온 치사한은 종을 울려 부하인 천리호리를 불렀다.

　천리호리는 치사한이 부르자마자 냉큼 달려와 그 앞에 부복했다.

"요즘 천지쌍살(天地雙殺)은?"

"예! 요즘 수라전에서 소일하고 있습니다."

"그래? 그쪽은 내가 직접 만나도록 하지! 콧대가 워낙 높고 안하무인인 인물들이니 직접 상대해야겠어! 그리고 지금 즉시 쌍살대(雙殺隊)에게 총소집령(總召集令)을 발령(發令)시키도록!"

"싸, 쌍살대 전원을 말입니까?"

　천리호리가 놀라는 게 당연했다. 쌍살대라 하면 천지쌍살 직속 무력 집단 초혼대와 명왕대를 합쳐서 부르는 말이었다.

　이들은 흑도에서조차 공포로 불리고 있는 천지쌍살이 직접 키운 자들로, 암혼비영대가 대단하다 하지만 전면전에 있어서는 쌍살대에 한참이나 미치지 못했다.

'전쟁이라도 치르려는 것인가?'

　이런 의문이 드는 것도 무리가 아니었다.

"언제부터 자네가 내 말에 반문하게 되었나?"

　치사한의 어투가 냉랭해졌다.

"죄, 죄송합니다."

"퍽!"

　천리호리가 얼른 바닥에 머리를 찧으며 비굴하게 사죄했다.

　잠시 경멸어린 시선으로 그들을 바라본 치사한이 품 안에서 한 통의 서찰을 꺼내 천리호리 앞으로 던졌다.

채융은 서찰이 바닥에 떨어지기 전에 얼른 두 손으로 받아들었다.

"그 서찰을 천마뢰옥주(天魔牢獄主) 사망도(死亡刀) 초상유에게 보내 앞으로 찾아갈 사람에게 모든 편의를 제공하라 일러라. 가능한 한 은밀히 직접 전해라!"

"예!"

"급편으로 처리하도록!"

"복명(復命)!"

천리호리 공유국은 부복하여 예를 표한 다음 방을 빠져 나갔다. 그의 이마로부터 한 줄기 핏물이 흘러 내렸다.

"흐흐흐, 이제부터가 진짜 시작이다! 모든 것은 지존(至尊)하신 그분의 뜻대로!"

치사한의 눈에 차가운 한광(寒光)이 어렸다.

천마뢰(天魔牢)

천마뢰(天魔牢)!
칠흑(漆黑) 같은 어두움!
음습하고 축축한 습기,
이끼 낀 차가운 돌벽으로 올라오는 싸늘한 냉기,
그리고 결정적으로 암흑(暗黑)의
모든 공간 속에 파고들어간 죽음의 냄새.

섬서성(陝西省) 수양산(首陽山) 깊숙한 곳에 자리한 은밀하면서도 치명적인 수옥! 천마뢰(天魔牢)!

이곳은 항시 죽음이 상존하는 깊고 어두운 장소였다.

수양산 깊숙한 곳에 존재하는 천마뢰는 흑천맹과 마천각 내에서도 대죄를 지은 특급 죄수들만이 갇히는 곳으로 맹과 각 내에서도 악명 높기로 이름난 곳이었다.

죄지은 자만이 들어가는 곳, 한 번 들어가면 좀처럼 살아 돌아올 수 없는 마의 장소, 공포와 광기, 죽음이 어둠과 함께 공존하는 공간, 그 으스스함과 음습함에 절로 소름이 돋는다.

차갑고 눅눅한 습기, 어둠이 짙게 드리워진 시야. 길고 어두운 통로에서 일렁이는 불빛이 만들어내는 그림자가 더욱 기괴하게 보인다.

절그렁거리는 쇠사슬 소리, 삐걱거리는 철문 소리, 간간히 들려 오는 출처를 알 수 없는 괴성, 모든 것이 일상에서 벗어난 것들뿐이었다.

"쾅! 쾅! 쾅!"

철문이 강한 충격에 뒤틀리는 듯한 소리가 수옥 안을 울렸다. 사방이 폐쇄된 지하이기 때문에, 반향되어 들려오는 소리는 귀를 울릴 만큼 크고 괴이했다.

"또 시작이군!"

이 천마뢰의 간수 중 한 명인 조연일이 귀를 감싸쥐며 인상을 찌푸렸다. 그렇지 않아도 사나운 그의 인상이 더욱 험상궂어졌다.

그의 투덜거림으로 보아 이런 일은 한두 번 있었던 게 아닌 모양이었다.

"난 저 소리를 들을 때마다 으스스하다고!"

조연일이 짜증섞은 어조로 말했다.

"누가 아니래나, 난 꼭 지옥의 유부에서 마귀가 울부짖는 소리처럼 들린다네. 이러다가 신경 쇠약증에 걸리겠어!"

내심 불만인 건 조연삼도 마찬가지였다.

"도대체 저 안에 갇힌 이가 누구이기에 이렇듯 감시가 심한지 알다가도 모를 일이세!"

"쉿!"

조연일이 친구 조연삼의 입을 급히 막고 손가락을 입에 대어 보였다. 세 치 혀는 모든 화의 근원이니 말조심하라는 표시였다.

"말조심하게! 저 특별옥 안에 갇혀 있는 사람에 대해선 누구도 알려 해서는 안 된다는 말도 모르나? 알려 하지 말게! 세상엔 알아서 좋은 일이 있는 반면, 때로는 모르는 게 보약 세 첩과 동일한 이야기도 있다네."

친구 조연일의 충고에 조연삼은 당장에 자신의 입을 가려 버렸다. 그의 최대 목표는 장수하는 것이었기 때문이다. 그러나 그는 그 목표를 끝내 이루지 못했다.

"쾅! 쾅! 쾅!"

여전히 소리는 그치지 않고 있었다. 금방이라도 철문을 부수고 나올 것 같은 무시무시한 소리였다.

언제 봐도 섬뜩한 느낌이 드는 야수같이 이글거리는 안광이었다. 언제나 죽음 가까이 살고 있고 손짓 하나로 수십 명의 생사를 결정하는 자리에 있는, 천살마저도 순간적으로 움츠러들 정도로 강렬한 살기를 내포한 눈빛! 모든 것을 죽음으로 몰아가고야 말겠다는 붉고 차가운 의지가 전신에 감돌고 있었다.

사내는 한 마디로 살의와 광기의 집약체라 불리우기에 손색이 없었다.

혈류도(血流刀) 갈효봉(葛梟鳳)! 7년 전 88명의 마천각 문도를 아무런 이유없이 도륙한 희대의 살인마.

그리고, 12년 전 마천각 최고의 기재!

단 한 번의 패배가 백 년 만의 흑도 제일 기재로 촉망받던 그의 인생을 피로 칠갑한 한 명의 살인귀로 변모시켜 놓았다.

　비극의 시작은 9년 전 있었던 화산 규약 지회부터였다.

　당시 모든 흑도인들이 이번 화산 규약의 패배 원인은 혈류도 갈효봉에게 있다고 입을 모았다. 어느 누구도 이 의견에 이의를 제기하지 않았다.

　그가 그때 졌기 때문이 아니었다. 그가 참가하지 않았기 때문에 흑도가 백도에게 졌다는 것이 그 이유의 골자였다.

　100년 만의 최고 기재로 칭송받던 그가 화산 규약 지회를 앞두고 돌연 폐관 수련을 선언한 것이다. 남들이 보기에 그는 자신에게 지워진 모든 책임과 영광을 내팽개친 거나 다름없었다. 당시 천무학관 제일 기재였던 광휘검(光輝劍) 전휘문에게 맞설 수 있는 이는 그 한 사람 밖에 없었던 것이다. 그리고 이겨 줄 사람도!

　그러나 갑작스레 온 흑도에 충격을 던져 주며 잠적에 가까운 폐관 수련을 결정한 그의 속마음을 아는 이는 아무도 없었다.

　정사(正邪)의 자존심을 건 화산 지회는 정파의 우승으로 돌아갔다. 갈효봉이 빠진 이상 이미 예견된 일이었다.

　그는 마천각과 자신의 뿌리인 흑천맹의 죄인이 된 것이다.

　폐관 수련에 들어간 그는 처절할 정도로 자신을 채찍질하며 무섭도록 단련했던 것 같다.

　갈효봉이 연공실에 틀어박혀 무공에 전념하기를 3년!

　햇살도 눈부신 한여름의 오후에 비극은 일어났다.

　폭발 소리와 함께 연무장 입구가 무너져 내림과 동시에 그 안에서 피에 굶주린 한 명의 야수귀가 뛰쳐나왔다.

한 마리의 살인귀가 되어 나타난 그는 보이는 족족 사람들을 닥치는 대로 베어 넘겼다.

그 존재가 마천각의 무사부든, 후배든 괘념치 않고 그의 도는 한 치의 오차도 없이 냉정하게 그들의 생명을 베어 넘겼다. 비록 의지가 상실된 상태였지만, 그 동안의 수련이 헛되지 않았다는 것을 보여주기라도 하듯 그의 도는 엄청나게 강해져 있었다. 일반 관도들이 떼로 몰려들어 막아낼 수준이 아니었다.

피가 강을 이루고 시체가 산을 이루었다.

비상 종을 듣고 달려나온 십대 장로가 나서서야 겨우 그를 제압할 수 있었다.

십대 장로도 그를 생포하기 위해 적잖은 부상을 입어야 했다. 십대 장로 중 사망자가 없는 게 천운으로 여겨질 정도였다.

갈효봉이 생포되기는 했지만 그의 죄를 생각하더라도 차마 죽일 수는 없었다. 그럴 생각이면 애당초 죽이고 말지 십대 장로들이 손해를 무릅쓰며 생포하지도 않았다. 함부로 죽음을 내리기엔 그의 배경이 너무나 거대했다.

그는 전흑도의 우상이자 살아 있는 신인 무신마 패천도 갈중혁의 손자 중 한 명이었던 것이다.

주화입마에 빠져 의지를 상실한 그를 되돌릴 방법은 당시로서는 없었다.

장장 한 달에 걸친 거듭된 논의 끝에 처벌이 결정되었다. 의지가 돌아올 때까지 불귀옥이라고까지 불리우는 천마뢰(天魔牢)에 그를 감금하기로 한 것이다.

만일 정신이 돌아오지 않는다면 죽을 때까지 가두어 두겠다는 것과 마찬가지인 소리였다.

갈중혁의 얼굴을 봐 쇠사슬에 의한 속박 이외의 금제는 하지 않은 채 갈효봉은 천마뢰에 감금되었다.

그날부터 천마뢰에는 최고의 골칫덩어리가 하나 생기게 되었다.

천지쌍살(天地雙殺)

"저기가 바로 그자가 잡혀 있다는 천마뢰인가?"
앙상하게 마른 노인 하나가
어둠 속에 몸을 숨긴 채 지나칠 정도로
뚱뚱한 노인에게 물었다.
참으로 대조되는 두 사람이었다.
"허허허! 확실하네!"

"젠장! 그 치사한인지 치졸한인지 하는 어린 놈이 감히 노인네를 이런 외딴 곳으로 보내다니……. 다음에 만나면 경을 치든지 해야지!"

연신 투덜거리는 마른 노인의 눈에는 기이한 요광이 흐르고 있었다. 결코 평범한 사람의 눈동자가 아니었다. 정상인은 절대 지닐 수 없는 눈빛이었다.

"벌써 탈출 시도만도 열 번이 넘었다고 하던가?"

"그래? 대단하군. 그런데도 금제를 해 놓지 않았단 말인가? 그건 좀 이상하군!"

"확실히 대단하지. 역시 피란 속일 수 없는 건가?"

"그 정도가 되니 제물로 삼기에 적당한 것이겠지."

"허허허! 맞는 말일세! 제물은 가치가 높을수록 효과가 큰 법이지! 암, 그렇고말고!"

비대한 체구를 지닌 노인의 눈에는 여전히 웃음이 사라지지 않고 있었다. 원래 그는 사람을 죽일 때조차도 만면에 웃음을 잃는 법이 없었다. 노인은 그런 사람이었다.

마른 노인이 물었다.

"그럼 들어갈까?"

그러자 비대한 노인이 대답했다.

"자네의 초혼섭령술(招魂攝靈術)을 오랜만에 구경하겠군!"

두 사람은 함께 천마뢰로 걸음을 옮기기 시작했다.

팽팽한 긴장 상태 속에서 위태롭게 평화를 유지하던 무림에 대격변을 일으키는 한 걸음이었다.

"끼이이익!"

지금 이 천마뢰의 가장 깊숙한 독방이 열렸다.

'초혼섭령술(招魂攝靈術)'

일곱 자루의 향에서 피어나오는 붉은 향이 감옥을 가득히 채웠다.

"찌르릉! 찌르릉!"

노인의 손에 들린 은령(銀鈴)이 신들린 듯 울리며 심령(心靈)을 뒤흔들었다.

"누구인가? 너는?"

노인의 입에서 깊고 어두운 유부(幽府)에서나 흘러 나올 듯한 음습한 목소리가 흘러 나왔다.

"크으으으으!"

묵직해 보이지만 곳곳이 우그러들어 있는 철문 안쪽의 사내가 노인의 말에 반응하며 신음을 흘렸다.

넝마처럼 찢어지고 해어진 옷! 온몸 곳곳에 굳어 있는 피! 그리고, 해어진 옷 틈 사이로 보이는 무수히 많은 자잘한 상처들! 산발된 머리카락 사이로 언뜻 보이는 눈에 광기(狂氣)가 어려 있었다.

사내는 광인(狂人)이었다.

지금 이 사내의 모습 어디에도 왕년의 흑도 제일 기재의 모습은 발견할 수 없었다. 사지에 하나씩도 부족하다고 느꼈는지 일반 족쇄보다 두 배는 족히 되어 보이는 족쇄에 굵은 쇠사슬이 두 개씩이나 달려 있었다.

사지에 주렁주렁 족쇄가 채워진 봉두난발의 죄수 눈 앞에는 몇 명의 초상화가 두둥실 떠 있었다. 놀랍게도 초상화에는 모용휘와 청흔, 그리고 비류연과 효룡의 얼굴이 세밀하게 그려져 있었다. 붓선으로 판단해 보건대 세 명의 초상화를 제외한 효룡의 초상화를 그린 사람은 다른 사람인 모양이었다.

"크으으으으……."

사내는 머리가 부서질 듯한 괴로움에 신음성을 토해냈다.

그의 콧속으로 흘러 들어오는 기묘한 향기와 심령을 뒤흔드는 소리가 그의 시선을 초상화들로부터 떼지 못하게 만들고 있었다. 의도

하지 않는데도 불구하고 초상화의 그림들이 그의 뇌리 속 깊숙이 각인되었다.

다시 노인의 입이 열리며 힘있는 말이 흘러 나왔다. 지금 노인은 말로써 상대의 심령을 제압하려 하고 있는 것이다. 식사와 함께 먹인 초혼단(招魂丹)이나 섭혼향(攝魂香), 그리고 광혼령(狂魂鈴)은 말을 돕기 위한 부수물에 불과할 뿐이었다.

"누구냐? 이들은?"

"크으으으…… 적(敵)! 죽여야 할 자!"

노인의 눈에 맺힌 요광이 더욱 새파랗게 빛나기 시작했다. 그의 초혼섭령술(招魂攝靈術)이 절정에 들었다는 표시였다. 언제 보아도 흥미진진하고 오싹한 광경이라고 뚱뚱한 노인은 생각했다.

"무엇이냐? 너의 할 일은?"

"멸(滅)!"

사내가 대답했다. 이제는 쇠사슬의 쩔그렁 소리도 들리지 않았다. 반항을 멈춘 것이다.

이제 노인의 말이 사내의 심령을 완전히 제압한 것이다. 노인이 마지막으로 물었다.

"어디냐? 네가 가야 할 곳은?"

갈갈이 찢겨진 초상화 조각이 감옥 안에 흩날리는 가운데 사내가 한 자 한 자 또박또박 내뱉었다.

"무(武), 당(當), 산(山)!"

효룡과 무흔 일호와의 접선

"왔는가?"
사람의 발길이
좀처럼 닿지 않는 음침한 절벽의
가장자리에 도착한 효룡이
뒤도 돌아보지 않은 채 말했다.
비문(秘文)이 가리키는 장소는 이곳이 분명했다.

효룡은 암습에 대한 정찰을 핑계로 나와 있던 터였다.

정체 모를 복면인들의 암습이 있은 이후 주변 경계가 더욱 삼엄해져 있었다. 함부로 수상한 행동을 보일 수는 없었다.

"예!"

어느새 그의 등 뒤로 나타나 부복한 무흔 일호가 짧지만 강렬하게 대답했다. 비각 최강의 조직인 무흔비영대의 대주인 그의 이러한 태도는 언제나 그에게 부담스러움을 안겨 주었다.

아마 금성철벽의 천무학관을 제집 드나들 듯 할 수 있는 사람은 아마 자신의 등 뒤에 부복하고 있는 이 사람밖에 없다는 것이 효룡의 생각이었다. 벌써 올해만 해도 소식이 끊어진 비선(秘線)이 다섯을 넘었다. 과연 천무학관은 방심할 수 없는 존재였다. 한 순간의 실수도 용납하지 않는다.

"갑자기 비문을 남긴 이유가 무엇이지요?"

이런 외진 곳에서는, 공간과 행동 반경이 한정되어 있기 때문에 오히려 타인의 시선을 끌기가 쉬웠다. 때문에 웬만해선 무흔 일호가 먼저 연락 암호를 남기는 경우는 드물었다.

그것은 곧 반드시 알려야만 할 중대한 일이 발생했다는 것과 동일한 맥락의 이야기였다.

게다가 그동안 몇 번 있었던 수상한 암습에 대해 조사를 부탁해 놓은 것도 있었다.

"저… 각에서 수상한 움직임이 있습니다. 왠지 암류가 흐르는 듯한 느낌입니다."

"수상한 암류(暗流)라면 그 정체를 알 수 없다는 이야기입니까?"

의아한 어조로 효룡이 되물었다. 무흔 일호는 기밀의 최상층부까지 접근 가능한 인물이었다. 그런데 그가 그 실체를 알 수 없는 암류라니…….

"송구스럽습니다. 삼공자! 제 부덕의 소치입니다."

무흔 일호의 암흑에 묻힌 듯한 얼굴이 땅으로 푹 수그려졌다. 그는 진심으로 송구스러워하고 있었다.

"그렇다면, 가장 윗선에서 일어나는 이야기라는 거군요! 설마 대공자 측이?"

번쩍 뜨인 눈으로 효룡이 무흔 일호를 쳐다보았다. 만일 그의 예상대로라면 일은 생각보다 심각할지도 모른다.

"그럴 가능성도 배제할 수 없습니다. 이번 암습건만 해도 혐의를 벗어날 수 없을 겁니다. 아무래도 수뇌부가 연관되어 있는 것 같습니다. 이럴 때 삼공자의 형님 분만 있었어도……."

비통한 심정으로 무흔 일호가 이를 악물며 씹어뱉듯이 말했다.

조용하던 효룡이 버럭 호통을 쳤다.

"조용하세요. 형님의 이름은 각(閣)과 맹(盟), 모두에서 금기시된 이름입니다. 아무리 우리 둘만이 있다고는 하나 성급한 일입니다."

"제가, 제 입이 너무 경솔했습니다."

아차 하는 기색으로 무흔 일호가 고개를 숙이며 사죄했다. 그 이름 앞에 누구보다 가장 상처받을 이가 바로 눈 앞에 있는 사람임을 잠시 잊고 실언(失言)을 한 것이다.

"괜찮습니다. 그것보다 앞으로 각(閣)의 동향에 좀더 주의를 기울여 주세요."

"존명!"

"스륵!"

'만났다 헤어질 땐 흔적을 남기지 않는다.'

내연의 관계를 은밀히 유지하고 있는 남녀와 밀정과도 같이 지켜야 할 최고의 철칙을 착실히 지키며, 무흔 일호는 나타났을 때와 마찬가지로 은자들의 모범처럼 은밀하고 감쪽같이 자연 속으로 몸을 숨겼다.

"하아! 언제나 부담만 주고 사라지는군! 저 사람은!"

효룡은 처량한 한숨을 내쉬었다.

무흔 일호의 공경스러운 자세는 언제나 그의 마음 속에 부담을 안겨 주고 있었다.

언제나 그는 자신에게서 할아버지의 모습을 투영하는 것 같다. 어차피 난 그분의 피를 이었으되 능력만은 제대로 이어받지 못한 자신이었다. 그런 불량품인 자신에게서 전 흑도의 우상이자 신화인 할아버지의 그림자를 투영하는 것은 언제나 그를 부담스럽게 했다.

할아버지의 재림은 그의 하나뿐인 형에게나 어울리는 말이었고, 그나마 지금은 그 이름에 어울리는 이가 아무도 없었다.

"……형!"

이제는 불러도 대답해 주지 않는 형이었다. 5년 전 그날 이후로…….

그때였다.

"채챙! 챙!"

'검격음(劍擊音)?'

분명히 검과 검이 부딪칠 때 나는 검격음이 분명했다. 게다가 소리로 미루어 보았을 때 상황이 심상치 않음을 직감적으로 느낄 수 있었다.

'장소는? 이런!'

장소는 분명 합숙 훈련소가 있는 곳이었다. 아무래도 또다시 습격이 시작된 모양이다.

"콰콰콰쾅!"

'젠장! 이번엔 기폭음(氣爆音)까지?'

설상가상으로 이번엔 강기(剛氣)와 강기가 부딪쳤을 때만 나는 기폭음까지 들려 왔다. 산이 진동하는 듯한 느낌이었다.

'얼마나 강한 놈들이 쳐들어왔기에?'

기폭음이 들린다는 것은 적어도 강기 수준의 무공을 쓸 수 있는 자가 왔다는 게 분명했다. 이전까지의 암습자들과는 차원이 다른 놈들이 온 것이다.

"젠장 도대체 얼마나 강한 놈이 투입된 거야?"

효룡은 합숙 훈련소 방향을 향해 급하게 신형을 움직였다.

어떤 어두운, 기구한 운명이 자신을 향해 손을 뻗치고 있는지 모른 채!

'친구를 죽게 할 순 없어!'

그의 신형이 점점 더 빨라졌다. 역시 이런 음습한 일은 체질에 맞지 않았다.

세 번째 암습

존경하고 경애하는 검존 공손일취로부터
막중한 임무를 부여받고 임무 수행 중인
비영각 추혼대 대주 천리추종 수독거는
요즘 머리에 쥐가 날 것 같았다.
자신의 두 눈으로도 믿기 힘든 일이
벌써 두 번씩이나 일어난 것이다.

다행히 피해는 없었지만, 암살 전문가들이 분명했다. 그러니 비선에 종사하면서 이런 일은 그냥 지나칠 수는 없는 일이었다.

그래서 수하들을 풀어 뒷조사를 시켰지만 아직까지 별다른 단서를 확보하지 못하고 있었다.

밀명을 수행 중이라 호북 분타에 협조 요청도 하지 못한 채 이러지도 저러지도 못하고 안절부절 못할 뿐이었다.

'왜 이 일을 맡고부턴 제대로 풀리는 일이 하나도 없는 것일까!'

속이 답답했다.

'도대체 어떤 놈들이기에 천무학관의 관도들을 노린단 말인가?'

자칫 잘못하면 백도 전체를 적으로 돌릴 수도 있는 위험을 안고 있는 일이었다. 이런 일을 서슴없이 저지른 놈들이 보통의 조무래기들일 리가 없었다. 게다가 시체에도 흔적을 남기지 않는 것으로 보아 얼마나 철저한 훈련 속에 단련되어 온 놈들인지 쉽게 짐작할 수 있었다.

이런 실력을 지닌 사람들을 이 정도 크기로 부릴 수 있는 곳은 단 두 곳밖에 없었다.

'역시 그들이란 말인가?'

하지만 이 두 곳은 둘 다 너무나 엄청난 곳이라서 추측만으로는 문제 제기를 쉽사리 할 수 없었다.

그때였다.

"크윽!"

단말마의 비명은 짧았다. 무의식중에 고개를 돌린 수독거의 눈에 믿기 힘든 광경이 들어왔다.

웬 비쩍 마른 키 큰 노인 하나가 장난스럽게 추혼대 대원 한 명의 목에 쇠꼬챙이 같은 검을 밀어넣고 있었다. 마치 장난이라도 치는 것 같았다.

"이런! 이런! 주위에 꼬인 파리떼들도 처리하란 이야기는 못들었는데? 이 잡것들은 도대체 뭐야?"

앙상하게 마른 노인이 쉬지 않고 검을 놀리며 투덜거렸다.그러자 비쩍 마른 노인의 뒤에 서 있던 비대하게 살찐 노인이 후덕한 웃음을 지으며 그를 달랬다.

"참게! 겨우 이 정도 애송이들이야 덤으로 처리하면 되는 거 아닌가!"

"초과 업무로군! 그 녀석 하나 조종하는 것만으로도 힘들어 죽겠는데 자넨 옆에서 구경이나 할 셈인가?"

"허허허! 엄살 떨지 말게나! 겨우 이런 피라미들 잡는데 무슨 기력이 소모된다고 죽는 소리하나. 그러니 자네가 살이 안 찌는 걸세!"

"그러니 자네가 살이 안 빠지는 거지!"

홀쭉한 노인이 퉁명스레 대꾸했다. 뚱뚱한 노인은 여전히 웃고만 있었다.

두 사람은 마치 놀러라도 나온 사람들 같았다.

"컥!"

입으로는 연신 투덜거리면서도 노인은 손으로는 잠시도 자신의 일을 쉬지 않았다.

검을 뽑아 미처 몸을 방비하기도 전에 강팍한 노인의 손에 들린 검이 수하들의 숨통을 사이좋게 끊어 놓았다. 비쩍 마른 노인의 손속은 너무도 빠르고 깔끔했다.

노인의 무시무시한 일검에 수독거는 속수무책일 수밖에 없었다. 그동안 고락을 같이 해 오던 수하들이 거미줄에 걸린 나비들처럼 옴짝달싹 못하고 숨통을 노인의 칼날 아래 내어 주었다.

"지켜만 보고 있으려니 심심하군."

그제서야 곁에서 강건너 불구경하듯 지켜보기만 하던 뚱뚱한 노인이 도를 빼들었다. 보기에도 육중하게 생긴 거도(巨刀)였다. 그가 단숨에 거도를 휘둘렀다.

"부우웅!"

"콰직!"

"크아아악!"

노인의 일도(一刀)는 벤다기보다는 때려부순다는 느낌이었다. 도를 휘둘러 파리잡듯 사람을 때려잡는 그 모습은 공포스럽기 그지없었다.

"서…설마!"

비각에 몸 담고 있는 사람의 한 명으로서 수독거는 노인들의 정체를 머리 속에 떠올릴 수 있었다.

푸짐하게 살찐 뚱뚱한 노인과 비쩍 마른 노인 둘이 짝을 이루는 사람 중에 이만큼 잔혹하고 깔끔한 솜씨를 지닌 이들은 단 하나밖에 없었다. 그들은 이쪽 업계에서도 기피의 대상으로 치부되는 인물들이었다. 같은 흑도에서조차도 꺼리는 인물!

그렇다면 저 노인들은…….

"천지쌍살(天地雙殺)! 초혼검(招魂劍) 명왕도(冥王刀)!"

수독거의 입에서 경악성이 터져 나왔다.

앙상한 나뭇가지처럼 키가 크고 비쩍 마른 노인이 바로 천살(天煞) 초혼검이었고, 비대할 만큼 푸짐하게 살찐 노인이 바로 지살(地煞) 명왕도였다. 흑도에서 우는 아이도 뚝 그친다는 악명의 소유자였다.

'아니, 5년 전에 자취를 감추었다는 저 노괴(老怪)들이 갑자기 어디서 튀어나온 것이란 말인가?'

자신의 예상이 맞다면 잘못 걸려도 한참 잘못 걸린 것이다. 이대로는 승산이 없었다.

"호호호! 꽤나 똑똑한 아해구나! 정답이다. 그럼 상을 주어야겠지?"

안타깝게도 수독거의 예상은 적중했다.

천살(天煞)이 괴소를 흘리며 수독거를 바라보았다. 수독거는 소름이 오싹 돋았다. 천살의 눈에는 요광(妖光)이 번뜩이고 있었다. 사람의 것이라고는 믿기 힘들 정도로 사이(邪異)한 눈빛이었다. 요사하다는 표현이 딱 들어맞았다.

'정면으로 부딪치면 승산이 없다!'

믿을 건 다리밖에 없었다.

"파앗!"

수독거는 체면 차리지 않고 다급히 신형을 뒤로 뺐다.

도주(逃走)!

비밀 첩보에 종사하는 사람에게 죽음을 불사하는 백절불굴(百折不屈)의 정신은 미덕(美德)이 아니었다. 어떤 치졸한 수를 써서라도 끝까지 살아남아 소식을 전하는 것! 이것이야말로 첩보에 종사하는 사람에게는 지상 최대의 과제였다.

"건방지구나!"

벌써 오장 이상 신형을 뒤로 뺀 수독거를 향해 천살이 검을 내뻗었다. 광시(光矢) 같은 검기가 쇠꼬챙이 같은 그의 검봉(劍鋒)으로부터 튀어나와 섬전처럼 날아갔다. 감히 천지쌍살 앞에서 몸을 빼려 하다니 너무 건방졌다.

"어떤가?"

지살이 물었다.

"놓쳤군!"

천살은 잠시 자신의 손을 내려다 보고는 대답했다. 설마 놓칠 줄이야……. 체면이 말이 아니었다.

"허허! 쥐새끼가 보기보다 재빠르군! 아니면 자네의 솜씨가 녹슨 건가?"

"너무 오래 쉬었는지 모르지."

"쫓을까?"

지살이 의견을 물었다.

"됐네! 자네의 다리면 충분히 잡을 수야 있겠지만, 지금은 그것보다 더 중요한 일이 있지않나. 애들 중 하나를 보내지. "

"그렇군!"

"그놈은 절대 살아날 수 없을걸세!"

천살이 단호하게 말했다.

괴인의 등장

모용휘는
검날을 따라 햇살이 빛나는
자신의 검을 바라보고 있었다.
이번 일행 중 가장 무진자의 수행 방법을
잘 따르고 있는 이가 바로 모용휘였다.

주위 사람들이 눈을 의심할 정도로 모용휘는 무진자의 수행 방법을 철저하게 따르며 수련에 정진했다.

주위에서 사람이 아니라는 이야기가 나오는 것도 당연했다. 그는 청혼마저도 따라할 수 없는 무진자의 수련 방법을 유일하게 몸으로 쫓아가고 있었다.

그에 따른 영향인지 그의 검초 또한 날이 갈수록 정확해지기 시작했다. 그러나 아직은 조부로부터 사사받은 검법의 오의를 완전히 체득하지 못한 것에 대해 스스로 자책하는 모용휘였다.

"어떻게 하면 은하류 개벽검의 최종 오의를 체득할 수 있을까?"

스스로의 마음에 질문을 던져 보지만 아직 답은 나오지 않았다. 분명 형태가 아닌 제3의 무엇인가가 존재한다. 하지만 아직 그 무엇이 뭔지 아직은 명확하게 갈피가 잡히지 않았다.

그가 요즘 골똘히 생각하고 있는 것은 청혼이 삼성무제 때 보여 주었던 삼정태극검혜(三情太極劍慧)의 마지막 초식이었다. 자신의 은하류 개벽검과 부딪쳐도 물러서지 않은 검초!

삼정태극검혜 무극검(無極劍) 진의(眞意) 합일(合一)!

모용휘에게는 엄청난 충격이었다.

자신의 조부인 검성 모용정천이 새로 창안한 검법과 같은 수준의 검법이 세상에 존재할 줄 전혀 예상치 못했던 탓에 그 충격은 더욱 컸다. 물론 아직 자신의 배움이 얕다는 자책감도 들었다.

주위에서 아무리 치켜세워 주는 공인 천재지만 항상 그는 자만하는 법이 없었다. 그가 올라야 할 목표는 너무나 높은 곳에 있었기에 가야 할 길은 너무나 멀었다.

일생 일대의 목표인 검성에 비할 때 얼마나 자신이 보잘 것 없는지를 아는 모용휘는 자만하기에는 아직 이르다는 사실을 확실히 자각하고 있었다.

그 때문에 어떻게 하면 청혼이 보여 주었던 초식을 깰 수 있을지가 요즘 모용휘에 있어서 최대의 과제였다. 이 점은 모용휘뿐만 아니라 청혼도 마찬가지였다.

청혼도 마찬가지로 삼성무제 검성전 결승 때 보여 주었던 모용휘의 은하류(銀河流) 개벽검(開闢劍) 최종비의(最終秘意) 은하성시(銀河星矢) 우주홍황(宇宙洪荒)을 깨기 위해 심혈을 기울이고 있었다.

우선 자신의 눈 앞에 놓인 장애부터 넘어야 더 높은 장애에 도전할 자격이 생기기 때문이다.

　이런 상태다 보니 둘의 무공이 일취월장하는 것은 당연한 일이었다. 이들은 서로 다른 쪽 구석에 처박혀 머리 싸매고 파해법을 찾는 데 골몰하는 것이 아니었다. 시간날 때마다 서로의 합의 하에 정당하게 비무를 치르며 서로의 검법을 분석하고 그것을 거울 삼아 자신의 검법을 되새겼다. 둘은 지금 서로를 발전시켜 주는 최고의 호적수였다.

　모용휘의 마음이 검날 속으로 빨려들어갔다.

　묘하게 신경을 거슬리는 기도에 모용휘는 고개를 돌렸다. 처음 보는 사내도 사내지만 넝마 같은 옷에 봉두난발의 모습이 수상하기 짝이 없었다. 게다가 전신에 풍겨나오는 살기 짙은 피내음!

　"누구냐?"

　검법의 기수식을 취하며 모용휘가 물었다. 느닷없이 나타난 이 산발 괴인은 전신에 풍기는 기도부터가 심상치 않았다.

　손등과 팔, 그리고 등줄기를 타고 전율이 흘렀다.

　'설마 긴장하고 있는 건가?'

　모용휘는 깜짝 놀랐다. 자신이 긴장하고 있었다. 무의식중에 몸이 반응하고 있었다. 상대는 결코 자신보다 하수가 아니었다.

　'고수(高手)?'

　모용휘의 전신에서 바늘 같은 검기가 뻗어 나왔다. 언제 어느 때나 상대를 얕보고 싸운 적이 없는 모용휘였다. 사내는 바로 천마뢰에 갇혀 있던 혈류도 갈효봉이었다.

갈효봉은 예고도 없이 도를 뽑아 휘둘렀다.

"슈아앙!!"

붉은 도기가 사내의 도 끝으로부터 무시무시한 기세로 뻗어 나왔다.

"쌍도(雙刀)?"

예고도 없이, 한 마디 말도 없이 전율스런 도기를 뿜어낸 괴사내의 도는 양손에 들려 있었다. 둘 다 정확히 같은 길이에 같은 모양을 지닌 쌍도였다.

삼엄한 도기 사이를 뚫고 모용휘가 검을 찔러넣었지만 효과를 보지 못했다. 삼엄한 도기에 막혀 더 이상 검을 전진시킬 수 없었던 것이다.

"넌 누구냐?"

쉴새없이 뻗어 나오는 도기를 검으로 막아내며 모용휘가 다시 한 번 물었다. 여전히 대답은 없었다.

사내는 그저 묵묵히 도를 휘두를 뿐이었다.

신기하게도 휘두르면 휘두를수록 사내의 몸에서 뿜어져 나오는 살기 또한 더욱 짙어졌다.

사내가 광소를 흘리며 장난처럼 왼손에 들린 도를 휘둘렀다.

모용휘는 믿을 수 없었다. 사내의 도기를 막아내는 손이 저려 왔다. 그런데도 갈효봉은 아직 전력을 기울인 기색이 전혀 없었다.

'세상에 이런 도법이 존재한단 말인가?'

처음 접해 보는 도법이었다.

쌍도법이라면 그리 흔한 도법이 아니었다. 게다가 그 중에 이 정도까지 변화 하나하나에 힘이 집약되어 있는 도법은 처음 접해 보는 것이었다.

"스윽!"

짧은 대치 상태 후 다시 갈효봉의 공격이 시작되었다. 모용휘의 입에서 감탄 섞인 경악성이 터져 나왔다.

"사, 사분신(四分身)!"

순간 네 개로 불어난 갈효봉의 신형이 모용휘를 향해 짓쳐들어왔다.

'네 개 모두 살초!'

어느 곳 하나 방심할 수 없는 압력을 뿜어내고 있었다. 방심하면 당하는 것이다.

"크아아아아!"

갈효봉의 입에서 괴성이 터져나왔다.

"콰콰콰쾅!"

네 개의 분신에서 마흔여덟 개의 붉은 도기가 뻗어나와 사방을 유린했다. 천지를 갈라 버릴 듯한 무시무시한 붉은 도기. 모용휘는 재빨리 검막(劍幕)을 펼쳐 전신을 보호했다. 역공을 펼치기엔 상대의 도기가 너무 매서웠다.

"큭!"

예사롭지 않은 충격이었다. 모용휘는 충격을 모두 흘려내지 못했는지 내부가 울렁거려 고통스러워 하는 모습이었다. 하지만 아직 끝난 건 아니었다. 지금 이건 자신의 호흡을 흐뜨러트리기 위한 사전 작업에 불과할 뿐이었다.

'진짜가 온다!'

자욱히 이는 흙먼지 속에서 모용휘의 눈이 매섭게 빛났다. 모용휘의 예상은 틀리지 않았다.

안개처럼 자욱히 낀 안개 틈새를 뚫고 한 줄기 붉은 도기가 튀어나왔다.

도기(刀氣)만이 아니었다.

최고의 힘을 내기 위한 직접 공격이었다.

은하유성검법(銀河流星劍法) 극의(極意)

유성굉천무(流星轟天舞).

모용휘는 혼신의 힘을 다해 정면으로 부딪쳐 갔다. 이런 정면 승부를 회피하는 것은 그의 자존심이 용납하지 않는 일이었다.

"콰콰쾅!"

천지를 진동하는 폭음이 터져 나왔다.

"무슨 일이야?"

"또 습격인가?"

"젠장 염도 노사님과 무진진인님이 안 계시는 이때에!"

자신들의 검격음을 듣고 합숙 훈련소로부터 사람들이 뛰어나오고 있었다. 사람들 사이로 청혼과 비류연의 얼굴이 보였다. 그러나 증원은 이쪽만 아닌 것 같았다.

저쪽 편으로부터도 흑의 복면을 한 암습자들이 속속(續續) 모습을 드러내고 있었다.

"또냐? 귀찮게!"

비류연의 한 마디였다.

상봉(相逢)
-운명의 장난

효룡은 보았다.
피처럼 붉은 도기(刀氣)가 사납게 세상을 난자(亂刺)하는 모습을!
사나운 맹수가 세상을 거침없이 할퀴고 지나간 듯한 처참한 광경!
이런 잔흔이 가능한 도법은 이 세상에 단 하나뿐이었다.

"굉천혈영도법(轟天血影刀法)!"

이 사나운 도권에 휘말린 주작단원들이 몸에 상처를 입고 뒤로 물러났다. 하지만 큰 상처 없이 생명을 부지한 것만 해도 주작단의 실력이 얼마나 대단한지 능히 짐작할 수 있는 일이었다.

굉천혈영도법이란 말에 모두들 정신이 번쩍 들었다.

가장 먼저 반응을 나타낸 이는 청혼이었다.

"서…설마……. 신마도(神魔刀) 굉천혈영도법! 설마 무신마 갈중혁의 독문도법이란 말인가!"

무신마 패천도 갈중혁! 무신 태극신군 혁월린과 함께 천겁혈세를 막아낸 살아 있는 무림의 신화였다. 이제는 일선에서 물러나 천겁령을 상대할 무공을 만들어 내기 위해 은거하고 있다는 출처 모를 소문만이 나돌고 있을 뿐이었다.

흑도인이면서 백도의 존경을 받는 몇 안 되는, 아니 유일 무이한 존재였다. 도성(刀聖) 하후식조차도 도에 관해서 한 수 접어 준다는 인물이 바로 그였다.

무신마(武神魔) 패천도(覇天刀) 갈중혁(葛重嚇)!

결코 가벼운 무게를 지닌 이름이 아니었다.

그런데 왜 그의 이름이 여기서 자신들의 길을 가로막는 것인가? 청흔은 그게 의아스러웠다.

"어떻게 알아볼 수 있었나?"

근 50년 동안 타인 앞에서 펼쳐진 적이 없다는 환상의 도법이었다. 그런데 일 학년 애송이가 첫눈에 알아보다니? 의문스러울 수 밖에 없었다.

청흔이 바라보니 효룡은 전신을 사시나무 떨 듯이 떨고 있었다.

'두려워하고 있는 건가?'

청흔이 이렇게 생각하는 것도 무리는 아니었다. 지금 효룡의 귀에는 주변의 아무 소리도 들려 오지 않고 있었다.

'어, 어떻게……! 어떻게 저 도법이 여기에 나타날 수 있단 말인가? 어떻게?'

효룡의 심장이 터질 듯이 질주하기 시작했다. 온몸의 피가 머리 끝으로 쏠리는 느낌이었다. 등이 축축하게 젖어 왔다.

"대답을 하게!"

청흔이 언성을 높였다.

"지금은 그게 중요한 일이 아닐 것 같은데요?"

모용휘의 손가락이 아직도 자욱히 일어난 먼지가 가라앉지 않은 곳을 가리켰다. 방금 전 은하유성검법(銀河流星劍法)의 일초와 굉천혈영도법의 일초가 만들어낸 작품이었다.

"저벅저벅!"

자욱한 먼지 속에서 지금 한 사람이 걸어나오고 있었다. 길이도, 모양도 똑같은 두 자루의 도!

효룡은 절망을 맛보아야 했다.

굉천혈영도법이 분명했다!

오싹!

순간 효룡은 절대 저것을 보아서는 안 된다는 느낌을 받았다.

예감(豫感)!

저것은 불길했다. 자신이 이제껏 쌓아 왔던, 그리고 한편으로는 외면했던 세계를 완전히 붕괴시킬 수 있을 만큼 불길한 존재였다. 갑자기 가슴 한 구석이 아려 왔다. 자신도 모르게 눈에서 눈물이 걷잡을 수 없이 흘러 나왔다.

먼지가 걷히고 그 사람의 얼굴이 점점 드러날수록 점점 더 효룡은 난마처럼 뒤엉키는 자신의 감정을 다스릴 수가 없었다.

가슴이 미어졌다.

이건 꿈이야! 이건 환상이야! 이런 게 진짜일 리 없잖아! 터질 듯한 가슴으로 수십 번 마음 속으로 되뇌었지만 현실은 비정하기만 했다. 누군가가 나타나 자신의 눈 앞에 다가오고 있는 현실을 부정해 주기를 바랐다.

‘이건 꿈이야!’ 라고!

마침내 시계(視界)를 방해하는 자욱한 먼지가 걷히고 쌍도를 든 괴인의 모습이 드러났다.

“형!”

효룡의 양손에 들린 쌍검이 힘없이 바닥에 꽂혔다.

“툭!”

〈『비뢰도』 7권에서 계속〉

비류연과 그 일당들의 좌담회

From. 飛雷刀

M.E.,1
EYS
J

그림 : 드로시안 지윤선

비류연 : 독자 여러분, 그동안 만수무강하셨나요? 비류연입니다. 다행히 이번에도 무사히 6권이 나올 수 있었습니다. '혹시라도 비뢰도 6권이 나오지 않는 게 아니냐? 작가가 해외 도피한 거 아니냐? 이번엔 제대로 나오는 거야?' 라는 등의 걱정 불안에도 불구하고 이렇게 비뢰도 6권이 나와 여러분과 다시 만나게 되었습니다.

효　룡 : 자칫 잘못하면 제대로 안 나올 뻔했죠. 큰 일날 뻔했지.

장　홍 : 이번에도 겨우 한시름 놨군!

효　룡 : 십 년 감수했죠. 이번에 제대로 안 나오면 어쩌나 마음이 어쩌나 조마조마했던지…….

장　홍 : 아참! 요즘 작가는 어느 조직에 들어가 강호 무림 제패에 대한 음모를 꾸미며 암중 모색 중이라고 하더군! 자네 혹시 아나?

비류연 : 물론이죠. 부천에 있는 마천루(摩天樓)라는 곳인데 일명 마두의 소굴 마천루(魔天樓) 내지는 독사굴이라고도 불리는 곳이라죠?

효　룡 : 과연 작가가 들어갈 만한 조직이로군.

장　홍 : 내가 거기 구성원이 누구인지 알려줌세.

효　룡 : 오오! 저 투철한 직업 정신! 벌써 조사를 끝마쳤군요?

장　홍 : 물론일세.

비류연 : 내가 수고하신 장홍 형을 대신해 발표하지. 우선 마천루의 실장님이자 실권자인 천사지인의 작가 조진행 형과 표류공주의 최후식 형, 그리고 이제는 찾을 수 없는 유적(遺

跡) 삼우인기담의 작가 장상수 형, 만선문의 후예의 김현
영 형 그리고 무당괴협전의 한성수 형, 천상개화의 박철
영 형, 묵시강호와 그 외 다수 작품의 작가로 홍기인, 홍프
로라고 불리우는 열혈사나이 홍성화 형, 앞으로 책나올
이름은 있지만 이름으로 불리지 않는 전 한의사 출신의
일묘 양동학 형, 그리고, 마천루 유일의 홍일점이자 여류
작가 권선혜 양, 정말 다채롭고 화려한 전력을 보유한 곳
이죠.

효　룡 : 정말 다양한 사람들이 신기하게 한 곳에 몰려 있군. 전시
관 해도 되겠다.

비류연 : 뭐 그렇지! 십인십색(十人十色)이라고나 할까! 뭐 공통점
이라고 한다면 공짜에 눈이 돌아가는 실리적이고 절약적
인 정신의 소유자들이라는 점 하나일까…….

장　홍 : 이렇게 추구하는 길이 모두 틀린 사람이 한 곳에 모여 있
기도 힘들지. 괴이해…….

비류연 : 무림 제패의 야욕을 품고 있는데 그 정도는 돼야 하지 않
겠어. 아! 그리고 그림을 보내 주신 다음(daum) 비뢰도 카
페의 드로시안 지윤선 님께 감사드립니다. 정말 멋진 그
림에 감탄을 금치 못하겠더군요. 감동, 감동!

효　룡 : 저거 화면빨 아냐? 아니면 화장빨인지도 모르겠군.

장　홍 : 이보게! 효룡 군! 화면빨이라니? 저런 건 그저 화상 조작
(畵像造作)이라고 하는 걸세!

효　룡 : 과연! 진실은 그런 곳에 있었군요.

비류연 : 이렇게 사회에 의심이 만연해서야……. 침통함을 숨길 길이 없군.

효룡 & 장홍 : 우린 그저 정당한 소감을 정정당당하게 말했을 뿐이네. 원래 진실은 잔혹한 법이야!

비류연 : 아아! 언제쯤 되어야 이 의심병 만연한 세상에 광명이 찾아들지……. 여러분 이런 사람들의 말은 귀담아 들을 필요가 전혀 없답니다. 호리호리한 허리를 가진 늘씬한 몸매의 소유자인 저의 말만 믿으시면 됩니다.

효룡 & 장홍 : 저런 뻔뻔한 말을 아무렇지도 않게 하다니! 과연 세상은 무섭군.

효　　룡 : 그러고 보니 자네의 그 앞머리는 언제 자를건가? 독자들의 문의가 쇄도하고 있더군. 도대체 그 앞머리 뒤에 뭐가 박혀 있는지 궁금하다고 말일세.

비류연 : 그건 말이지…….

효룡 & 장홍 : 그건…….(꿀꺽!)

비류연 : 비, 밀, 이, 야!

효룡 & 장홍 : 지금 장난치나?

비류연 : 난들 어쩌겠나? 이건 작가 소관인걸!

효　　룡 : 포기하고 말겠네.

비류연 : 으하하하하! 원래 주인공은 비밀에 삼중 사중으로 둘러싸여 있는 법이지. 그럼 독자 여러분 저희는 이만 여기서 인사를 드리고자 합니다. 다음 7권이 나올 때까지 비뢰도 잊지 말아 주세요.

그럼 안녕히 계세요.

우린 다시 만날 수 있을 겁니다.

반드시…….